全国少数民族文学创作

骏马奖

获奖作家作品精选集

东西 主编

作品精选

QUANGUO SHAOSHU MINZU WENXUE CHUANGZUO

JUNMAJIANG

HUOJIANG ZUOJIA ZUOPIN JINGXUANJI

陶丽群

作品精选集

广西民族出版社
Gvangjsih Minzcuz Cuzbanjse

《全国少数民族文学创作骏马奖获奖作家作品精选集》

丛书编委会

主　　编　东　西

编　　委　李晓东　石一宁　黄宾堂

　　　　　顾建平　田　瑛　覃瑞强

　　　　　蒋锦璐　李约热（组稿）

作者简介

陶丽群，壮族，广西百色人，文学硕士。作品散见于《人民文学》《十月》《民族文学》《广西文学》《山花》《青年文学》《芙蓉》等，被各选本转载并入选年度排行榜。曾获广西文艺创作铜鼓奖、壮族文学奖、广西少数民族文学创作“花山奖”、《广西文学》年度优秀作品奖、《民族文学》年度优秀作品奖、《北京文学·中篇小说月报》年度优秀作品奖、《安徽文学》年度优秀作品奖、百花文学奖和全国少数民族文学创作骏马奖等。

《全国少数民族文学创作骏马奖获奖作家作品精选集》

序 言

◎ 邱华栋（中国作家协会党组成员、副主席、书记处书记）

这是一套获得全国少数民族文学创作骏马奖（简称骏马奖）的作家作品精选集。骏马奖是由中国作家协会和国家民族事务委员会共同举办的，旨在奖励全国少数民族文学创作优秀成果的国家级最高奖项。骏马奖自1981年创立至今，已连续评选13届，对推动中国少数民族文学创作和提高优秀民族作家创作积极性产生了良好效果。这一奖项的设立，体现了党和国家的民族政策，体现了中华各民族的大团结，体现了各民族文学交流互补、共同繁荣的盛世气象，对中国的改革开放和祖国的统一发挥着积极的推动作用。

党的十八大以来，各民族作家在文学作品中自觉弘扬中华优秀传统文化，中华民族共同体意识显著增强，都在努力讲好中华民族共同体故事；继承和发扬爱国主义传统，自觉维护祖国统一、民族团结。许多作品展现了中国式现代化文明的新成果，全面、及时反映民族地区的发展变化以及中国式现代化的伟大成就，引发各族人民的共鸣、共情。

此次广西民族出版社推出的《全国少数民族文学创作骏马奖获奖作家作品精选集》，主要收录党的十八大以来，历届骏马奖获奖作家中的部分优秀作家所创作的作品，以此推动我国少数民族文化建设，增强各民族读者的“五个认同”，推动各族人民相互了解、相互尊重、相互包容、相互欣赏、相互学习、相互帮助，像石榴籽一样紧紧抱在一起。相信这些弘扬主旋律，有正能量、有感染力，能够温润心灵、启迪心智的文学作品以丛书的形式集中推出，能起到推动新时代民族文学融入现代传播格局，加强民族文学阵地建设的作用。

精选集包括了八位作家的中短篇小说集和一位作家的散文小说合集。这九位作家都是当代极具实力的创作者。他们分别是：满族作家于晓威、回族作家石舒清、藏族作家梅卓、仡佬族作家肖勤、回族作家马金莲、壮族作家陶丽群、蒙古族作家鲍尔吉·原野、布依族作家潘灵、壮族作家黄佩华。所收录的作品可以视为这些优秀作家近年来的代表作。这些作品各具特色，思想性和艺术性都比较突出。

有些作家的作品，呈现的是一种普遍的人类境况，或具有民族共同体成员的普遍性特征，深入人的心灵世界。如满族作家于晓威专注于对人性或人的命运与境遇的勘探，其《裙子的那种蓝》将两位人物的复杂内心与行为动机通过有意无意间的只言片语揭示出来，余音袅袅。《马桶》表面写的是男性和女性的不同思维方式，但背后是人和人的隔阂与疏离的现实，以及对沟通与爱的渴望，而深潜其中的忏悔、内疚与辩解纠缠在一起，呈现出心理的幽暗、隐微与内在冲突。《L形转弯》里对人物心理复杂性的描述，借助对真相抽丝剥茧的层层推进于峰回路转中完成，对那种爱恨交织的幽微精神世界的把握举重若轻。

回族作家石舒清对普通人、边缘人命运的关注，使其作品获得了一种超越一时一地的具体事件的普遍性意义。《淘书纪事》中，摆旧书摊的人是为了谋生获利，而淘书的人当时只是为了乐趣和喜欢，两种看似完全不同类型的人竟因书产生了一种不自觉的紧密联系。那些摆旧书摊的人，他们的命运，他们人生的意义，就这样与一位写书的作家关联到了一起，作家记录他们的行迹，也是为了映照自己的人生，从而形成了一种奇特的共生关系。而其《九案》选取九件旧案为题材，反映人生的各种乖张错谬，在那些看似离奇怪异、不易理解的人和事背后，几乎都有一个共同点在指引着读者对作品的理解，即事与愿违。《淘来的故事》及《慢光阴》的命意和叙事策略与《九案》相仿。如《记工分》一篇，本来似乎是一句道歉就能解决的小事，竟因当事人的固执与偏狭，导致了家破人亡的惨案。令人唏嘘之余，却也引人沉思，到底是哪些不可逆料的因素参与导演了悲剧。

现代教育与文化的普及，产生了一个重要结果，就是女性和男性一样，受教育程度和文化水平普遍得到提高，即使是在偏远的少数民族地区也不例外，所以涌现一批批少数民族女作家也就是顺理成章的事情。藏族作家梅卓的小说多以传统的安多地区为背景，既有融合历史、传说与现实的魔幻叙事作品，也有书写社会和时代巨变引发的人们思想意识和行为模式的剧烈变化的现实力作。《神授·魔岭记》将在藏族、蒙古族等少数民族间广泛流传的英雄史诗《格萨尔》中的英雄除魔故事，与藏族少年阿旺罗罗成为神授传唱艺人的历程交叉叙述，形成一个有机的双线（复线）结构，表现的其实是普遍的人类命运及人类理想。《在阿庆与多拉雪山之间》里，年轻一代接受了现代的文化教育，已经不再将传统的信仰视为神圣不可动摇之物，像才让甚至有可能是表面装着相信，其实却是借机敛财。作家虽然故意以模棱两可之辞制造悬念，才让的不辞而别显然已道破玄机，而他在外乡办学校的传闻，又使故事的含义变得暧昧与多重。

仡佬族作家肖勤的小说多以乡村、基层干部和群众的生活为题材，充满人世间的烟火气，同时常常以“曲终奏雅”来收束全篇。《你的名字》以人的名字与身份、命运的关系为切入点，在一种貌似戏谑的笔调背后，是对正道与人情的呼唤。《所有的星星都有秘密》写的是关于农村合作医疗资金被套取的故事，属于反腐题材，但作家没有停留在事件的表面，而是深入表现故事背后人物复杂的关系与内心。《丹砂》里的堂祖公为人驱魔却驱不了自己的魔，但他其实是个真正的好人，喜欢说“收了米油在手，不如存了丹砂在心”，免费教村里的孩子认字。当然，故事的核心是，有些秘密即使已经不是秘密，也还当其是秘密才能减少对人的伤害。

回族作家马金莲的作品多以底层弱者为关注对象，描写贫穷对人生活与生命态度的影响，特别是含辛茹苦的妇女形象让人印象深刻。《醉春烟》用多重视角来反映复杂的人际关系，姐姐和男孩的成长具有象征意味。中篇小说《日夜之间》设置了类似悬念又不能完全称之为悬念的叙事障碍，主人公赫莲如来到偏僻的乡下山野，为的是要“杀”自己的父亲——一个怪人。但在与父亲的相处中，她逐渐改变了自己的认识和态度。在大自然和人类自然情感的相互作用下，她开始与父亲和解，同时与自己和解。《暂借》里年近四旬的李小梅，吃自助火锅时偶然与一位男青年坐在一桌，最后误打误撞被别人当成了他的“女朋友”。善良的她没有揭破真相，有一些瞬间甚至感到无由来的幸福。小说通过一个意外事件将人内心的微妙复杂展现出来，构思精巧。

如果说马金莲笔下多以女性形象为主，壮族作家陶丽群则更加专注于对女性人物与命运的描述，有些篇章对人物心理的刻画非常深入。在《母亲的岛》里，岛是母亲走向经济独立、获得自我新生的空间。那个从异地嫁来的母亲，一直默默忍受丈夫和子女们的使唤，但有一天突然只身往孤岛去，自己开荒种地，养殖家禽。小说并没有交代她的动机，也没有指出结局，但非常明显的是，她想寻找属于自己的空间，而不愿再被当作丈夫和子女的附属品。《净脸》则是描绘人类对温暖的需要，莫老太给临终之人或逝者家属以安慰，而自己也从中获得某种解脱与宁静。几位女作家的写作，给读者的普遍印象就是细腻、幽微，甚至精致。

由于历史的原因，中国的少数民族普遍聚居于中国的边疆地区，对维护祖国的统一和领土的完整起着至关重要的作用，而其在生产方式和文化上既具有东方或中华民族的共同特征，也具有自身的独特性，展现出中华文化的丰富性和多样性。收入丛书的蒙古族作家鲍尔吉·原野的作品，既有散文，也有小说，主要以书写草原生活为主，视野开阔，气韵生动，而又情真意切，诚挚感人。《把干净的字排在一起》里写道，“鸟类、蚂蚁和月光都不需要说教，它们按着自己的轨迹轮回”，这可以说是对大自然最高的礼赞了。当然，我们的作家也没有天真到认为人类不会试图主导世间的一切。《草原上的小黄羊》里，善良的牧民收养受伤的小黄羊，因为没有报告有关部门而受到了批评，原因是不能“私自收养”。《跑步者》一篇，把一般人视为单调枯燥的跑步写得趣味盎然，但也涉及人的身体运用的复杂性，并不是简单地为健身和运动背书。

布依族作家潘灵的小说虽然也有边疆生活的背景，但每一篇都能自出机杼，别开生面。《太平有象》一语双关，将人民对美好生活的期盼写了出来。《奔跑的木头》通过两个各有残障的年轻人之间的故事，讲述历史变化与个人际遇的复杂纠葛，同时赋予人物性格一种复杂性。《被遗忘的戍者》读来令人唏嘘，那个“不知有汉，无论魏晋”的清代守边战士的形象让人难忘，相形之下，民国殖边队的几个人物反而有些面目模糊。小说最有意思的地方在于，守界者能活着并完成自己的使命，其实有赖于越界者。

壮族作家黄佩华的早期小说表现边远地区人们的生活与风俗习惯，如《远风俗》一篇就是代表，以一种古老的风俗“以弟为子”为出发点。他近期的小说以普遍性的题材为主，如《落叶》着眼于主人公的暮年生活，由其中风所引发的一系列情节，促使读者去思考如何养老这一现实问题。《乡村大厨》围绕着乡村创业展开，其背后是命运的转机问题。

总体来看，收入精选集中的作品题材丰富、风格多样，反映了新时代作家们的创作成果，是当代中国文学的重要收获。期待作家们创作出更多更优秀的作品，不负时代的重托，永攀文学的高峰。

是为序。

2024年7月7日星期日于北京

目　录

母亲的岛

原载《野草》2015 年第 1 期 / 获第十一届全国少数民族文学创作骏马奖

五十岁的母亲做出一个决定。

“我要出去住一阵子。”

这是她的原话，简洁明了。为什么要出去住，去哪里住，母亲都没说，这很不像她。在我的印象中，我从没见过母亲有任何关于她自身的决定，仿佛她是一件东西，属于这个家里的任何一个人，唯独不属于她自己。也许她的丈夫和三个儿子，还有我这个女儿在心里也是这样认为的，我们都对这样的日子习以为常：母亲天生就是为丈夫和孩子而存在的。这么多年来，她实际上也一直扮演这样的角色。母亲是在晚饭时说这句话的。我们家九口人围着大饭桌吃饭，父亲，三个哥哥两个嫂子，一对侄子侄女，还有我。加上母亲，本来饭桌上应该有十口人的。怎么说呢，好像从我记事起，母亲从未在饭桌上吃过饭。家里会不断有人要求拿汤勺辣椒酱油醋等。母亲一直在饭桌和厨房之间来回忙碌，从没好好吃过一顿饭，久而久之，母亲就不在饭桌上吃饭了。

母亲说完那句话后，站在饭桌边等着，手里握着碗筷，仿佛在等待谁答应她的请求。然而，大家好像都没听到母亲说的话一样，各自吃自己的饭，还一边谈论村里谁家正在起的房子和刚买的大家电。我的侄子这当儿放了一个响屁，被我二嫂嫌恶地看了一眼，正好被他妈——我的大嫂看见了。这个早就想分家的泼辣女人不干了，也不管饭桌上的公公，把筷子一摔，抱起儿子起身就走。我大哥是个怕老婆的男人，立马也放下碗筷。我父亲脖子一挺，朝我大哥呵斥："干吗？"在我父亲眼里，怕老婆简直就是一件和败坏门风一样可恶的事情。我大哥起了一半的身子重新坐下来，眼睛却不断瞟向门口。大哥朝站着的母亲瞪了一眼，说："还不赶快去看看。"我看见母亲拿碗的手抖了一下，但她没动。

母亲的反应终于引起大家的注意了。但是我敢保证，母亲之前说的那句话肯定没有谁听进去。

父亲发火了："人死了？还不去看看。"

母亲的嘴唇微张了一下，而后合上了，她朝厨房走去，再也没出来。那晚，我们家的饭桌一片狼藉，脏碗筷和菜碟子扔了一桌。父亲当着儿媳们的面不好发作，绷紧一张脸走进走出。他觉得母亲肯定中邪了。最后是我帮母亲把饭桌收拾了。一整夜，我一直听见我隔壁的母亲的房间里传来窸窸窣窣的声音，仿佛她一直在倒腾什么东西。

第二天一大早，母亲就出门了，一整天都没见她回来，家里一团糟。地没人扫，猪鸡鸭狗没人喂，早饭午饭也没人做，我的两个嫂子带着各自的儿女全都回了娘家。这个家一下子陷入兵荒马乱之中。父亲几乎气疯了，踢倒家里所有的凳子。我们都不知道母亲去了哪里。母亲几乎从没离开过家，我们随便在家里什么地方叫一声，母亲都会带着恭顺的、略显惊慌的表情出现在我们面前，手里拿着我们所需要的东西。

后来邻居玉姑见我们一屋子鸡飞狗跳的狼狈相，对我们说，你们妈在毛竹岛锄地呢。父亲和我们几兄妹都糊涂了，不知道母亲在那锄什么地。父亲于是领着我们兄妹四人，一路朝毛竹岛心急火燎赶去。他一直铁青着脸，那样子看起来仿佛要把母亲怎么样一番。我们几兄妹都没怎么为母亲担心。我们都是在母亲的哭泣声中长大的，已经见怪不怪了。习惯是一种多么可怕的力量啊。

有必要说一说我们这个有趣的村庄。这是个四面环水的村庄，一条叫右江的江流着流着，突然在某一段江中心分成两股流水，绕出一块足够建一个上千户人家的村庄的肥沃土地，然后又在某一处汇合，重新成为一条完整的江，我们的村庄就应运而生了。站在横跨这条江的大桥上，可以看见我们村庄像一块补丁一样镶嵌在右江里。右江和我们村庄自然是低于大桥的，但是有一年发了大水，江水都漫过桥面了，而我们的村子却毫发未损，只淹了河边几块辣椒地。专家们说，我们村坐落在一块浮地上，江水上涨时，村庄也跟着水涨船高了，不管江水怎么涨，都不会把船淹没掉。村民们质疑专家的说法，按照他们的说法，我们村庄就等于一个浮在水面上的葫芦瓢一样的东西了，不要说大水，一阵大风都能把它吹走，真是荒谬至极。尽管如此，村民们从没有想过要离开这块能上下沉浮的危险之地。毛竹岛的诞生也和我们村庄一样，只是要比我们村庄小得多，也就两三亩地的模样，还到处是鹅卵石，长着几株还算不错的毛竹，因此叫毛竹岛。它就挨在村边上，到枯水季节，大人甚至可以涉水而过，水只到大腿根处。当然，夏季涨水的时候必须得撑竹筏了。从我会记事起，这个毛竹岛一直是我们家的，我不知道它到底怎么落到我们家手里。好像村里人也很不屑毛竹岛上的那点沙地和遍地的鹅卵石。那些石头还怪好看的，有些还带有颜色，给江水冲刷得无比光洁。毛竹岛上一直有一座小木屋，那是父亲领着几个哥哥建起来的，我们家曾经在毛竹岛上养了很多年的鸭子，我们把那座小木屋叫作看鸭房。如今，家里已经很多年没养鸭子了，毛竹岛上的地也不去种。父亲和哥哥们都不稀罕那点地了，他们在村外头包了几百亩土坡种一种叫鸭舌胆的药材，收益很不错。

不知道母亲怎么会突然到毛竹岛上去锄地。

远远地，我们看见毛竹岛上的木屋顶升起一股淡白色的轻烟，在已经变黑的石棉瓦屋顶上摇曳着。父亲扭头恼怒地看了一眼身后的儿女，像在询问，可我们都不吭声，我们也不知道母亲到底要干什么。我们和母亲隔了一条宽三十米左右的河面，现在又是夏季，要想过去只能划竹筏了。但那张多年不用的竹筏此时泊在母亲那边的毛竹岛岸边。我们看见母亲在毛竹岛上忙碌的身影，她不断地从木屋里进出，像只忙碌的蚂蚁，搬一些石头进去，又从里头扛出几块腐朽的木头，还踢了一脚那扇会自动闭合的木门，大概嫌弃它自作主张地关起来吧。她只顾忙活，沉浸在她的劳作中，连我们站在河边看她都不知道。我看见岛上那几株毛竹长得更茂密了，枝头上还有几只鸟飞来飞去，很欢腾的样子，仿佛是因为久无人迹的岛上来了新客人。

父亲朝我瞪了一眼，我赶紧往前一站，站到父亲和几个哥哥的前头，朝毛竹岛大喊："妈！"

母亲在木屋门边站住了，朝喊声张望，然而很快她就进木屋去了，根本没把我们当回事。我回头朝父亲和哥哥们尴尬地看看，哥哥们面面相觑，一脸困惑，而父亲依旧紧绷着脸。我又朝毛竹岛叫了一声，母亲这次连面都不露，仿佛在里面睡着了。我们在江边的举动引起浇菜地的村民的兴趣了，他们不知道怎么回事，丢下水桶和水瓢聚到我们身边来，不断问我们发生了什么事情。父亲气红了脸，这对他来说简直就是莫大的嘲讽。他朝村人气呼呼地说："有什么好看的，都走，走开。"说完他朝几个子女挥挥手，说："回去，都给我回家去，丢人现眼的。"我们几兄妹只好跟着回家了。

很快，全村人都知道母亲要离开家到毛竹岛独自过活去的事情。父亲几乎不敢出门，他怕出门会碰到村人疑惑和嘲笑的目光，在屋里像只困兽一样暴躁不安，又毫无办法。哥哥们大部分时间都在药材基地，那里确实离不开人。家里只剩下我和父亲两人，我要照管家里的猪鸡鸭狗，还得给他烧饭。父亲吃着吃着，把筷子一摔，咆哮道："这是人吃的吗？盐巴不要钱了啊？你闭眼睛放的？"

我呛他一句："想好吃自己煮，我又不是我妈。"他瞪了我一眼，显然很无可奈何，于是他朝我拍着饭桌问："你说你妈到底要干什么？嗯？"

对此，我只能朝他翻白眼。我们几兄妹中，我是最不怕他的。有时候我觉得父亲只是披着一副强硬的皮囊而已，里头软弱不堪，我甚至认为他其实是挺怕我妈的。

其间，母亲从毛竹岛回来过几次。有一次是拿半袋大米、一些油盐、两只碗和一双筷子，还有几个家里废弃不用的菜锅和煮饭的锑锅。一个下午，她又从屋后的鸡棚里拽出来几块旧木板扛走了，大概是铺床用的。自从父亲领着几个哥哥出去包地种药材后，家里经济条件渐渐好起来，隔三岔五父亲就张罗置换家里的东西。我们只顾享受添置的新家用，从来不关心那些旧的东西到哪里去了。现在，这些东西被母亲重新翻出来，有些在她的床底下，有些在杂物房里，有些在阁楼上。这些旧东西被母亲蚂蚁搬家一样搬到毛竹岛上了。母亲从我们面前很淡定地搬走那些破烂，我们谁都不吭声。母亲拿走的是破烂，我们谁会吭声呢。这些东西假如不是母亲收拾起来，按照父亲的性子早就送人了。父亲端坐在他惯常坐的太师椅上，一声不吭地看母亲走进走出，脸上是一副嘲讽的表情。

母亲最后一次回家时，抱走那只晚上习惯缩在她被窝脚睡觉的黑猫，和一卷鼓囊囊的竹席，那里头卷着她的衣物。母亲就这样离开家，独自到毛竹岛上过日子了。邻居家玉姑久不久给我们带来母亲的一些消息。上集看见母亲坐船出去赶集了，买了几斤板油。前几天母亲和她借三百块钱，买上百只鸭崽，到江边时她把鸭崽全部赶进江里，自己撑竹筏过去后，在毛竹岛那边滴嘎嘎滴嘎嘎地唤鸭崽。玉姑还给我们学了母亲唤鸭崽时别扭的声音，她垂下头，说，三十年了，你妈的口音还没学好。

玉姑是说母亲还没学会一口地道的本地话。母亲十九岁时被我奶奶买来给父亲当老婆，据说是河北人。我们村里这样的情况不少，本地女人娶不起，买外地女人来当老婆。有些女人是自愿被买来的，因为家里穷得实在待不住，有些则是被拐卖来的。我不知道母亲属于哪一种。由于我们村特殊的地理位置，不管是自愿来的还是被拐卖来的，几乎都老老实实在这个四面环水的村庄生儿育女，到死都没再回过一次娘家。据说以前有一个女人是被从外地拐骗来的，看夫家家境贫寒，男人也长得丑，半夜像贼一样逃出夫家，结果她忘了村庄和外界隔一条差不多五百米宽的江水，跑到江边时傻了眼。摆渡的光叔不允许那些买来的外地媳妇上他的船，怕惹麻烦，万一女人趁机逃走了，他的船肯定要被女人婆家一把火烧掉的，除非女人婆家特意交代过才能上他的渡船。允许出去的女人往往是来婆家已十多年，儿女一群，死心了，想走也走不了。

在我的记忆中，母亲话很少，对我们兄妹四个说不上很疼爱，大半辈子在家里生儿育女，操持家务。在这点上母亲倒是比村里其他那些买来的媳妇好一些，不用下田地。我没见过面的奶奶据说是个厉害女人，对父亲的教诲就是，不能让女人上台面。这个台面泛指一切，包括嘴里说得上话，心里做得主，口袋里有钱，尤其是对买来的女人，更是不能对她掏心掏肺。也许奶奶在教诲她儿子时，忘记自己也是个女人了。母亲看起来并不怎么让父亲操心，也没逃跑的念头，她很少出家门，尽管父亲早就允许她出渡赶集了。玉姑也是个买来的外地媳妇，和母亲关系还算不错，二十多年的老邻居了。玉姑常常从她屋后的菜园子来到我们家厨房，站在门口和母亲说话。她们的本地话其实都说得不地道，话的尾音多多少少带有点她们出生地的调子。这像一个烙印，时间久了也许你会忘记了，但它其实一直不动声色地存在着。这对以姐妹相称的外地媳妇通常都聊些家长里短的话，和村里其他女人没什么区别。只是有些时候我会看见她们俩突然莫名其妙地沉默下来，各自脸上带着沉浸在某种冥想里的落寞表情，然后突然被一声鸡鸣或狗叫惊醒，彼此如梦初醒般慌乱相望，又立刻错开对方的目光，像是心照不宣地回避什么。她们这种情形常常令我感到莫名其妙。

母亲到毛竹岛上去住后，我常常看到玉姑拐出她的后园子，朝我们厨房后门走过来。走到半道，她才发现我们家的厨房后门里已经没有母亲了，这令她怅然若失。

“我妈到底怎么了？”有一次我问玉姑。玉姑摇摇头，神色凝重的脸上有种令人担忧的表情，然后叹了口气，朝我说一句莫名其妙的话："五十知天命，人老了，怕死在外头。"我懒得琢磨。假如连玉姑都不知道，也许只有母亲自己才知道了。

父亲打发我到岛上看看母亲，那是母亲到毛竹岛上居住半个月后的一天下午。我的三个哥哥好像不觉得母亲到岛上独自居住是什么大不了的事情，他们把家里没人做饭当作借口，趁机不回来了。父亲说他们全都是畜生，那模样仿佛他平时很把母亲当回事。我倒觉得哥哥们对母亲的漠然态度多半是跟他学来的。

其实我知道父亲常常在晚上到江边朝毛竹岛上张望，有时候还会在江边坐好久。江边的沙地上长有不少矮荆棘，一丛一丛的，茂密得能藏住孩子，父亲坐在某一株矮荆棘后面，不打算让任何人看到他。晚上，毛竹岛上的木屋里会透出幽暗的煤油灯亮光。那里没有电。幽弱的煤油灯光洒在粼粼江面上，朝父亲伸过来一条半明不亮的水路。有时候还会看见母亲走出木屋，拽着一条被煤油灯拖得长长的影子，来到发白的江边提一桶江水进木屋里去了。父亲坐在矮荆棘后面，盯住对面孤岛上那座同样孤独的木屋，有时候到下半夜才回家。我不知道父亲坐在黑暗的江边到底想了些什么。第二天早上，我常常看见他搭在椅子上的一件被江边的水汽染得潮湿的长袖外衣。

"去看看是死是活。"父亲对我这样说。

那个下午天有些炎热。我来到江边，端着一个白色铝饭盒，里面是用新鲜荷叶包裹的四个糯米团子。这是玉姑给的，她听说我要到岛上去看母亲，早早泡了糯米蒸上，捏成团子，浇上拌有香油的老抽和剁碎炒熟的肉末。她把糯米团子包在新鲜荷叶里，闻起来非常清香。这不是我们本地的风味小吃，而是玉姑老家那边的。我们村里有很多这样奇特的风味小吃，天南地北的，当然，都是那些和母亲一样来到这个村庄的外地女人的家乡风味。母亲从来没给我们家做过她那边的小吃，一副彻底忘掉前生、死心塌地过后半辈子日子的模样。

刚刚初夏，还没到真正的雨季，要不江水就疯了一样涨起来了，现在勉强还可以蹚过去，不过再过个把月就难说了。我看见那只竹筏泊在毛竹岛岸边，被一根蓝色的尼龙绳拴住，绑在岸上的一根木桩上。我记得之前那里没有这么一根木桩的。父亲和哥哥们每次划着竹筏到毛竹岛后，直接把竹筏抬上岸，从来不泊在江里。我看见母亲在木屋的背面锄地，挥舞锄头的身影有些单薄和别扭。这是她极少下地的原因。从家里带来的那只猫好像很喜欢这个陌生环境，在岛上窜得像只快活的偷油老鼠，全然没有在家时令人讨厌的悠闲懒散模样。我本来打算朝毛竹岛那边喊母亲划竹筏过来接我的，但突然之间我感到有些心虚，也许，我未必叫得动母亲。这个想法着实让我有些难过。江边有些人在淋菜，他们看见我在江边蹲下来卷裤脚，都站在菜地里看我。我把鞋子留在这边的岸上，蹚下水去了。浅滩的水暖暖的，可以看见水底的鹅卵石和一些有头没尾的古怪浮游物在穿梭，暗绿色的滑腻水藻撩拨得我的小腿肚子微微发痒。一块长着苔藓的石头差一点把我滑倒，我趔趄了一下，还好，手里的饭盒没被我甩到江里。我紧紧抓着温暖的白色铝饭盒，突然感到这个盒子对于我来说是多么重要，心里有了想哭的冲动，那可是给母亲送去的食物呀，我不记得什么时候对母亲有过这种饱含温情的举止。这一刻我才感觉到母亲对于我们家来说那么重要。父亲从我未见过面的奶奶那里学到了对母亲的戒备，时刻担心母亲逃走。这种戒备在漫长的时间里逐渐成为父亲的习惯，父亲的习惯又长期潜移默化地影响我们几兄妹。这么多年，我不知道我们家对母亲做了些什么。

“妈！”我快要上到毛竹岛岸边时，朝母亲喊了一声。我感觉自己像个快要溺水的孩子带着深深的恐惧在朝自己的母亲叫喊。那只猫从毛竹下朝我飞奔过来，停在岸边冲我不断叫唤，不知道是表示欢迎还是对入侵者的抗议。母亲朝我转过身来，我看见她背着阳光而变得暗下来的脸上带着疑惑的表情。她看见站在江里的我，显然吃了一惊，放下锄头，两只手在袖套上不断擦拭，朝我走过来。母亲困惑的表情使我感到伤心，我分明感到一种客气不动声色夹杂其中。其实这是她惯常的表情，只是以前我并不在意。

“有事？”母亲问我。她站在岸边的沙地上，看我从江里走上来。她瞥了一眼我手里的白色铝饭盒，有些不安地说：“我这里不缺什么的。”

显然，假如不是给她带来所需要的东西，母亲是不愿意看到我，或者是家里任何人的。

我有些伤心，把铝饭盒塞给她，然后弯下腰把裤管捋下来。我的裤管全湿了，粘在两条腿上，湿漉漉的让人感觉很不舒服。

“玉姑给你的。我爸叫我来看看。”我有些生硬地说，觉得母亲至少应该对我穿湿裤子而表现出该有的关心，但她什么都没说。母亲打开铝饭盒，我见她清瘦的脸上漾过一丝明朗的表情时，顿时后悔了，也许我也该给母亲带点儿家里的东西来的，不管她需要不需要，哪怕一壶菜油也好哇。

母亲在毛竹岛上开了两块不小的菜地，估计有一亩。湿漉漉的菜地里已经有嫩黄的菜芽冒出地面了，估计是白菜。在小木屋后背，母亲砍了一些毛竹枝条围成一个鸭舍，一群毛茸茸的鸭崽怕冷似的挤成一堆。母亲说足足有一百只。我看着菜地和那群鸭崽，感觉母亲在短时间内是不会回家了。我跟着她进入小木屋，屋里和家里一样收拾得很整齐，摆放着熟悉的旧东西。烧饭的柴火是从江滩上捡拾来的浮柴，整齐码在由几块大石头垒起来的火灶边。家里的厨房连灶台都是铺瓷砖的，烧饭用煤气，很方便。母亲好像并不介意目前简陋的居住条件，一屋子整齐的旧物件透出母亲的日子并不像我想象中的狼狈。她把玉姑带给她的糯米团子取出来，放到一个边边已经磕了不少口子的磁盘里，然后把铝盒子放在我旁边的矮凳子上，却不递给我，也没叫我吃糯米团子。我感觉到母亲和我之间缺乏一对母女该有的自然和亲昵的感情，之前在家我从没注意到这些。就是现在，就像现在这样，安静地待在母亲身边，在我长大后似乎没有过，更别提我那三个哥哥了。

“你要在这住到什么时候？”我问。我感觉到和母亲之间的生疏之后，不知怎么的，平时张口就来的“妈”变得别扭起来，像只满怀怒火的小刺猬刺啦啦地朝母亲发问。

母亲又在袖套上擦她的两只手，看了我一眼，说：“这儿挺好的。”

“你不打算回家了？”我顿时有一丝气恼。

母亲沉默着。这一刻我感到母亲对我来说那样陌生，我从来不了解她心里有什么想法。

“哥哥们都不回家，嫂子们也回娘家了，我爸很生气。我每天都给他做饭，照管家里的鸡鸭。”我气冲冲地说，话里有明显责怪母亲的意思。

母亲安静地坐在我对面的矮椅上，脸上看不出什么表情，仿佛我说的和她没有任何关系。确实，这和母亲有什么关系呢，她从来左右不了家里任何事情。

我又说：“村里人都觉得我们把你赶出来呢。”

母亲脸上隐隐掠过一丝不安，说：“我自己出来的。”

“村里人不这么认为，”我说，“好好的家你不待着，非得跑到这破岛来住？”

母亲微微张一下嘴，“嗯”，她说了这么一句，然后低下头，我不知道她是什么意思。她这副优柔的样子使我感觉我们没办法再说下去了，我担心自己会忍不住朝母亲叫喊起来。我从小木屋走出来，被江里反射的阳光晃得打了个趔趄，差点踩到蹲在门口一直认真倾听我们谈话的老猫身上。我朝母亲的菜地走过去，她刚才在挖一块新开的沙地。

“这里要种什么？”我问母亲，顺手拿起躺在地上的锄头。我觉得那两块已经长出嫩苗的菜地已经够大了，足够母亲吃一年了，假如她继续把岛上的沙地都挖来种菜，我真担心她会决定把下半辈子都耗在毛竹岛上，这对于我们家来说是一件可怕而荒唐透顶的事情。

母亲却把手里的空饭盒递给我，我愣了一下就火了，朝她喊：“死老太婆你赶我走啊？”我夺过那饭盒，把锄头摔到地上。

“我走，你就在岛上安家了，死也别回去。”我气坏了，朝母亲叫嚷。我不觉得这样有什么不对，我们村很多孩子也会这样责骂自己的母亲，和母亲顶嘴。我气鼓鼓朝江边走去，到了江边连裤腿都不卷就直接蹚下去了。

“小妖，小妖，划竹筏过去。”母亲在我身后喊。我听见她解开缆绳和划竹筏的声音，但我没回头，继续朝村庄那边的江边蹚过去。母亲的竹筏很快就划到我身边了，但我依然赌气在水中行走。

“小妖，快上来。”母亲有点儿着急，她划竹筏跟着我，我不理她，把江水蹚得哗啦哗啦响。我们都不再说话，母亲划竹筏，我蹚水，平稳的江面被我们搅出一道道水波，一直荡漾到岸边。我想这场景肯定很滑稽。我看见江岸边淋菜的村人都直直地站在菜地里看我们，这让我感到很丢脸。很快，我就走到岸上了，捡起江边的鞋子头也不回就走。爬上岸堤时我才回头看了一眼江面，母亲依旧撑着竹篙停在稍微靠岸边的江水中，静静地站在竹筏上看我，并没往回划。

毛竹岛如此孤单地被一片水域包围，小木屋孤独地站立在岛上，而水中一片破竹筏上清瘦的母亲手足无措的样子简直令我对这一切感到发狂。

回家时我几乎要哭着对父亲说，我妈疯了。他躺在太师椅上罕见地一言不发，微闭的双眼露出呆滞的目光，我觉得我们家里的每个人都变得不正常了。

站在村庄岸边上可以很清楚地看见毛竹岛上母亲那两块菜地一片碧绿，游在江里的黄绒球鸭崽长到差不多一斤时，母亲已经在毛竹岛上居住快一个月了。她把她认为所必需的生活用品拿到毛竹岛上后，再也没回过家，仿佛完全把这个家给忘记了，一门心思在岛上种菜养鸭。其间我又去了两次毛竹岛，给母亲拿米过去。去的时候我是从江里蹚过去的。进入夏季后，下了几场雨，浅滩的江水渐渐涨起来，已经没到我的大腿根，不过天气也渐渐变得炎热起来，因此我并不在意湿漉漉的裤管。我往往在岛上和母亲待到裤管完全干透了。有时候我和母亲清除菜地里的杂草，她种了油菜，长得很不错。有时候我会坐在毛竹下逗猫玩。猫对我的兴趣不大，翻几个跟头引诱吃完我手里的食物后就到江边看鸭子去了。我和母亲不再谈关于她离家住到毛竹岛上的话题。尽管我仍然不愿意接受母亲扔下我们到这鬼地方来住的做法，但，怎么说呢，我觉得母亲有些可怜，母亲似乎一直都很孤独，假如她认为住在毛竹岛上会感到快活些，我不会反对的。我从毛竹岛上出来时，母亲划着竹筏送我。到了岸边，我从竹筏上跳下来，对母亲说："我走了。"母亲温和地点点头。我三个哥哥也去了一次毛竹岛，告诉母亲药材基地很忙，进入夏季后雨水多，害虫也多，离不开人。哥哥们离开时给母亲留下些钱，但母亲没要。两个嫂子偶尔带孩子回来，拿几件衣服又走了，去药材基地和哥哥们住了。父亲从没到过毛竹岛上，每次我从毛竹岛上回来，他也没问什么。他的话明显少了很多，对家里的事情也不太管了，一副安享晚年的模样。这倒使我觉得他像个真正的父亲了，我也不知道怎么会有这样奇怪的感觉。村人开始公开问我们，其实大多数时候是问我："你们妈怎么了？"我说："没怎么，她想在岛上养几批鸭子，第一批已经快成卖了。"显然村人并不相信我的话，但他们也不知道我母亲到底要干什么。只有玉姑在屋后见我时，忧心忡忡地告诉我，有时间多到岛上陪陪母亲。我很不喜欢她脸上那副惨淡的愁容，我母亲脸上也会有这样的表情，不过我见得并不多。

有一天早上，父亲从外头急慌慌走进厨房对我说："你妈要卖菜了，快给你哥哥们打电话。"我感到莫名其妙。他瞪我一眼，说："愣着干吗，快打呀，叫他们把车开回来。"

那天早上，我们家在岸边活像演了一出可笑的戏。父亲领着我们四兄妹，开两辆皮卡车候在岸边，等母亲从毛竹岛上划竹筏出来。我们看见泊在毛竹岛岸边的竹筏上有一担满满的青菜，显然是母亲五更天就起来摘的。母亲慢悠悠划竹筏离开毛竹岛时，父亲领着我们站在岸边等，脸上带着急切而严肃的神情，仿佛在做一件很重要的事情。母亲站在水中的竹筏上看着我们，不知道我们要干什么，一脸困惑，停下划动的竹篙。

父亲朝母亲急切地喊：“过来啊，帮你拉菜去卖。”

在江滩边淋菜的村民听见了顿时哈哈大笑起来。想想看，两辆皮卡车，父亲和四个牛高马大的儿女，等着帮母亲把一担青菜搬上车，搭上渡船，拉到集市上卖，确实够好笑的。母亲站在竹筏上看了我们一会儿，我看见她脸上有类似在忍耐某种隐秘疼痛的表情，想说又说不出来，然后渐渐变成愤怒，她调转竹筏，朝毛竹岛划回去了。父亲和我们都没料到母亲会这么做，淋菜的村人也不敢笑了，呆呆看着水中划竹筏的母亲。我们都沉默着，母亲背对我们划竹筏的背影变成一种坚硬的拒绝，这使我们感到很难过。

“丑八怪，逞能吧。”父亲朝母亲嘟囔一句，对不知所措的几兄妹挥挥手。“回去，由她折腾。”他气哼哼地说。

那天早上我帮母亲把那担青菜从竹筏上搬下来，母亲挑到渡口，搭船过河去了。一担很沉的青菜，但也许卖不了几个钱。

毛竹岛上那两块菜地，母亲几乎隔天就能卖掉一担子，我有时候会到毛竹岛上去帮她洗菜，码到菜筐里。父亲说母亲总共卖了十六次菜，也不知道他是怎么知道的。我和哥哥们都希望母亲能快点把那两块菜地里的青菜卖完，也许那时母亲就该回家了。但当菜地里的青菜渐渐疏朗起来时，母亲养的上百只鸭子已经像蒲扇一样在江里不安分地游弋了，站在岸上老远就能听见它们无比惬意的叫唤声。

有一天夜里，起了暴风雨。黑漆漆的窗外时不时被一道道疾速而雪亮的闪电划破，亮闪闪的，伴随着噼啪一声凄厉响雷下来，窗外的黑夜顿时亮如白昼，看见窗外所有能动的东西在狂风中拼命挣扎，大雨紧接着瓢泼而下了，所能听见的只有狂风雷电和暴雨声，听着都令人心悸。父亲把屋里所有的灯火都打开，并使劲拍我的房门把我叫起来。

“什么时候了你还在睡？真是王八犊子。”他站在门外近乎咆哮。我打开房门，看见父亲穿戴整齐，连雨靴都穿上了。

“干吗？还让不让人睡了。”我朝他嘟囔。

“大雨大雷的你还睡？肯定涨水了，这么久没住过人了，还顶得住吗？快给你哥哥们打电话。”父亲前言不搭后语朝我一顿发火。

“深更半夜大风大雨，哪里还有渡船？我哥他们回不来了，”我说，“回来也做不成什么。”我也发火了，我觉得父亲一定疯了。

“蠢丫头片子！叫你打你就打。”父亲简直是对我咬牙切齿。我回房间穿好衣服后来到客厅，看见父亲把家里的雨衣雨伞全找出来了，他两只手足足拿了五把雨伞，连我侄子那把只有锅盖那样大的儿童阳伞都找出来了。我当着他的面给大哥打电话，大哥那边一接通，我便听到一声令人惊心的厉雷从手机里传来，紧接着窗外一片雪亮。我觉得我和大哥肯定置身同一阵雷声里。果然，大哥那边传来嘈杂的雨声和雷电声。

“小妖，我们到渡口了，过不去，没有渡船了。光叔这劳改犯不肯开渡，有雷，太危险。你那边怎么样？”大哥在那头叫喊。

“我和爸都在家里。”我也朝电话里喊叫。父亲显然猜到情况了，他一边疾速穿上雨衣一边怒骂：“王八犊子，关键时候一个都指望不上。”仿佛家里所有的麻烦全都是我们兄妹几个惹下的。父亲穿好雨衣急匆匆朝大门走去，我瞧了一眼窗外不断划破夜色的闪电，赶紧挂掉电话跟上父亲。

“我哥他们到渡口了，正等光叔开渡。我哥给他开大价钱了，不过要慢一点。”我对父亲撒谎，窗外亮如白昼的闪电实在让我感到害怕。父亲回头看我的表情有些怀疑。

“骗你干吗，要不你亲自打电话给我哥他们。”我知道父亲不会打。我想把父亲拖一时半刻的，也许过不了多久暴风雨就小了。父亲重新回到客厅，雨衣都没脱就坐在桌边。屋外的暴风雨似乎并没有小下来的意思，闪电和雷声不断交替。我和父亲坐在客厅里，都不说话。我们明白各自心里的担忧，又都极力回避提及，那仿佛成为我们共同的隐痛。父亲静静坐着，黑色的宽大雨衣把他裹得跟秋天稻田里赶麻雀的稻草人似的，脸上带着一种落难般的表情，我从来没见过父亲这副狼狈模样。他仔细聆听门外的暴风雨声，我知道他肯定听不到我哥他们的车喇叭声音了，除非奇迹发生。我们大概坐了四十分钟，父亲开始不耐烦起来，不断回头看我。我不知道该怎么安慰他，心里既难过，又有一丝快意，我觉得这个雨夜家里所有的担忧和麻烦都是他惹下的。毫无减弱之势的暴风雨终于使父亲忍无可忍，他站起来，怒气冲冲地朝门口走去，显然他知道我跟他撒谎了。父亲打开家门时，门外射进来一束雪亮的灯光，灯光疾速朝门口逼近，光亮中映出一片密集的雨帘。天知道我哥他们开了多少钱才能让光叔开渡。

父亲领着我们出门了，三个哥哥都拿着手电筒，把我和父亲夹在中间。我们穿行在暴雨中，时不时还听到一声雷。村庄在深夜的暴风雨中没有一丝灯火，连声狗吠都听不见。离江边大老远就听见江水湍急流动的可怕怒吼声，我们都暗暗加快脚步。靠近江堤时，江里巨流发出的声音彻底把暴风雨声吞没了，在哥哥们的手电筒光亮下，透过帘布一样的雨水，我们看见毛竹岛上一片黑暗。暴涨起来的江水淹没掉不少菜地，毛竹岛和江堤之间的水域一下子宽阔无比。

“把手电筒关掉，关掉！”父亲大喊。

哥哥们关掉手电筒，我们在黑暗中努力朝毛竹岛张望，希望黑夜能衬托出点岛上的光亮来。然而我们什么都看不到。在频繁的闪电照耀下，我们瞬间看见岛上孤零零的木屋笼罩在暴风雨之下，看上去离我们那么遥远，毛竹岛似乎也变得小了许多，看起来随时都有可能被一股湍急洪流卷走，这多么令我们心碎啊。

“喊呀，都哑巴了？”父亲冲我们叫喊。

哥哥们重新打开手电筒，我们尽可能靠近咆哮的江水边。

“妈——”

“妈——”

“妈——”

“妈——”

我们四兄妹站在岸边，朝毛竹岛声嘶力竭地喊叫，一遍又一遍。我们怀疑叫喊声是否能穿透暴风雨声和巨流声，到达毛竹岛上的小木屋里。叫着叫着，哥哥们突然全都停下来，显然知道怎么叫喊都是徒劳的。望着脚边怒吼的江水，我几乎哭出来了，扑打身边的父亲。

“都怪你这个阴阳怪气的老怪物，是你把我妈逼走的，你怎么不去岛上住，江水该把你冲走的，老怪物，该死……”父亲面对翻滚的江面，僵硬呆立着，不知道在想什么。大哥在黑暗中扯我一把，我甩掉他的手，朝三个哥哥发火。

“你们这些窝囊废，怕死鬼，你们看着妈被水冲走吧。我去找妈……”我终于号啕起来，脚步就要蹚进沸腾般的江水中，我从来没像此刻觉得母亲如此重要。几个哥哥死死拉住我。

“小妖，小妖，看，快看，妈那里亮灯了，你快看啊！”二哥急切地说。我顿时止住哭和挣扎，仇恨似的睁大眼睛朝毛竹岛看去。假如二哥骗我，我想我肯定会很不客气地伸手把他推下该死的江水里的。我们全都死死盯住毛竹岛。

“妈——”

“妈——”

“妈——”

“妈——”

我们又朝毛竹岛叫喊起来。果然，毛竹岛上的小木屋里有隐约的亮光透出来，在密集的雨水中若隐若现。这微弱的光亮使我们欣喜若狂。

“妈——”

“妈——”

“妈——”

“妈——”

我们又继续喊叫，哥哥们还不断朝岛上的小木屋晃动手电筒。小木屋里的光亮渐渐强起来，也许是母亲多点了几支蜡烛吧。我们不知道母亲是因为听见我们兄妹的叫喊声才点灯，还是因为小木屋漏雨了，或许她只是照看一下那群看起来很傲慢的鸭子是否安全。不过对我们来说都不重要，因为我们知道母亲还安然无恙待在岛上就够了。

我们在江堤边站了很久，每个人身上都湿透了，暴风雨似乎变得小了些，能够清晰看见毛竹岛上小木屋里透出来的如豆灯火，那灯火一直亮着。我想母亲肯定听见我们的叫喊声，故意给我们亮着的。我们几近贪婪地紧紧盯着那点星火，谁都没说要回去。暴风雨明显弱下来后，父亲大概觉得身上湿冷难受了，也该放心了，于是招呼我们回去。

“回吧。”父亲说，声音有点哆嗦，不过口气很平静。我们在渐渐小下来的暴风雨中离开可恶的江边。

暴风雨在我们回到家时差不多停住了。一觉醒来，我发现窗外透进刺眼的阳光，如果不是看见墙角搭在椅子上湿答答的衣服，我差点要忘记昨夜那场可怕的暴风雨了。我立刻想到毛竹岛上的母亲，穿好衣服来到屋外。哥哥们已经起来了。其实我们都没怎么睡，也就躺了两三个小时。哥哥们坐在客厅的饭桌前抽烟，我嘟囔起来："又等我煮吃的，我又不是保姆。"大哥朝厨房门口看了一眼说，爸在煮面条。我瞠目结舌，说不出话来。父亲这时在里头喊："进来吃面，还等老子端给你们啊？"我立刻冲厨房嚷："为什么不端，平时妈都端的。"父亲从厨房里出来，样子令人哭笑不得：用煤气灶煮个面条他连袖套和围裙都戴上了，并且还穿上我妈平时整理猪圈时穿的浅口透明塑料鞋。看样子他把厨房当成什么有危险的场所了。

"我不是你妈，你妈死在那招瘟的岛上了。"父亲有些恼怒。他又开始恢复惯常的神气了，仿佛已经忘掉他昨夜的狼狈相。我和哥哥们面面相觑，弄不懂父亲为什么不肯变得平静些。

吃过软烂的面条后，我和哥哥们再次来到江边，父亲没跟来。我们一眼就看见毛竹岛上的母亲。她正在木屋外晾晒一些衣物和被子，把它们铺在岛上被雨水冲洗干净又被阳光晒干的鹅卵石上，显然是小木屋漏雨了。我和哥哥们一时都感到很难过，不知道昨夜母亲在小木屋是怎么度过的。

"妈——"我忍不住朝毛竹岛喊叫。江水依旧在咆哮着，污浊的江水裹挟各种各样的杂物疾速流逝。这样怒火朝天般的流水，一两天内肯定没办法划竹筏了。

"小妖——"母亲转过身来，朝我们张望，河水的巨流声带来她有些无力的声音。母亲肯定也一夜没睡好。我听见母亲的声音，几乎要哭了。哥哥们搓搓手，像傻子一样相互笑起来。

暴雨过后第三天，暴涨起来的江水终于退下去不少，被淹没的菜地也渐渐露出来了。菜地里一片泥泞，青菜全被泡烂死掉。不过菜农们倒没多伤心，早就习以为常了。

哥哥们又忙药材基地的事情了，据说一场暴雨冲走了不少草药苗。暴雨三天后的下午，母亲小心翼翼地划着竹筏过来接我。

“妈，回家吧。”我一上竹筏就恳求母亲说。母亲小心撑竹筏，好一会儿答非所问。

“鸭子还好，没死一只。”母亲说，那模样好像舒了一口气，她似乎在回避回家这件事情。

“我在叫你回家呢，你要在这待到死呀。”我从竹筏跳到毛竹岛柔软的沙地上，不依不饶地问她。

母亲把竹筏绑好，说：“卖完鸭子再说吧。”

我伤心地看着母亲好一会儿，心里对那群鸭子充满怨恨，决定再耐心等一等。

那些天我几乎天天到毛竹岛上陪母亲，她在菜地里拔草。那两块菜地已经没多少青菜了，也看不出母亲想重新挖地种菜的样子。这让我很高兴，母亲不打算种菜了，要回家了。我们只要耐心再等一阵子，等那群多嘴的鸭子再长上一斤半斤就全部把它们卖掉，我们家又可以恢复以前的日子了。

“妈。”我说。

“嗯。”母亲头也不抬地拔草。

我其实很想问她为什么要离开家到岛上来住，但不知怎么，又觉得问不出口。

“卖了鸭子你打算买什么？”我问她。

“不买什么，养了总归要卖的。”母亲说。

“你想要什么其实可以跟爸说的，他还能不给你买吗？”我说。

“我不需要什么，”母亲说，然后停下拔草，带着笑问我，“你想要什么？我给你买。”

“我不需要什么。”我也笑。

“真不需要？”她又问。

“真不需要。”我说。其实我舍不得花她卖鸭子的钱。

母亲不再说话，继续低头拔草，然后敲掉草根的泥沙，扔到鸭舍里喂鸭子了。那真是一群肥鸭。

两个街日后，母亲打算卖掉她那群鸭子。父亲又一次吩咐哥哥们把两辆皮卡车开到河边等着。岸边菜地里的村民又嘲笑我们了，不过这次我们并不在意。而且，那是一群活蹦乱跳的鸭子，肯定要比一担青菜麻烦多了，母亲会需要我们帮忙的。母亲却没像我们想的那样简单，她并不亲自挑到街上去卖，而是去联系几个做烤鸭的老板，给他们的价格比市场上的低，但要求老板们自己到江边来拉鸭子。我们几兄妹只在老板们把一笼笼鸭子搬上他们的货车时搭一把手，其他什么忙也帮不上。那群鸭子卖了差不多五千块钱，母亲拿着一把钱，我发现她竟然眼泪汪汪的。我和哥哥们都感到很惊讶，母亲在我们的印象中并不是个在意金钱的女人。然后她给我们四兄妹每人一百，哥哥们都不好意思拿。母亲却笑着说，第一次给你们钱，拿吧。我们捏着那张百元纸币，感觉有些新奇，仿佛自己又变成几岁的孩子了。母亲还叫我帮她把借玉姑的钱带回去给她。

卖完那群鸭子后，母亲依旧划着竹筏回到毛竹岛，我们几兄妹眼巴巴地看着那张破旧的竹筏越划越远。

“妈，你不是答应卖完鸭子就回家吗？”我很委屈，冲母亲喊。

“你们先回。”母亲从水面给我们甩来一句话。

我和哥哥们在岸边站了一会儿，大哥说：“也许妈要收拾小木屋里的东西，明早再来接她。”

我们回家后，父亲立刻叫我们打扫卫生，把家里家外都扫干净擦干净，并且让哥哥们打电话把嫂子们和侄子侄女都叫回来了。

第二天一早，我们一大家子浩浩荡荡来到江边，却看见那张竹筏搁在村庄这边的沙地上。显然母亲已经从毛竹岛上出来了，我们却没看见她回家。几个哥哥和父亲赶紧把竹筏推下江里，我也跳上去了，竹筏差点儿被我们弄翻。

小木屋里似乎并不少什么东西，母亲的衣物也还在，猫蜷缩在被脚边扯呼噜睡着，床下地上的猫碗里放了满满一碗饭和一些肉片，除了母亲，我们实在看不出少什么。

“妈可能赶街去了。”大哥说，父亲却什么都没说，叫我们几兄妹先回家，他想待在岛上等母亲。

父亲从此再也没离开过毛竹岛，他也像母亲那样在毛竹岛上养鸭子，挖地种菜，我隔三岔五划着竹筏给他送点米油，他用得极少。他再也不管家里任何事情了。

我们的母亲那天早上离开毛竹岛后，一直没回来。村里有些人说那天早上看见母亲搭渡船出去了，但同渡的人却反驳说船上并没有母亲。哥哥们都想出去找母亲，再三盘问父亲要母亲老家的地址，大哥甚至领着我们几兄妹给父亲跪下了，可父亲总是沉默不语。父亲把母亲留下来的衣物全都装进一口木箱里，搁在木屋的床底下。每年梅雨季节过后，他总是把母亲的衣物翻出来晾晒，仿佛母亲只是出了一趟远门，过不了多久就回来了。

净脸

原载《芙蓉》2022 年第 1 期

· 一 ·

中秋的阳光闪亮在万物之上时，莫老太才出门。去年惊蛰之后，她再也不能像往年按时把铺垫的老棉絮从床上翻走，她就知道生命又进入一道新坎了。冬天的夜晚不再让她轻易感到舒适的暖意，总是需要她把白天的事情，渐渐至半生的事情慢慢回忆，时间变得越来越长地进行回忆，直至老棉絮扎的粗布被套渐渐暖和起来，她才能在柔软的暖和里慢慢沉入睡眠。她知道不是棉被日渐稀薄，而是肉身变得需要更多的暖意，她生命中的热量一点一点遗散了。这是无法避免的，没有人能避免。莫老太见过太多的死，对于生命最后的归宿，早习以为常。

她对温暖变得格外渴望起来，喜欢阳光灿烂的日子。

伸出手，阳光在掌心上跳跃，温暖透过掌心的皮肤渗进骨肉里，驱散体内暗暗滋生的一寸一寸冷。

昨天傍晚，夕阳初显时，一个嘴唇上长着一层浓密绒毛的十四五岁的少年，带着抑郁的神情走进家门，请她到后山的姜村去给自己的母亲净脸。莫老太正从后院收拢进来白日晾晒的被子，她抱着棉被，望着尚未长成形的孩子，叹了口气。一般由长子来请，莫老太在家里接待过五六十岁的长子，也接待过尚在襁褓中由人抱来的长子，不管是前者还是后者，死别的悲伤于他们来说都不会过于强烈。前者经历世事，对人之生死已然接受，不会过于哀恸，而后者甚至连悲喜都尚未感知。于他们，莫老太一般不会有太多哀怜，独独对这样半青不熟的长子，内心总是充满难言的怜爱。他们的生命尚处于对生死半知不解的阶段，尤其是对死，既感到新奇又充满疑虑和恐惧，死亡的骤然降临，最终会变成恐惧，像阴影一样长久笼罩在他们内心。死亡不应该这样过早困扰一个正在成长的蓬勃生命。

少年想要给莫老太行磕头礼，这一定是长辈教的，她急忙腾出一只手捉住他的胳膊，挽住他已经下坠的身体。他身穿一件淡蓝色短袖衫，扣子扣得整整齐齐的，是个循规蹈矩的年轻人。劫难笼罩在他身上，但蓬勃的生命力并没因此离开他，饱满的脸颊上晕染一层淡淡的健康红晕。

“坐下！”她说，把少年推到背靠椅上。她想了解更多，他妈妈的年纪，生命因何种疾病而过早消逝。家中尚有何亲人。但最终她什么也没问，没有意义。她给少年下了一碗煎蛋魔芋粉丝。莫老太极少在家待客，多数人也忌讳她的家。但少年身上的蓬勃朝气和落落大方让她心生怜爱。母亲的卧病一定让他缺失衣食上的照管，父亲是指望不上的。少年很快被美食诱惑，在面碗上埋首，贪婪吃起来，逼近的灾难被他暂时遗忘掉了。她仔细询问病人的情况，得知一时半会走不了，答应他明天中午一定去。对于死亡，每个久病之人都有预知能力，到时候了，他们便会嘱托孩子前来请她。当然也有一些执迷不悟的，分明感到死亡的阴影已经逼近生命，却依然贪恋人间某一件隐秘物件而不肯见她，这样的人往往会带着一张沧桑斑驳的脸面和一身世俗之罪离开人世。

莫老太站在家门前，目送少年的背影在渐渐浓郁起来的夕阳里朝山路上走，身影渐渐小起来。人被扔到山上，便显得小了，最终成为山上的一把黄土。浓郁的夕阳瑰丽无比，让人不忍想到死亡，而它一刻不曾离开人间。

暖风吹过。闪亮的阳光让莫老太感到暖意在身体里一寸一寸延伸，像流淌在身体里的血液，她渐渐感到舒坦，脚步也变得轻盈起来。这具日渐老迈的躯体几十年来一直忠诚于她，极少给她带来困扰，偶尔一些诸如膝盖酸痛和头晕脑涨的小毛病，通常被她一把草药煎水服用治好了，她从不上镇上的医院。对于病痛，她看得和生死一样，该来的总会来，没有必要对它们大动干戈。初秋的谷物在山梁上已渐渐成熟，黄豆、花生、玉米、南瓜、冬瓜、魔芋，渐渐往黄处走，风里已经开始有了谷物的香气，等深秋的霜冻一下，就该收仓了。有人影在山上移动，穿梭在谷物之间。人活一世，草木只活一秋，人却毕生在草木间忙活。腰间配着镰刀盒子的村人从山上下来，腋下夹一截白生生的芭蕉芯，这东西可以炒来下饭，跟野菜差不多。来人渐渐走近，在莫老太前面定住。

“太婆，上山去？”是个妇女，脸被烤得赤红。山里人把出门干活叫“上山”，地都在山上，活也在山上。

“出门。”莫老太简短回答，在闪亮的阳光下眯起眼打量来人。

妇女凛然一怔，在烈日下冷不丁打了个寒战，脸上掠过惊惧的神情。她一时不知该说什么，片刻后慌乱抓下腋下夹着的芭蕉芯，从腰间的镰刀盒子抽出镰刀。

“地里的芭蕉死了，剥了截芭蕉芯，太婆拿去尝一尝。”说着，镰刀刃就搁到那截芭蕉芯上。

“你留着，”莫老太制止了她，“我受不了这口，吃了烧心。”莫老太朝她摆摆手。妇女的动作凝滞在弯起来的手臂上，目光在阳光下闪闪发亮，然后她朝旁边稍稍偏身，让莫老太过去。其实山路很宽，无须避让，但莫老太是在“出门”。她有一套符合她身份的语言，出了家门，干活去叫“上山”，若是去赴一场关于死亡的邀约，不巧被人问及，就叫“出门”。生命的消亡当然令人敬畏，死亡是沉重的，人会本能避让。

农妇一直站在原地，灵魂出窍般的。她刚才还在地里为亲手种出来的丰硕谷物欣喜，转眼死亡的阴影便站在面前。她茫然无措地望着莫老太慢慢走上那道山梁，拐个弯，不见了。

姜村就在山脚下，被包围在一片山里，缓缓下了坡，有一个人坐在村头的地头水柜边上，晃着两条腿。那人看见顺坡而下的莫老太，抖动的腿停住了，从水柜上跳下来，三两下便跑到她面前。是昨天傍晚的少年，今天换了件灰色的圆领短袖衫，胸前印有一匹扬蹄奔腾的白马。

“妈叫我来等你。”少年垂着头，像犯了什么错。她示意他在前面带路。他们安静走着，少年失去了昨天的落落大方，在前面小心翼翼下脚步，像怕惊扰身后人。走几步折回身，望向莫老太的目光充满惊惧。

病人是位不足四十的妇人，纸片人似的卧在棉被下，枕头上散乱的头发倒还浓密如墨。她闭着眼睛，几乎觉察不到呼吸，眼圈和嘴唇一样青黑，脸上一层黄皮裹着骨头。模样还是清秀的。莫老太只瞧了卧床的人一眼，便知道也就是这两天的工夫了。

屋里有干八角的清香味儿，是从挂在床尾的一串八角散发出来的，它的香味可以驱散空气中的不洁气味。少年想叫醒床上的妇人，被莫老太制止了，她在床边的椅子坐下。良久，病人沉缓地睁开眼帘，定定瞧着她，像在辨认。

“太婆来了！”软软的声音，无力的，像根一拽即断的弦。

莫老太点一点头：“你觉得怎么样？”她握住从被子下挣出来的手，她知道那只手在找她。只有预知并已经向死神妥协的人才会主动向她伸出手。手是湿冷的。

“这两天不怎么疼了，肝疼，”病人沉缓地挪动嘴皮，“我一直在睡觉，做梦，梦见我奶奶，我就知道到时候了。”她的嘴角动了动，似乎想笑：“我是不怕的，只是孩子还小，要遭罪呀。”

“这不是你该操心的，我们生下孩子的那一刻，他就有了属于自己的活路了。”莫老太握住那只汗津津的手。有的人会在临近的最后那一刻一言不发，这样的人多半是经历太多疾苦，对于生，已然无言可诉，死于他们是一种彻底解脱。

病人闭上眼睛，像累极似的摇摇头。

“孩子，你准备好了吗？”半晌，莫老太轻声问病人，握住病人的那只手暗暗使了力。

枕头上的脑袋轻轻动了一下。莫老太起身出了房间。胡子拉碴的汉子站在房间外的厅堂里，背上伏着一个四五岁的女娃娃，耷拉着脑袋，睡着了。汉子见莫老太出来，喃喃地说：“才半年，这才半年的。”

“柚子叶，剪刀，都备下了？”莫老太问得直截了当，一切的怜悯都无济于事。汉子点点头。少年端出来一盆热水，柚子叶和剪刀浸在热水盆中，他跟在莫老太身后进了房间。床上的妇人一直睁眼看着这一切，她的目光落在少年身上，干燥的眼角开始渗出泪水。

并没有太过复杂的过程。柚子叶清尘除秽，剪刀剪掉人间三千丝烦恼，人们深信它们合起来能产生神奇的力量，清除掉凡尘俗世中人的一切疾苦以及罪过，清明骨肉，洁净灵魂，澄明去往另一个世界。

人还活着，是不需要念净脸咒语的。莫老太接过少年递给的浸了柚子叶水的毛巾，开始为卧床的人擦洗。脸，脖子，后颈，揭开被子，把妇人上身的衣物褪去，干瘪的身体卧着一个鼓胀的肚子，一层薄皮绷得紧紧的。妇人的手轻轻抚摸了一下肚子，泪水从她的眼角滑落。她还能配合莫老太，转过一个久卧而发皱的后背给她净身。她的身体还算干净，没有明显的异味，显然她遇到一个大体上还算贴心的男人，没让她短暂的生命遭太多的苦。

一切都在默默进行，生与死在悄无声息更替。屋外阳光灿烂，山风在吹，山上的粮食在成熟，街巷传来各种与人相关的声音，人间的烟火一切如常，看不见死神的脚步经过。与出生相比，生命的结束显得过于寂寞。这样的场景莫老太早已习以为常。无论一个生命的过往如何蓬勃与繁华，享受过何种大富大贵，到这最后一刻，只有他一个人孤身上路，无可替代。

少年的喉咙里忽然冒出隐忍的呜咽，逼近的死亡使他瞬间成长，无须过多的教诲。他接过莫老太递过来的毛巾，在热水盆里清洗，拧干，再递回去。

汉子捧着干净的衣物进来，床上的妻子已经洁净一新，默默含笑，似乎那盆水已经带走了她的疾病和忧虑。

莫老太从房间里退出来，让亲人为她着衣。堂屋的饭桌上放置一盆浸泡了柚子叶的清水，旁边是半碗清亮透明的生茶油，那是为她净手而准备的。女娃娃立在饭桌边，小脸上带着刚睡醒的红晕，两只细眼睛固执地盯着莫老太。

“叫什么名字？”莫老太站在桌边净手，目光落在女孩乱蓬蓬的小脑袋上。

“妈妈怎么了？”女孩很敏感，目光充满戒备。

莫老太沉默着。真相对于每个生命来说都是平等的，她不想撒谎，也不想找任何借口给予小女孩安慰。擦干净手上的水，她开始往手上抹生茶油。她的双手清洗过无数即将失去或已经失去生命的躯体，那些躯体带着疾病，这层生茶油能清除掉由于接触病体而产生的污秽。实际上她并不介意，她更愿意把最后这层涂油当作整个净脸的一部分。

汉子把净脸礼给她，封在一张红纸里，封口的米饭粒还湿着。莫老太坦然接过，这是她应得的，这是净脸的赐礼，她是生命最后的摆渡人。

午后的风暖和，深山里的天空高远，没有一丝云，阳光亮得耀眼。已经做了四十多年的净脸，经历过太多死亡，每次净脸结束，莫老太还是会感到突然而来的空，那种空旷虚无的空填满她的内心，她觉得只是一副空空的躯壳在行走，轻飘得可以不用迈动脚步。无论如何，她是敬畏死亡的，死亡让她感到孤独，没有人能了解一个净脸人的孤独。人们认为她们身上有种神秘的力量，她们能和死亡交流，她们的内心比常人更坚强，她们的命格比常人更硬。

莫老太轻飘飘地走在巷子里，一阵恍惚，她站在一条分岔的巷子前，努力聚拢飞散的思绪，努力辨认，终于走进一条窄小的巷子里。没错，就是这条。她前年来过这个村庄，当然，之前也来过，这是无法避免的。阳光被挡在巷子之上，巷子里一片清凉，老人和狗坐在家门前，静悄悄的，时光无声无息在他们身上流淌。她顺着巷子往里走，在一个围着矮石墙的院子前停下来。那棵夹竹桃还在，枝叶从矮墙上伸出来，只有最顶部的枝叶才能接触到一簇闪亮的阳光。院门闭拢，莫老太轻轻推门而入，一眼就看见屋檐下靠墙而坐的老人，脚边的椅子上放着一碗水，黑白格子头巾把小小的脑袋包得结结实实的，垂着头，仿佛在凝视地面上的什么东西，脸上的神情平静。院子里的阳光已经开始西斜，从老人身上渐移渐远，她完全置身于阴影当中。莫老太的脚步落在泥土院子里无声无息，老人还是警觉地抬头，她的目光混沌而凝滞，视线之内是一片白雾，一团模糊的黑影在白雾里朝她移动。

“我闻到了生茶油的气味！”她直视前方，脸上的神色是严厉的。

“是我！”莫老太说，走过去在她身边坐下来。

“我可没请你来，你来早了。”老人伸出手，摸索着朝她伸过来，口气很不客气，但脸上的表情却是欢喜的。莫老太抓住那只硬邦邦的手。她们都有一双同样的手，给无数即将逝去的灵魂带去最后的抚慰和洁净。

“你手上的茶油还没干，是谁？”老人问，脸对着莫老太，双眼空茫无物，它们已经看不见好几年了。

莫老太说出少年的名字。两位老人一时相互握着手沉默着，她们并不常常见面，但彼此关切。在这片古老的山里，几乎每个村庄都会有这样一位老人存在，人们把生命的临终时刻交付与她们，如同人初生的生命交付与父母。她们当然不是一下子就老去的，像金子一样的葱茏年华也曾光顾她们的生命，但她们的命运常常比一般人遭遇更多的厄运。没有任何的机缘巧合，厄运就是对命运最好的安排，令她们走上了这条令人敬畏而寂寞的抚慰死亡之路。

“你有一阵子没来这个村庄了，有一两年了，我真想看看你，我的天数是一天比一天少了，不过我并不怕，没什么可怕的。”老人说，慢慢摩挲到莫老太两个光秃秃的手腕，她低下头，仿佛她双眼还能看得见似的。

“总是会来的。”莫老太笑起来，她对这个比她大十二岁的老大姐充满敬畏。如今老大姐老了，莫老太见识过她年轻时的容颜，一晃，老大姐已经老得看不见活了一世的尘世的模样。莫老太是老大姐带出来的，老大姐帮助她克服掉对死亡的种种恐惧，告诉她死亡的真相，也告诉她生活的真相。

“那没什么。”这是老大姐的口头禅，她总是以一种在莫老太看来极为超脱的目光和心境对待一切。

老人闻言笑起来，脸上是一副童真模样，老大姐常常在她面前流露出这样的表情，里面含有一点看人笑话的意味。莫老太当然明白她的意思。

“今天有点儿累。”莫老太说。那种被掏空的感觉依然没有离开她，那两个尚未成年的孩子像极了两枚还挂在枝头、沾着晶莹露水的青果。

“你的心还是太软了。”老人叹道。

“人还很年轻。”莫老太轻声说。

“命都是有定数的，这么说你到现在还没明白这个道理？”老人的口气里有责备的意思，但并不严厉。

莫老太沉默。年轻生命离世，总免不了让她心生悲伤。她极少在人前流露出这种情绪，人们也不想看见她满脸沉痛地为他们的亲人净脸。他们需要从她身上看到镇定自若，看到生死如常，看到肃穆和尊重，这会给即逝者和他们的亲人带来慰藉和力量，消除他们对即将来临的死亡的恐惧。因此她总是一副面无表情的样子，在那样的时刻，她的情绪从来都不在她的脸上。

老人摸索着要站起来，莫老太连忙扶住她，以为她要上茅房。老人的双眼虽然看不见了，但院子以及房间里的一切，她了如指掌。

“你坐。”老人制止莫老太，扶着膝盖站起来。也许是坐得太久，她的两个膝盖在沉寂的时间里僵硬了，站起来时膝关节发出很大的嗒嗒声响。她朝房门那儿走去，默数脚步，准确抬脚迈过门槛，隐进门洞里。

村里的房子都是石头块砌起来的，山里唯一不缺的就是石头，人住的房屋，牲口圈，围墙，屋门前的垫脚台阶，全是笨重而规整的大块石头。这种石头砖很难凿刻，一座房子，需要你带着年幼的儿子不断在山里选料凿刻，再把笨重的石头砖从山上背下来，往往要到儿子即将成家立业时，才能备好所需石料。古老的房屋代代相传下来，在多年的四季风霜中，屋墙的石块变成一种凝重而固执的深黑色，像包含一个个家庭不为人知的隐秘。靠近墙脚的地方，梅雨季节往往会蔓延上半米高的鲜绿色的苔藓，饱含水色，一两个晴天后，苔藓便慢慢干枯变成灰黑色，边儿蜷曲，被迟缓的山风一点点剥落，墙脚便会呈现出半截不同的干燥白色。单单是看房子的表面，你无法辨别房子里的这一代人和上一代人有什么不同。房子是同样的房子，山上的地也是祖宗开辟传下来的，地里种着永远不变的粮食，也许夜晚祖宗做过的梦，儿孙们也是一代代做下来的。

阳光慢慢西斜，院子里的空气渐渐清凉下来，带着暮色来临的气息。院子里干净而沉寂，村庄深处偶尔传来一两声声响。没有哪一个村庄会漠视一个净脸人的晚年。她们无儿无女，没有伴侣，一辈子素食，人间的日常天伦和她们没有任何关系。待她们老得再也拧不动浸了柚子水的毛巾为即逝者净脸时，村庄里的每一户人家都是她们的家，每一个人都是她们的亲人。几年前这个常年沉静的院子主人再也看不见任何可以触摸的事物后，她成了村里每户人家最敬重的长辈。每一户人家的主妇会轮流奉送一日三餐，为她清洁屋子、铺盖和衣物。这是她该得的，她心安理得地享受着村人给予的一切关照，安静等待生命最后的时光来临。她唯一的遗憾是，终其一生，没能为这个村子物色和培养一个能够接替她的净脸人，这需要机缘，不能强求。

这些年来，莫老太“出门”的村庄越来越多了，老一辈的净脸人上了年纪，再也无法进行净脸，村里人便开始请村外的净脸人，如若时光倒流到十年前，这简直是令人无法想象的事情。在这片深重的山里，净脸人虽然都操守一套共同的规矩，但终究也是外村人，不知道根底，其为人性情、规矩操守程度，一无所知，怎能将亲人在人间最后的礼仪交与他手？

莫老太站起来，朝屋里走去。屋里的光线比院子昏暗阴凉、沉寂，简单的摆设，寥寥无几的几件古老而陈旧的木质家具，是由山上的树木打造而成的。没有神堂，没有任何活物，这是不允许有的。屋里简洁干净得给人一种近乎萧索的感觉，可以看得出主人在平时生活上的严苛和自律。几件灰黑色的衣物搭在一张高高的背靠椅上。老妇人一辈子都穿这种肃穆而颜色沉闷的衣物，这成了她生命的底色。莫老太从未见过她身上有任何稍微光鲜一点的色彩，她的生活乃至生命中没有任何鲜活的东西。四十八年前，老妇人的丈夫和一对尚年幼的儿女在山脚下一个简易的守瓜棚里，毫无征兆地遭遇一场山体滑坡。那简直是整座山的倒塌，庞大而罪恶的赤色泥土结结实实地覆盖在那个已经不见踪影的瓜棚上，连那片种瓜的地也不见了边缘。劫难来得如此突然而巨大，把她过往的生活埋葬得一干二净。至今，她的三个亲人依然被埋在那山底下，山上草木遵循四季枯荣，再也看不到任何劫难的踪迹。然而劫难一直在老妇人心里，她成了一个与世无争的净脸人，毕生给那些即逝者带去人间最后的慰藉。她说这是宿命。

像是站在时间最深处一般宁静，这间简洁的石头房子里透出肃穆而凝重的气氛，是老妇人所熟悉的。莫老太放心了，屋里的迹象表明老妇人目前的生活和以往毫无二致，她尚在人间的安适之处，莫老太多么担心她忽然不辞而别，毕竟她是八十岁的高龄老人了。

莫老太默默退出屋外，一种清冷的气息使她不得不退出来。她重新坐回椅子，阳光已经从夹竹桃顶上退去了，留下一冠黑油油的绿。黄昏渐渐从村庄深处浮上来，清晨和黄昏的村庄像一个满怀心事的人。

老妇人从幽暗的门里出来，慢慢但利索地回到莫老太的身边坐下，右手捏着一只闪烁着暗哑光泽的光面银手镯。她摸到莫老太的手，把银手镯套进莫老太的手腕上。

“我戴了四十几年，如今再也不需要戴了。你得有这么一个东西，我早就对你说过了，我们做这一行的，身上必须戴点儿东西。”老妇人说，脸上的神情不容拒绝。

“我不忌讳这些。”莫老太握住老妇人那只手，触到银手镯一抹温润的冰凉。

“戴上！”老妇人不容辩驳。

就是一只普通的光面银手镯，有合口，山里大多数妇人的手腕上都会有这么一只，不薄不厚，夫家给，或娘家给，戴在身上，就是一种规矩套在身上，一种日子过在身上。莫老太一生也没戴过它。手镯略显得有些宽绰，很容易就套进手腕，她在合口处按了按，收小圈子。

沉甸甸的感觉。

两个老人坐着，天高地广般的沉默和孤独陪伴她们。

“霞光，你有没有怨恨过我？”半晌，老妇人像是喃喃自语般开口。

“你怎么会有这样的想法？我一直都做得挺好，是不是？”莫老太口气温和地说。

“我一直觉得你不适合干这一行，但转眼你也老了，我知道你是熬过来的。”老妇人脸上浮现出对一个问题束手无策时的苦恼神情。

莫老太沉默了。

“你心里一直有热气，有一团热气，这你骗不了我，但你还是熬过来了，”老妇人说，“我有时候很怜惜你，老妹妹，假如当初我不带你走上这条路……”

“那我的骨头早就泡在莫纳河底了。”莫老太飞快地说，想要给老妇人一个有力的安慰。

“那是你自己说的，我相信我的双眼，没有任何东西能逃得过我这双眼。”老妇人笑起来，“幸好你熬过来了。有些事情，不管你甘不甘心，最终宿命会带你走上该走的路上去，你在这条路上无病无灾，这就是你该得的福，对于我们这样的人来说，不能奢望更多的了。你要知道，不是每个人都合适干这个的。”

“我明白的。”莫老太说，抚摸手腕上的银镯子。山里人相信银子能辟邪，驱污秽，可到底什么才是真正的邪和污秽？假如它在人的心底，又怎么能够去防？莫老太在许多事情上的看法和老妇人相悖，但莫老太从不和她辩驳。也许莫老太那些异议早就被老妇人看出来了，所以老妇人才说莫老太的内心一直有热气。

黄昏的风若有若无地从简陋的院门外灌进来，带着村庄的各种气息。开始有铃铛的响声从村外远远传来：那是早上放出去的牛羊开始从山上慢慢返回来了，它们对一天当中时间的判断和人一样准确，归来的路途是熟悉的，脚步是从容不迫的，和一个在山上劳累了一天的山里人回家没什么两样。

“我该回去了。”莫老太轻声说。黄昏的空气中开始泛起凉意。

老妇人再一次摸索过来握住她的手，摸到那只套在她手腕上的银镯子，放心了。

她们没有任何告别的语言。两个老人站起来，老妇人拉着莫老太的手，朝院门走去，在院门石头砌的门槛前停下。

门外的巷子里有两个孩子在奔跑，尖叫声落在屋顶上那些古老的瓦片上。

“走吧。”老妇人平和地说，那双空茫的眼睛转向莫老太，松开那只攥着莫老太手腕的手。

·二·

暗夜来临，黑是慢慢开始从山脚下蔓延开来的，仿佛是从地底下钻出来。山脚下的房屋、人、牲畜，屋后的菜地、竹子、蓖麻，最先模糊了影子，最后毫不犹豫陷入黑暗中。而半山腰依然在发出朦胧的光亮，依稀可以看见山腰上镰刀似的弯而窄的土地，种植玉米、黄豆、花生、芋头、木薯、芭蕉，当然，地头还有隆起来的完全被杂草覆盖的坟墓。三月初三挂上去的白色招魂幡早被风雨吹落了，只剩下坟头上一根光秃秃的挑幡棍子，半淹在茂盛的杂草中。晚风吹来，从它的身上跑过，它也挂不住风。半山腰通常要黑得慢一些，像一个迟暮人蹒跚的步子，拉拉扯扯，犹犹豫豫。当山上的庄稼也看不见时，夜晚便真正来临了。半山腰的黑是真正的天黑，而山顶即便到黎明之前，也永远是一副朦朦胧胧的模样，可以清晰看见山头的剪影印在苍茫的夜空上。

村庄的夜晚是静谧的，可并非没有任何声音，虫鸣，狗叫，娃娃哭，拌嘴，零零碎碎地在夜晚响起，然而这些声响只是把夜的静谧衬托得更加深沉。静谧是村庄古老的底色，深邃浑厚，像村庄久远的往昔。人的生命是从夜晚开始繁衍的，人的灵魂也是从夜晚离去的……

莫老太通常会闭合了大门，坐在厨房门口。那儿出去就是菜地了，菜地之外是莫纳镇的莫纳河，从越南那边蜿蜒而来。在夏季雨水频多的日子，那些带着水汽的湿润气息从河里攀升上来，穿过菜地，灌进厨房，有河水淡淡的水藻味，菜花的清香味，泥土潮湿的土腥味。

莫老太喜欢这些味儿，它们和夜晚黏稠的黑色混成了夜晚的气息。二十年前，她把晚餐戒掉了，进入黄昏之后的时光对她来说变得宽裕起来。她的屋子总是干净整洁的，屋后的菜地碧绿葱茏。那是一块并不大的菜地，她依循四季更迭选种当季蔬菜：春天的瓜苗，夏天的油菜，秋天的灯笼椒，冬天的胡萝卜。而在菜地朝阳那一角，永远有一片席子大的红得触目惊心的小米椒。她从不饲养任何活物，这是对一个净脸人的规诫。牲畜的生命也是生命，它们像人一样有七情六欲，会发情、求偶、交配、孕育、分娩和哺育，和人一样繁衍生息，而这个过程会搅扰净脸人已经远离俗世红尘的心绪。净脸人的孤独是彻底的。

夜黑下来，夜空高远，风凉而迟缓，星星疏朗。晚饭戒掉了，但莫老太喜欢喝两口。喝酒是允许的，酒在这片山里，也是避秽的食品，能洁净人的三魂六魄。屋里的灯火没有点亮，各家间隔并不算太远，邻居的灯火在芭蕉叶间闪烁。莫老太喜欢沉浸在沉寂的黑夜里。半碗冬雾一样白的玉米酒搁在旁边的椅子上，没有任何仪式，像水一样，就着黑夜慢慢饮。她的酒量并不大，半碗就够了。玉米酒的度数通常不会太高，醇厚芬芳。夜晚静静流淌，人慢慢微醺，在轻微的眩晕里，莫老太感到一阵轻盈，她的双脚慢慢离地，像踩在柔软的棉花上，整个人飘了起来。通常这个时候，他们就出现了。他们不是一个个的人，而是一张张的人脸，在暗夜里重重叠叠出现，一张接着一张，像排着队来看望她，带着已然放下尘世过往的纯粹的笑。她当然认识这些人脸，她为他们净过脸，她是他们最后的慰藉。漫长的四十多年净脸生涯中，她为无数人净过脸，但她没能将他们忘掉，他们变成了她生活中的一部分。此刻，在她微醺的暗夜时刻，他们来了。没有言语，静静地出现在她面前，从容不迫地，默默瞧着她。她在黑暗中朝他们点点头，像对多年不见的好友。

她甚至记得为他们净脸时的一些交谈。

“你终于来了！”

“嗯。”

“我这几天一直在等。”

“不要害怕，一切都会好起来的。”

“我明白，我早就想明白了，没有任何人能比一个困在床上的人更能明白生死。”

“这是不可避免的，没有人能避免，只是时间早晚，我们没必要太在意这个。”

“谢谢你。你知道吧，以前我可真怕你，觉得你有一双把我们推向死神的手，现在才知道我是多么需要你这双手。”

“你心里有所执戒，我这双手才能帮助你。”

“我明白的，那么，请你开始吧。”

太多的人到了生命最后一刻，已经无所争执，平静接受生命最后的礼仪。净过脸后，他们焕然一新，疾病和疼痛离开了他们，一生中看得见的信誉看不见的罪孽也离开了他们，这是另外一个生命，即将结束，也即将开始。

“你们来了！”莫老太在至暗中自言自语，慢饮，让那缕微醺变得越来越醇厚，带她到另一个世界。那些人脸静静瞧着她，真实得像她白天见到的任何一张熟人的脸。

“其实你们不必来，我终究也是要到那边去的，我对你们说过了，这只是时间上的早晚，我从来不介意。”她朝他们笑笑，和蔼地说，玉米酒的芬芳从她的胸腔泛上来。她原本是滴酒不沾的，甚至连葱、姜、蒜这样稍有味儿的调料都不碰，那是年轻时候的事情了。年轻时候？她犹豫着思索了一下，很快一阵眩晕袭击了她，脑袋里像有一个固执的念头在旋转，她轻轻摇头，把那念头从脑袋里摇掉了，继续与浮现在暗夜里的那一张张人脸对视。

“有时候我觉得，你们任何一张脸，都比活在这世上的任何一个活人的脸更干净，更让人放心，你们心里再也没有任何恶念，恶念全被洗掉了。没有恶念的心是干净的，像这玉米酒一样。”她的声音变得微弱起来，像一缕若隐若现的微火。她瞧着那些人脸，在黑暗中低下头：“你们临死前对我说各种各样的话，包括你们从未对人说过的埋在心底的罪过。你们其实知道拥有干净的心和灵魂对一个人来说才是最重要的，但这样的清醒直到生命即将离去时才拥有，这不仅是你们这些死人，这也是活着的人的悲哀。”她的声音变得更低了，像一声轻微的叹息落入暗夜深处。

一阵夜风吹过来，那些人脸晃动了一下，消失了，像被夜风吹走，风过，夜安静下来，他们又出现，只看见脸，好像整个人就是这张脸，一张张悬在莫老太眼前。莫老太冲着他们小声嘀咕，她早就习惯这样自言自语，黑夜是她的另外一副面孔。那些常年低徊在她心底的话在这副面孔下得以宣泄。

“嗯，你们瞧，”她在黑暗中举起双手，“这双手，给予你们最后的洁净和慰藉，但是从没人温暖过这双手。它在冬天靠炉子里的火取暖，我靠它抚摸从我身上流淌过的四季。在冬天，我这双手上上下下抚摸我自己，连我稀疏的头发都没落下，它不知它们从哪一年开始白，但我知道它们已经白很久了。我真担心啊，摸到某一块连火都焐不暖的骨肉，你们这些人懂的，是吧？虽然我从未对你们说。如今我的脚在夜里不再轻易暖和了，它们一年比一年冷，这我是不怕的，我一直在等，人总是要死的，人死了怎么能不净脸？除了那些不幸夭折的小毛头，我还没见过哪个人死了不需要净脸的。我在等着净脸那一刻来临。不，你们这些死鬼都误会了，不是给我净脸，不是那样的。”莫老太在黑夜里发出一声悲怆的笑声，咽下最后一口冰凉的玉米酒，朝那些人脸摆摆手。

夜深了，露水浓重，那些远远近近的灯火渐次熄灭，村庄陷入巨大的黑夜中，安静得可以听见季节朝深处走去的声音。

“谁说没有人在黑夜里行走？你们不就是在黑夜里行走吗？死去的人在黑夜里行走，活着的魔鬼也在黑夜里行走，这你们知道，我也知道。”莫老太再一次朝人脸们摆摆手，“但天总会亮的！”人脸们被天亮给惊到了，他们意识到会面该结束了，于是人脸们慢慢遁入黑夜中，最后消失了，黑夜黑得纯粹而深邃。莫老太扶着门框站起来，那点眩晕也消散得差不多了。她闻到了落在菜叶子上露水的清凉味。腿脚像生了锈。她拍着麻木的腿脚，感觉到气血在缓慢流向冰凉的脚板。片刻后，她最后深深吸了一口带着露水的屋外空气，在黑暗中拖着沉重的步子，返回屋里。所有的人都进入梦乡了，她也该让睡眠滋润日渐干枯的生命了。

净脸人屋子里最后的一点声响消匿去，夜深沉起来。

最后一个睡去，最早一个醒来，像一个村庄的守更人。村庄的早晨很少能见到阳光，阳光被高大连绵的群山挡住了。但天光是豁亮的，阳光在山顶上闪耀。莫老太伴随第一缕透进屋里的黎明之光醒来，隔夜的酒依然在口腔里芬芳，她两只手摸索着相互握住，慢慢揉搓每一根手指。她总是以这种方式驱散残存在意识里的最后一点睡意。上了岁数后，睡眠越来越少，因为离生命那场永久的睡眠越来越近了。起来后，照例敞开大门，微明的天色立刻泻入静悄悄的屋内，还有带着山野清新气息的空气。莫老太照例扫视了一眼家门左右，没有什么可疑的新东西，院子里空空的地面上湿漉漉的，那是深秋的夜露。在过去一些年里，莫老太清晨打开大门，常常会发现一些新鲜的东西，比如刚从土里挖出来的新鲜竹笋，夏季雨后的新鲜蘑菇，一挂沉甸甸、个头饱满的芭蕉坠子。那时候她还年轻，夜里的觉睡得沉实，对屋门外的一切动静毫无觉察。她把这件事情告诉老妇人，老妇人沉默半晌，然后用略显严厉的口气对她说："千万不要认为这是好心人的馈赠，你应该把这些不干净的东西扔得远远的，不应该让它们再一次玷污你。"莫老太不太明白为什么会玷污她，又怎么会有"再一次"。好多年后，她才明白老妇人的意思。当莫老太再一次于清晨发现陌生东西出现在家门口时，她当着很多人的面，把它们甩得远远的，家门口终于清静了。

将会是个好天。莫老太望着山之巅那缕干净得泛着微蓝的白光，自言自语。大门敞开着，屋内的光线清幽幽的，任何人只要经过大院门外，冷不丁撞上这幽暗洞开的大门，都会冷不丁打个激灵。但必须敞开着，只要人在家，净脸人的家门是永远敞开的。莫老太站在门口望着远处黑黝黝的山巅，直到村庄开始渐渐有了各种各样的声响，牛铃声也清晰传来，她才转身返回依然幽暗的屋内。早饭通常是粥。在这之前，莫老太要用泡了一夜的赤小豆熬一碗汤水喝，只喝汤水，权当是早上起来的饮品。这一习惯也是老妇人传给她的。现在，莫老太六十八岁了，除了久坐会让关节显得僵硬发麻，即便在多雨潮湿的季节，她也从未犯过关节炎，赤小豆汤帮助她把体内多余的湿气祛掉了，她的关节一点都不比年轻人差。年轻时她还会嚼几口煮熟的赤小豆，如今她再也吃不下一口了，那会让她腹胀上一整天。她不能饲养家禽，但别人的猫狗鸡鸭会来串门，她通常让它们帮忙吃掉那些炖熟的赤小豆。

火灶烧开了火，炉火映亮老净脸人刚洗过的还滋润的脸。虽然岁月已经在上面印下足够的沧桑，但从轮廓来看，还可以清晰看出老人年轻时候的风华。她的眉形依然好看，浓而弯，靠近眉尾的地方微微往上拱了一点点。这点向上的弯拱使她看起来有一种与她的职业相匹配的威严和肃穆。这不是天生就拥有的，而是职业所造就的。人们极少在这张脸上看到开怀畅快的欢笑，不过这并不代表她是个严苛的老人，她待人平和友善，总是给怀有烦恼的人带去安慰和劝解。她脸上的皮肤已经松弛并布有皱纹，但没有一块老年人通常有的老年斑，甚至连晒斑都没有，脸上的肤色均匀，显示出她五脏六腑阴阳和谐和常年平稳的情绪。

往火灶里塞了足够的柴火，莫老太在渐渐清晰起来的清晨打开厨房通往菜地的后门，一阵湿润的空气扑面而来，把起床后一直盘旋在她额头上的眩晕彻底驱散掉。于莫老太而言，新的一天这才算开始。她的大门敞开着，祈愿这一天不会有足音搅扰她家门的宁静。莫老太扫视了一眼菜地。如若说她平淡孤寂的生活里还有什么乐趣，那便是厨房后这块并不算大的菜地给予的。莫老太的奶奶、妈妈、妹妹都在这块菜地忙碌过，菜根下黝黑的泥土一定还留有她们的气息。妹妹嫁人后，奶奶和双亲也去世了，这块菜地便完完全全属于她一个人。她在山上还有几块山地，种玉米和其他一些杂粮。早些年，她的山地要比现在多一些，她一个人伺候那些山地，整天在山上忙碌，到了收获季节，她便叫妹妹来帮忙。她一个人吃不了那么多。妹妹有时候带着丈夫来摘收老姐姐的劳动果实，孩子们长大后，便带着孩子们来。莫老太很喜欢妹妹那三个孩子，两个女孩和一个男孩，他们结实得像施了足够肥料的玉米，非常勤快，能整天待在地里不停劳作。比她小三岁的妹妹由于生育三个孩子和操劳生活，看起来要比莫老太衰老。莫老太的妹妹长得也很结实，每当她的目光扫视过她三个健康勤劳的孩子时，饱满的脸膛上表情是满足的。孩子们长大后，两个女孩嫁到了县城，男孩被母亲强行留在身边，接着种植家里那几亩世代相传的田地。

莫老太的妹妹担心老无所依。妹妹是爱姐姐的，当初姐姐选择做一个净脸人时，妹妹反对的态度甚至比父母更强硬，并对带着姐姐走上这条道路的老妇人充满怨恨。莫老太上了年纪后，再也没有精力照管那么多山地了，只选几块离家相对近，土质也相对好的山地种植粮食。老妹妹依然和姐姐保持密切联系，十天半月的，她会翻过两座山前来寻找姐姐，带着自己酿制的玉米酒，或一叠用芝麻油烙得香喷喷的放了香菜末的金黄色玉米饼。姐妹俩在厨房后的菜地里一边忙一些实际上不用忙的活儿，一边闲谈久远的往事。她们总是在不断的交谈中发现新的快乐。然后当妹妹的就开始感叹，埋怨姐姐不该贸然走这条孤独的路，最后总免不了落泪，两个人的思绪又回到一些不堪的往事上去……

菜地一片潮湿，菜叶上湿漉漉的，淌着露水，潮气从菜地之外的莫纳河泛过来。屋后开始有主妇在淋菜，赶在太阳出来之前淋掉菜叶上的露水，不然鲜嫩的菜叶会被阳光晒伤。莫老太低声咕哝一声，步入菜地摘了几片大如蒲扇的肉芥菜叶子。她的早饭一向在早上十点左右吃。喝完一碗温热的赤小豆汤后，才开始熬粥。山地活儿一向在午后开始忙活，假如有的话。她越来越喜欢在灿烂敞亮的阳光下干活了，而阳光要完完全全照耀在这片山上，得等到临近午时。在还没喝上一碗温热的赤小豆汤之前，她再也没法像前些年那样先挑水淋菜了，她的腿使不上劲了。

袅袅的雾气在莫纳河面上慢慢飘移，整条河像是一锅冒着气的热水。莫老太从菜地里回到厨房，发现一只黄狗耸着身子坐在炉火前，盯住从灶孔里舔出来的火苗，仿佛是莫老太吩咐它看炉火似的。狗看见莫老太进了厨房，鼻子里呜地婉转叫了一声。莫老太早就习惯它了，它总是每天第一个造访她家的客人。

“你这老狗，昨晚是不是又被忘记喂晚饭了？大早就来找食。”莫老太说。她无法饲养家禽，但她并不讨厌它们。没有人比一个净脸人对生命更理解了。刨去说话，人的性命和它们又能有什么区别。

高压锅开始在火灶上喷气的时候，陆陆续续有更多的生命走进老净脸人的房子里，先是两只毛色发亮的半大公鸡，然后是一只在夏季第一次当母亲的母猫，如今它的孩子已经被主人家全部卖掉了，母猫悄无声息的步子充满忧伤。在莫老太的厨房里，猫和狗和平共处，它们在她的房子里各有属于自己的领域，互不侵犯。猫走到莫老太脚边，毛茸茸的脑袋蹭在她脚腕上，喉咙里呼噜呼噜响。这些蓬勃的活物给莫老太孤寂的日常生活带来不少慰藉。在她的眼里，它们是一个个不说话的人，像夜晚那些浮现在黑暗中的人脸。她从来不拒绝它们的陪伴。

喝过赤豆汤后，赤豆留给猫和那两只毛色鲜亮的公鸡。狗继续等待，莫老太当作早饭的粥才开始煮上，狗不吃豆，它在等待和莫老太一起吃早饭。光线越来越明亮了，晨风迟缓地吹拂。

和任何一天的清晨一样，变化的只是四季不同的色彩。

莫老太挑着空水桶朝河边走去，猫和狗留在厨房里，狗依然坐在火灶前守炉火，双眼里闪着火焰的光芒。

河里的水并不冰凉，在阳光还没照到河里前，河里的水是温暖的，水面上升腾起袅袅的水烟气。而到了午后，河面上跳跃着明亮阳光时，河水便变得清凉了。有好几年了，莫老太再也不能朝河面甩下水桶，把两只水桶同时按进水里，灌满后一气挑起来走上那几层简易的但并不算太低的码头，那样的岁月一去不复返了，她的腰和腿再也无法支撑起一挑灌满水的水桶。她得把水一桶一桶提上码头，然后才能挑走。从河边到菜地，是一条弯曲的平路，她小心下着脚步，避开路面凸起的石块——没有任何一个到了她这个年纪的老人还在挑水淋菜。不过，老净脸人倒没太多的伤感，毕竟这条路是自己选择的。其实她完全不必伺候这块菜地，只要她愿意，在河边任何一块菜地摘青菜，不会有人有任何异议，这是这个村子对她应尽的责任和义务——又有哪一户人家送到山上去的先人，在临终前没有得到过她最后的净脸呢？但她不想那么做，她甚至拒绝了一些主妇帮她淋菜的好意，她觉得身上这副骨头还能对自己的温饱担得起责任。

夹着双肩朝莫老太的菜地走过来的是一位瘦削的农妇，手臂上戴一副灰色防水皮革袖套，赤着的双脚湿漉漉的，沾满潮湿的泥巴。显然她也在淋菜。她走到莫老太的菜地前，停住了，脸上是一副欲言又止的表情。

“绿玉，吃了吗？”莫老太正在菜地一角淋那片结满了鲜艳果实的小米椒。

“太婆！”绿玉朝莫老太走过来。黄狗这时来到厨房门口，模样威严地站着。绿玉看见狗，踌躇了一下，莫老太朝狗转过身，狗便隐身进门里去了。

“我公公可能快不行了！”绿玉那双细小的眼睛紧紧盯住老人。

莫老太直直注视绿玉：“这是你自己判断的？”她的口气有些严肃。

绿玉立刻低下头，脸上闪过惭愧的神色。“他好几天没说话了，也没怎么吃东西，我看着他不怎么好。”她低声说，脸上一闪而过的羞愧没能逃脱莫老太的双眼，莫老太的心软了一下。绿玉是个勤快的女人，两个女儿也很懂事，只是命运不济，嫁个赌汉，整天东游西荡钻赌窝子，还轧姘头。绿玉寻死觅活好几回，可男人已经厮混成性，回不了头了，绿玉拉扯两个孩子过活，常常要靠娘家接济。仅是这样也还不算太糟，当守寡就行，偏偏家里还有一个时常瘫在床上的公公，得伺候吃喝拉撒。公公叫顺义，年轻时根性不好，有些偷鸡摸狗的品性（他的儿子算是随了老子的品性了），老婆在他年轻时死掉了。渐渐上了年纪后，公公倒是变得谦和起来。有一年镇子上死了一个外地流浪汉，他招呼几个年轻人，卷了席子把流浪汉埋了，算是做了一件善事。近些年来公公七病八灾，一年倒有七八个月瘫在床上。你看他一口气快上不来了，喘了两天，又可以哆哆嗦嗦爬下床到屋外墙根下晒太阳。可想而知绿玉过的是什么日子：她盼望公公早走也没什么不对，毕竟七十五的人了。

“孩子，人命是有天数的，他能活到哪一天都不是我们说了算，你只管给他吃喝，不要让我们的良心在黑夜睡不着觉。”莫老太温和而坚决地说。

绿玉眼泪汪汪的，掩面呜咽起来：“太婆，实在没法过下去了，要不是看在两个孩子的面上，我真想往脖子上套根绳子一走了之。”哭泣声在越来越明亮的清晨里显得那样不合时宜，山巅之上的阳光倾泻而下，光芒四射。

莫老太放下水瓢，周围的菜地里邻居们在淋菜，菜地之间挨得并不算太近，没有什么人注意到她们。

“不要说这种傻话，绿玉，没有谁的日子从头到脚像一根绳子那样顺直。一个有了孩子的女人是不应该被任何东西打倒的，除非老天收走了她的性命。她应该像一块石头那样坚硬，你能明白太婆说的话，对吗？”莫老太直直盯住绿玉，她相信绿玉明白并且把她的话听进去了。生活的磨难更能教化人的智慧，这一点莫老太深信不疑。

“你到屋里去一会儿吧，看看炉火。”莫老太劝慰，她希望绿玉安静待一会儿，平复心绪，别带着一张满是泪水的脸走在一天的清晨里。

绿玉摇摇头，泪光闪闪地冲莫老太一笑。“不了，太婆，”她抽搭着鼻子说，“我真是昏了头了，怎么能有那样的想法，我这就回去了，我真是昏了头了。”她转身，默默走过地垄，出了菜地。

莫老太站在菜地里，一些久远的往事在清辉里慢慢浮上心头。作为净脸人，成为一名净脸人之前的一切过往，早就该忘掉或放下了。“怀抱对往昔的怨恨或者爱，都不能成为一名真正的净脸人”，这是老妇人对她的教诲，她无时不记得。但在她的内心深处，始终无法做到把过往剔除干净，在某些特殊时候，心灵深处依然会泛起令她不安的怨恨，怨恨像一缕隐匿的火苗，当意识到她的心绪波动时，火苗便伺机蹿出来，灼烧她，刺痛她。此刻，她又感觉到胸口灼热、发烫，她蹲下来，把双手浸入桶里凉爽的河水中，让冰凉一寸一寸从指尖蔓延进身体，平息蠢蠢欲动的火苗。

吃过早饭后，村庄的早晨已经过去一大半，临近中午，阳光终于越过群山之巅，斜斜照拂在古老的村庄上。阳光是静止的，缓慢的晨风已经停息了。深秋冰凉的早上开始慢慢变得温热起来，山间传来幽远的牛铃声。莫老太喜欢每天从这一刻开始，满世界都是温暖而亮晃晃的阳光，她喜欢在棉花般的阳光下忙碌菜地里的活儿。其实也没什么活儿，她的菜地永远没有杂草，地垄之下干干净净，每一片菜叶她都心中有数。她拿一根削尖的木棍，蹲在地垄里松菜根下的泥土。她种的都是能开花的菜，此起彼伏的菜花在她的菜地里依节气灿烂。在万物萧条的凛冽寒冬，那片小天椒就是菜地里最鲜艳的火光。莫老太的菜地并不孤寂。老妇人双眼还明亮的那些年，常常会翻过山头来看望同道的姐妹，站在这片鲜艳的菜地前总是眉头深锁，然后轻轻叹息。莫老太感到一阵羞愧，她明白老妇人看透了她的心思，不过老妇人从未点破，这一点，是老妇人对她的偏爱和怜恤：这片鲜艳的菜地，映衬了莫老太依然对凡尘俗世的某种牵绊，可能是依恋，也可能是怨恨，但不管是哪一种，都是不应该的。一个净脸人的心，应该像蓝靛浸染过的棉花布一样，拥有肃穆而干净的出色品质……莫老太曾经希望时间能带走一切，然而一年复一年灿烂如锦的菜地，提醒她自己的灵魂还囚禁在往昔的阴影之中。

当正午的太阳悬在山巅之上时，深秋中一天最暖和的时刻来临了。清晨的霜雾已经消失殆尽，年轻人都在山上劳作，村庄半空了，有一种天荒地老的宁静。等阳光慢慢爬上门扇时，虚掩的木门沉缓打开了，像一截年岁久远的光阴似的，缓缓地从门里颤颤悠悠出来一个个已经不太轻易出门的老人。门外亮晃晃的阳光打了他们一个趔趄，越过门槛的脚步像是微醺了，这场温暖明亮的阳光被期待已久。他们在院子里东张西望，昏花的视线渐渐清晰起来，呼吸的空气是熟悉的，带着山上庄稼的味道，院子是熟悉的，院墙是熟悉的，那道小时候被绊倒过无数次的高门槛也是熟悉的，它们依然高耸在那里，脚步和时光赋予它们一层细腻的光泽。屋墙上垂挂几件旧农具，镰刀，柴刀，斧头，它们揳在各类盒子里，绑在腰间的绳索干燥而陈旧，变成了脆弱的棕色，刀具的刃口渐渐布满斑驳锈迹，不复锋利。如今它们被长久悬挂在墙壁上，老人们的目光长久盯住它们，然后慢慢垂落到地上：那些挥舞年轻强健臂膀披荆斩棘的岁月已经一去不复返。老人们呆立在院子里，脸上的表情是松弛的，心是释怀的，他们已然深谙时间的秘密，时间会为每个人的每段时光安排相应的际遇。如今，时间拿走了他们曾经强健的体魄和无所不能的力气，时间正把生命最后静谧的时刻赐予他们，他们只需等待。温热的阳光透过厚厚的棉衣暖和到身上的老骨头时，一些新鲜的力气重新回到他们的筋骨里，晃晃悠悠地，他们便出了院门，朝莫老太屋后的菜地走去。没有什么约定，到了一定的岁数，他们便朝同一个方向走去，日渐佝偻的身影被踩在自己的脚下。莫老太的房子在村尾，这条去路是宽广的，只有寂静的阳光相随。来了就在菜地之外的杂草地上坐着，莫老太在菜地里忙活，来人也不和她打招呼，先来的人和后来的人也不打招呼，各人找一块看着舒服的地方坐下来，把自己完全敞开在阳光之下。先后来了七八个，深色的厚实衣物和毛线帽让人分辨不出他们是男是女。他们太老了。

莫老太从不主动走出菜地坐到他们中间去，她不能带着这样的怜悯靠近他们，他们的身体即便已经衰老，但心脏依然在有力搏动。她可以主动靠近稚嫩的孩童，活力四射的年轻人，但她不能带着自己的影子主动朝那些生命力日渐薄弱的老人走去，这是不吉祥的，除非受他们的邀请。老人们安静地坐在菜地之外，彼此默默打量，打量着，忽然发现少了谁。记忆力越来越差了，到底少了谁？也不必去细想，想必也是永远不会再来了。自从莫老太成为一名净脸人后，她的家门是落寞的，鲜少有村人串门，而菜地后面这片杂草地，却在天气晴好的午后，为她带来这些已到垂暮之年的沉默客人。这片杂草地像是他们人生最后的生命之旅，似乎最后的时光要在这片杂草地上度过才心安理得，似乎要靠近净脸人才心安理得。没有人能说得清楚是为什么，像有一种神秘的召唤，一种归宿。

“霞光，到我们这里来坐坐！”老人中有人招呼她。

莫老太在菜地里站起来，驻足凝望他们。他们都比她老得多，在村庄里，像莫老太六十多岁这个年龄是还要上山劳作的，只有腿脚已经老得再也爬不了山，才能放下手里的农具。这些都是八十多朝九十岁上走的老人，是她的长辈，她坐到他们中间去不合适，她也不喜欢那样做。一个净脸人应该有习惯独处的能力。

“你们坐着，天好，我松松土。”她温和婉拒。

也就不再有人强求。

“你们说，真有另一个世界吗？”一个老人先开口了。

谈话轻飘飘越过菜地，莫老太蹲在菜地里听着，这些谈话，她早已耳熟能详。从年轻时候开始，村里一代一代老人，就这样坐在她家菜地之外这片杂草地上，相同的等待，相同的沉默，或者相同的谈话内容。他们不再忌讳死亡。

没有谁对这个话题感兴趣，因为还在这里坐的人没有谁见过那个世界，连做梦都不曾梦见过。

“嗳，你多半是活得还不够，指望还有另一个世界再活一世。”他们有一搭没一搭地交谈。

“当然，我从来没觉得活得够，尽管我年轻开始守寡，三个儿子已经死掉两个，但这又怎样？我永远舍不得山上壮实饱满的庄稼，那就像年轻时候的我。”

“这个傻婆娘永远只记得她的庄稼。”

“你这个生性懒惰的汉子，你永远不知道看着庄稼在你手里成长和结果是什么滋味，这就像你不掌握整个的季节，你是不会知道的。”一个老太磨着两片薄薄的嘴皮尖刻回道。

“我不用知道那些，我知道它们在嘴里是什么滋味就好。”老汉并不介意老妇对他的嘲讽。

“那跟在山上吃草的牲口有什么区别。”老妇不屑。

“我倒希望自己就是头牲口，在我看来山上的牲口要比人活得舒坦，一年两季拉犁，两季闲荡，可人只要还睁着两眼，有哪一天不操心，人哪能跟牲口比。”

“嗳，你下世投胎变成头牲口吧，你这吃饱了撑的老东西。”

“如果行，我一点都不介意。”

“死了也没人给你净脸，尖利的刀尖将会捅入你的脖子，你的血被放得一干二净，肉将被吃掉，骨头扔给狗啃，这就是牲口的下场。”

“净不净的，真那么重要吗？”老头的口气变得犹疑起来，这可能是他年轻时内心就存在的困惑。

“当然重要，这个道理连初生的婴儿都知道，你忘了当年你老父是怎样请霞光去净脸的？你这老东西，假如你心存疑虑，当你觉得你快要归西时，你可以不必请我们的霞光去为你净脸，你就带着这副浸透了俗世的肮脏皮囊去吧，这是你的自由。”

“我只不过是随口说一句，你的脾气和你的年龄一样增长了……”老汉叹息道。

“随口？你这是人话吗？我看你现世就是头牲口，双肩扛一张嘴只是拿来吃的。你在我们霞光面前说这样的话，是要遭雷劈的。”老太的口气有着与她的年龄相匹配的威严，“我看你这副皮囊就不配得到净脸人的双手给你带去最后的洁净。”老人们沉默起来，片刻后都笑了，磨着两片皱巴巴的嘴唇，一种和解的笑。

这样的争执于莫老太而言早已习以为常。有人对净脸心存疑虑，她从不责怪他们，也从不去做过多解释，没有什么解释能比交给时间来解释更为妥当。也许时间最终也不能给予那些心存疑虑的人完全满意的答复，但时间会慢慢改变他们的看法，给予他们类似信仰的力量去接受它。

“顺义那老家伙，估计很快就要来请霞光了。”

沉默之后，和死亡相关的话题再次被提起来。这些已经活得天地混沌的老人，谈论起死亡就像年轻时谈论圈栏里的牲口和山上的庄稼一样，没有任何顾忌，他们再也融不入年轻人的生活当中了，关于年轻人的话题也已经远去。

“他和猫一样有九条命，死不了，过不了几天就能起来蹲墙根晒太阳了。”

“你倒是盼他早点死掉似的，吃席也轮不到你了。”

人过了六十岁后，红白喜事就不能吃席了。

“我再过两个月就九十了，还稀罕什么吃席。我心疼绿玉那孩子，儿媳妇伺候公爹，老天爷瞎了眼了。顺义年轻时也不是什么好东西，有十八条命也该死了，折磨人。”

“好了好了，人家也没赶你圈栏里的牲口，也没拔你地里的庄稼，有天大的怨恨，这会儿也该消了，黄土埋到鼻尖的人了。”

“也许是我老糊涂了，我记得他说过，不想净脸。”

沉默再次笼罩在老人们中间。莫老太一直在低头松土，阳光静谧地照耀在她身上，像是什么也惊扰不到她似的。她是个身材娇小的老妇人，从年轻到现在，时间只是使她的容颜老去，她轻盈的躯体包裹在深色厚重的衣物里，透出一种坚强的不容侵犯的力量。她手中的木棍毫无征兆地戳进一颗包心菜的根部，手腕的力气顶进木棍里，包心菜根便从湿润松软的泥土里顶了出来。她吃了一惊，朝菜地之外的杂草地望去，老人们似乎凝固不动，密密层层的菜叶遮挡他们的目光，他们看不见她手下的泥土。

“谁年轻时都会说些日后注定会后悔的话，我们都是这么过来的。”

“他说这话时可不年轻。”

“他会后悔的。”

“那老东西也不知修来什么福，老妹妹伺候他一生，如今是儿媳妇。如霜那个老姑娘，她空空活了一辈子，图的什么？到死了扎个老姑娘坟，香只点一炷，只怕到那头也要遭她老子娘嫌弃的。”

午后的风吹过来，缓慢的，是暖风，带着阳光的温热气息，暖洋洋的，让老人们犯困，入定般坐着，坐着坐着就睡过去，脑袋一低，下巴抵在胸口棉衣领子上。

“祖——祖啊！”从村庄深处偶尔传来一声稚声稚气的呼唤声，寻找这些似乎已忘掉时间的太祖们回家吃午饭。他们浑然不觉，在时间里迷路了。

暖和的风却给莫老太带来了往事。她回到屋檐下的阴凉处，厨房里的朋友们早已离去了，静悄悄的，一些光线从屋顶上移了缝的瓦片上漏下来，斑驳投影在地板上。

往事也是斑驳的。

莫老太在厨房门口坐下，靠在门框上。如霜的脸很少在夜晚出现，但她会出现在莫老太的梦中。不，不是年老时的如霜，也不是靠在莫老太怀里过世的如霜，而是青春年少时的如霜。她比莫老太小六个月，任何一片能长蘑菇和春笋的山坡都布满她们的身影和笑声。直到莫老太成为一位净脸人，她们的友谊才被老妇人制止。老妇人用极为严厉的话语警告如霜不要再靠近莫老太，“你们不是同一类人”。对于莫老太的选择，如霜反对的态度比莫老太的妹妹更甚，她甚至威胁莫老太，假如莫老太执意要走这条路，她会陪莫老太一辈子，终身不事婚嫁。莫老太认为她只是一时被曾经美好的友情迷惑了心灵。然而当莫老太真正端着浸有柚子叶和锋利剪刀的清水朝向那些即将消逝的生命时，如霜的绝望还是震动了她。青春的光彩从如霜的双眼和脸庞上消失了，如霜望向莫老太的目光充满彻骨的哀伤，仿佛将要行走在这条漫长而孤寂路上的是她。如霜对莫老太的威胁也变成了固若金汤的诺言，鲜艳的衣物从她的身上褪去了，从清晨里走来的她脸上笼罩着淡淡的哀伤，她变得寡言少语，劳作成为她日常唯一的乐趣。她身上的活力随着她的日渐寡语渐渐消失，她像一个满怀心事的暮年人，紧紧抿着双唇。在莫老太的净脸人生涯中，如霜是唯一一如既往靠近她的人，如霜几乎是戴罪般的虔诚靠近莫老太，清晨屋后的菜地里，午后山上的庄稼地里，莫老太夜晚宁静的房子中，孤单的节日饭桌前，几乎都有好朋友相伴。她们会聊一些关于庄稼和四季轮换的话题，谈论山上雨后的新鲜蘑菇，谈论偶尔出没的糟蹋庄稼的野猪，以及村庄里刚出生的婴儿，从来不聊莫老太所从事的净脸人职业。她们都心照不宣地回避这件事情。而多半时候两个人沉默不语，让时间的脚步从两个人身上悄悄流逝，从一个清晨到另一个清晨。如果说莫老太对年轻时的如霜很了解，如霜的内心像清晨的露水一样清澈，她了解好朋友的任何想法和秘密，那么莫老太成为净脸人后的如霜，则让她感到迷惑不解，露水失去了它的晶莹剔透，仿佛落入灰尘中，带着看不清的污浊。如霜的目光深沉地盯住莫老太，莫老太看得出来她目光之后有一片自己看不清的迷雾，莫老太始终无法穿透那层迷雾。几十年来莫老太从未试图去理解或询问，因为她相信好朋友内心的任何想法，都不会对她产生一丝伤害。没有人能向另一个人做到毫无保留的爱，她理解。

四年前，如霜逝世于一场疾病中。她日渐消瘦，饮食一天比一天少，到生命最后时刻，已经滴水不进好几天。如霜视如女儿般的绿玉日夜悉心照料她，绿玉在夜晚偷偷跑去请莫老太，希望莫老太能劝一劝枯槁而固执的老姑姑，喝下一口汤药。莫老太只是坐在床边，紧紧握住相伴一生的好朋友那只已经失去生命光泽的手。她感觉到如霜的内心有一种绝望，这种绝望绝不是对死亡的恐惧，如霜被这种绝望折磨着。

“你想要什么？”莫老太记得自己这样问她。

然而病人的头在枕头上轻摇，她虚弱而专注的目光落在莫老太的脸上，似乎在辨别什么。

“不要独自承受内心的煎熬，我不允许你这样，你应该相信我，我会帮助你。”莫老太注视着老友。如霜病中的枯槁容颜和白发让莫老太感到岁月无所不能的力量。

如霜的眼角渗出泪水。“我要请求你原谅，霞光，今后让宽恕指引你的内心去做每一件事情！”她轻微地说。

如霜最后在莫老太的怀里走了，莫老太拒绝在如霜还有一口气时为她净脸。“我不配得到这样的礼仪。”直到如霜落了气，莫老太才开始为她净脸。

“霞光，让宽容指引你的内心！”

如霜年轻时候的脸在面前一闪，莫老太惊醒过来，她靠在门框上睡过去了。午后的阳光已经偏西，斜斜地落在她脚下的地板上。菜地之外的杂草地，那些老人已经走了，草地空空的，好像他们不曾在那里待过。

·三·

一老一少在屋里争执，院门外，一个宽肩膀的中年人站着，眉头紧锁，哀伤的阴影笼罩在他的脸上。

“带我去，太婆！就像当年那个带您去的人一样，请带我去！”金竹那双黑白分明的眼睛里露出恳切的目光。她太年轻了，一身朴素的麻布素衣也无法遮掩从她身上流露出来的青春气息。那把黑发编织成麻花辫，绑辫子的也是蓝靛染过的黑色细麻绳子。她脸色素净，一些细微的淡褐色小雀斑在她的额骨上像遥远夜空的星星般点缀着。她绞着两只手，站在莫老太面前。

“这不是一件容易的事情，金竹，我认为你不适合。”莫老太冷静地回答，注视姑娘年轻逼人的脸庞，这张脸上有一些她极为喜爱的东西，比如和善，比如安宁，比如眉间淡淡的哀伤，这些都符合当一位净脸人的基本要求。然而她的内心有一股强大的力量阻止她做出这样的决定。

“太婆，我明白我想做的是一件什么样的事情，我已经想清楚了，请您相信我！我觉得这是我人生唯一一条出路，请您不要亲手掐断它。”金竹几欲哭泣。

莫老太仍然无动于衷。从年轻时候起，人们就开始叫她太婆，有很长一段时间，她在心里极度抗拒这个称呼。她在深夜里抚摸自己年轻的躯体，充满哀伤。当初，她又何尝不像眼前年轻的金竹一样，迫切地希望走上这条孤独之路，企图净脸人无欲无望的平静生活能抚平命运赐予的灾难。然而事实并非如此，几十年来她严格遵守规诫，成为一位受人尊敬的净脸人，但她明白她内心深处依然有无法平静的波澜……她望向门外，天空阴沉，铅灰色的乌云低垂在山巅之上，老天在酝酿一场深秋的雨水，但它不会那么快就降临。她不喜欢在这种天气出门，但任何天气都无法阻止一条生命即将离去的脚步，院门外的中年男人一直朝她们望。

“你并没有真正明白你要做的是什么事情，没有真正明白这件事对你意味着什么。”莫老太严厉地说。

金竹过来挽住她的手臂祈求：“您为什么不试着相信我？就像当初您相信自己一样。”

当初！一阵剧痛汹涌至胸口，莫老太猛地闭上双眼，像被人劈面挥了一耳光，但这种突然而至的失态仅是一瞬间，她轻轻摇摇头，睁开眼睛，说：“这条路晦涩漫长，你走不了。”

“不，太婆，我相信我行。”姑娘倔强如同莫老太当年。

这次要去的是糯弯村，一个以种八角闻名的村子。这片地方山水连绵，然而方寸之间，土质气候也有天壤之别，八角在糯弯村几乎泛滥成灾，而在和糯弯村仅一个山头之隔的村子，八角却无法存活，屡种屡死。在远离水源丰饶的莫纳镇的其他山头上，杧果树连片成荫，结出来的果实大如菠萝，而在莫纳镇河边的村庄，在滋润的土地上，每年开春杧果树繁花似锦，结出来的杧果却只有鸡蛋般大小。没有人能解释清楚土地的秘密。土地也像人一样，有不同的品性，人们要在土地上播种和收获粮食，只能适应它的品性。

糯弯村。莫老太在心里哀叹，假如人的命运没有那么多不测，她应该在这个村子里生儿育女，死后将会被埋进夫家坟冢地里，每年三月初三，将会受到来自儿孙的三炷香火祭拜。而如今，她活着是孤独的，死后也将是孤独的，她连做了一辈子老姑娘的如霜都不如。在祭拜日，如霜的坟前尚有一炷老姑娘香，而埋葬她尸身的黄土前，将会比生前的家门更加清寂。

后悔？似乎又不是，但她明白自己无法与令她敬重的老妇人相提并论，老妇人内心的宁静和坚毅是她无法比拟的。这么多年来，她从未见老妇人为过往有过一声哀叹，她的双眼始终是干燥澄明的。

糯弯村原来也有一位净脸人，是个哑巴，据说是六岁时一场高烧夺走了她的声音。她从未婚嫁，在老一辈净脸人的指引下，成为一名净脸人。但在她四十六岁时，这个哑巴得了一个偏方，她的嗓子重新发出清亮的声音。哑巴不复是哑巴，净脸人的身份也被她扔掉了。她开戒杀生食肉，焚香拜祭祖宗，祈求能像个普通女人那样建立家庭，生儿育女。然而过往的身份像烙印一样铭刻在她身上，人们忌讳这样的过往，她的愿望不仅没能实现，反遭乡邻的唾弃和鄙夷。哑巴净脸人最后用一根麻绳结束了自己的性命。

莫老太依然记得那个名字：李双华。四十多年了，这个名字从未曾忘记，变成一道隐匿在她心底的伤疤。她曾经认为这个名字会锁住她一生一世，会给她一生一世的安稳。在这片山里，自古以来于女人而言，出生是第一次生命，出嫁是第二次生命，若一定要论及女人的出路，那么第二次生命无疑就是山里女人的出路。莫老太遵循习俗，初潮时在父母和媒人的安排下与糯弯村的李双华订下婚约。她在定亲之日给前来提亲的李双华倒了一碗茶，青年人穿着蓝靛染的挺括麻布衣裤，鞋底纳得很厚，鞋帮沾染了一路来的泥土，但干净的地方白崭崭的，显然是刚做的新鞋。李双华细高个子，肩膀很宽，五官倒也没什么出众之处。莫老太印象最深的是他的双唇，说着话，嘴角就朝上弯，是个说话带笑的人。然而两年之后，也就是这张嘴，说他们不合适，并退回了她的生辰八字帖子。金竹怎敢和莫老太提当初，她永远不会知道在那个风俗严谨的年代，一个女人被男方退回生辰八字帖子意味着什么。

此前莫老太从未去过糯弯村，只知道那是一个以种植八角为生的村庄，这个村子和越南北部山水相连，其边境线处是一片阔大的深山老林，遍布古木奇树和体型庞大的野兽。深山里的这些村庄中，老一辈的净脸人日渐年迈，又没为村庄培养出新一辈的净脸人，这个从开天辟地就流传下来的古老传统将后继无人，莫老太的家门便渐渐多了异村人的脚步。

天越来越阴沉，湿冷的空气从山路两边的庄稼地里蔓延开来，初冬很快就要来到了，漫山遍野的庄稼加速往成熟里生长。这场雨水过后，山里将迎来今年最后的收成。

有山风吹来。

“要走的是你什么人？”莫老太终于开口。中年人在前头领路，步子跨得很大，很快便和莫老太拉开一段距离。闻言，停下来，等莫老太和金竹。

“是家弟，还没成家，”中年人低声说，“在山上遭遇了野物。”

“野物？”金竹惊叫起来。

“野猪。”中年人回答。

“人已经过了？”莫老太闻言放慢脚步。

“是的，今早从山上抬下来了。他夜里进山采野，踩了捕鼠器，又遭遇野物，一夜未归，我们今早才进山找。”

莫老太转身看金竹一眼，三个人继续赶路。靠山吃山，山有时候也会吃人。风低低地吹着。

糯弯村很大，四周遍布八角树，在深秋里依然一片繁茂，茂密的八角林中间露出简易的草房子屋顶，那是炼油房。

八角油可以制成香水和精油，这是莫老太对糯弯村最初的了解。像一个梦，她无法肯定这个梦已经从心底彻底消失了。

是姓康的人家，屋门口的白蚊帐已经挂起来了，遮掉行人通往屋内的目光。院子里人来人往，男人们在砌火灶和刨棺木，女人们忙着淘米和洗菜，从各家借来的饭桌靠在屋墙上，三个竹篾筐里装满了碗筷。丧事已经开始忙碌起来了。在屋檐的另一侧，几个上了年纪的妇人围坐在一个戴黑白格子棉布头巾的老妇人身边，只是守着，没有交谈。老妇人垂着头，脸上表情呆滞，似乎还没明白发生了什么事情。

中年人领着莫老太和金竹穿过院子，忙碌的人们停下手里的活儿。看见莫老太他们，垂头坐着的老妇人猛地站起来，步履踉跄地朝莫老太奔过来，举着两只空空的手。

“大姐……”老妇人呜咽起来，仿佛悲伤这时才忽然降临。

“收起你的眼泪，还没到流眼泪的时候。”莫老太直截了当地说，她知道此时任何语言都无法抚慰失去亲人的痛苦。老妇人点点头，泪水和悲伤溢满她的双眼。

“在里头，是我最小的儿子。他在攒定亲的钱……我们当父母的无能，让孩子丢了性命，我们是罪人呐……”她扯下头巾，把呜咽埋进头巾里。

中年人来到屋门口，帮莫老太撩起白蚊帐。

亡者躺在正对屋门的地板上，双脚对着门口，身子下垫了竹席，身上盖一张棕色的毛毯，一直拉到他的下巴处。那是一张年轻的脸孔，死亡也没能抹掉他脸上年轻的光芒。此刻，这张脸因为失血过多而显得青白，像蜡一样泛出冷冷的凝光。他的脸和头部还好，没有什么损伤，下嘴唇有些肿胀。亡者的头部旁边摆着一盆清水，碧绿的柚子叶和一把陈旧的剪刀浸泡其中。灵碗也准备好了，一碗大米摆在一把矮凳子上，凳子挨近亡者的头部，三炷香火平放在米碗上，只有开始净脸才能点燃。几位年轻的男性围坐在亡者两边。亡者太年轻了，按照习俗，他只配得到比他更年轻的小辈给他守丧，长辈们只能给他点一炷香火，而不能守护在遗体旁。年轻的死亡是寂寞的。

莫老太在亡者左手边的席子上跪坐下来，右手伸进毯子里摸索亡者的左手。一只沾满泥巴和污血的手被她从毯子下握出来，手掌呈半握拳状。金竹轻声尖叫一声，莫老太迅速回头严厉地盯她一眼。她合住双掌，握住那只已经开始僵硬的冰冷的手，垂下头，凝视亡者苍白的面孔，念诵起净脸词：

容我剪去你凡间的执念，容我洗掉你俗世的罪过
还你初生的洁净，去往明净的新世
前方的路既幽暗又明朗，你要朝有光的地方去
那边的世界有风雨又有彩虹，你要朝七彩的凤凰去
火不是火，火是光亮
雨不是雨，雨是甘露
你不要怕，你是洁净的

诵读完毕，莫老太放下那只手，示意把净脸的水端过来，并点燃香火，把三炷香火插到灵碗里。毛毯被揭开了，一股冷腥的味儿弥漫而来。亡者胸口以下一片模糊，深褐色的衣服浸透了鲜血，凝结成暗红色，裤带也断掉了，变成两截耷拉在腰间，右腿的裤子在膝盖处撕破一条长口子，里面的腿血肉模糊。双脚上的鞋子已脱掉，左脚的前半截脚掌没了，伤口参差不齐，像被一把钝刀勉强来回割拉。

金竹迅速起身，撩开门口的白蚊帐出去了。

“你们来，帮忙把他的衣服脱去，干净衣服准备好了吗？”

“准备好了。”几个年轻人表示，挪过来帮忙脱掉衣服。衣物褪去，除了头部，是一具破损不堪的躯体，整片腹部，被野猪的獠牙顶得一塌糊涂，一些肠子暴露在皮开肉绽的肚皮上，这是致命所在，暗红色的血已经凝固了。几个年轻人看着亲人破损的身体，沉默不语。

“毛巾！”莫老太朝他们伸手，一个年轻人把浸了柚子叶水的毛巾拧干递给她。一切如常，从头开始。但生命不能

从头再来了。

换了六盆水。莫老太吩咐他们到屋后挖个深坑，一定要深挖，把暗红色的污水倒进去，覆盖上泥土。屋里默默忙碌着，屋外的人声也压低了，大家都知道屋里正在给亡者净脸，这是亡者的肉身和灵魂得到彻底洁净的礼仪，没有人会在这样的时刻喧哗。净脸结束后，莫老太又吩咐拿来针线，她要给亡者破损不堪的肚皮缝合。一个年轻人出去了，不一会儿院子里传来号啕大哭，只是突兀的几声，然后声音像是被蒙住了。出去的年轻人拿来针线，一根缝衣针和两个线团，黑色和红色。莫老太示意年轻人穿红色的线。其实也没法做更好的缝合，只是把皮肉翻卷的地方粘连起来缝平了，把露在肚皮上的肠子重新塞回肚子里。窟窿眼大的地方，莫老太吩咐人拿来亡者生前一件干净的衣裳，剪了一块伤口大小的地方，填补住窟窿眼，布的边沿和皮肉缝合在一起。膝盖处也有一条皮开肉绽的长口子，莫老太在昏暗的光线里耐心地穿针引线。在她的记忆中，再也没有哪一位亡者像这位年轻人让她花费如此巨大的心神。她敬畏年轻的亡灵，尽可能细心地为他们做好在人间的最后仪式。漫长的净脸过程终于结束，亡者换上干净衣裳，残缺的脚掌套上厚实的棉袜，体面地躺在竹席上，这时候才能给他盖住过头的长白布。莫老太摇摇晃晃地站起来，眼前一片墨一样的黑，跌坐回地上的席子，一只手撑在亡者白布下僵硬的手掌上。几个年轻人急忙挪过来扶住她。莫老太摆摆手，眼前的黑暗渐渐消散后，她把手伸进白布之下，再一次双手握住亡者冰凉的手，默念净脸词。

从白蚊帐内出来时，已经是午后时分，天空变得亮白不少，雨似乎不会再来了。院子里简单砌起来的火灶里炉火熊熊，几口大锅炖着大块猪肉，几只已经宰杀好的羊摊在一张羊毛毡上。莫老太慢慢抚摸两只手，她的手腕处隐隐生疼，两腿虚软得像踩在棉花上。净脸的时间太久了，几乎耗尽她全部精力，从未有过的疲惫盘旋在她衰老的体内。金竹一直在门边等着，见她出来，上前扶住她。莫老太朝她点点头，几乎全部的肉身倚靠在她身上。莫老太被引到院子另一边的一张桌子旁，上面搁一盆柚子水和半碗清亮的生茶油。莫老太站在桌边洗手，两条腿软得几乎站不稳。在手上抹生茶油时，丧子的母亲走过来了。

“大姐，谢谢你为孩子做的一切，好心会有好报的。”老妇人的感激和哭泣声交织在一起。

“这是我的职责，你不必感谢我。”莫老太疲惫地说。

“孩子还太年轻，真是罪过。”

“这是他命里带有的劫数，你不必过于悲伤，他只是去了他该去的地方。”莫老太机械地说。类似的话她这一生说过无数次。

老妇人默默饮泣。中年人走过来，双手递给莫老太净脸礼包。

“太婆，请收下！”他说。

“你弟弟会走得好的。”莫老太接过礼包，慈悲地说。

依照礼俗，她们没吃饭。走出康家院门时，悲恸的哭声从背后传来，净身后，亡者的灵魂正式离去了。

山路上，两个人走得很缓慢，无语。金竹的脚步轻盈，细碎响声从莫老太身后轻微传来。四十多年前，莫老太也这样跟在老妇人身后。老妇人第一次带她去净脸，是为一个从山崖上摔下来亡故的孩子，他只有十二岁。孩子其实已经走了两天，但他的母亲认为他还会醒过来，抱在怀里迟迟不肯放手，直到孩子渐渐变得冰冷。孩子亡故于内伤，除了脸上的擦伤，肉眼看不到任何伤口。触摸他小小的胸腔，可以感知到他断了好几根肋骨。老妇人褪去他的衣物，抬起他的头为他擦拭时，暗红色的血从他的七窍流出来……莫老太为他擦干净，她沉静的神色赢得了老妇人赞许的目光。在那些微醺的沉寂夜晚，孩子的面孔也会出现在莫老太眼前，是净脸后的脸，洁净，一双细小的眼睛，脸上的表情腼腆羞涩，真实得让她以为只要叫一声他的名字，他便会点头答应，过来坐在她的膝盖边上。

"他们的灵魂已经远走了，只剩下一个肉身，没有必要对一具躯壳产生过多悲悯。"老妇人常常这么说。

然而莫老太不这么认为，净过脸后那些洁净的面孔，即便只是一张沉默无语的面孔，也是她暗夜里的亲人。

"太婆，我一定让您很失望。"金竹在身后沮丧地说。

莫老太默默走了一会儿，温和地说："这不怪你。"

身后传来压抑的饮泣声。金竹太年轻了，比当年莫老太刚开始走上这条路时还年轻。这个性格沉静的女孩子天生没有子宫。若是在几十年前，在这片古老的山里，一个女人失去了传宗接代的能力，她就没有第二次人生了，娘家人不可能给予她永远的庇护，她的前路是黑暗的。然而如今早已不是当年，年轻人的命运不再局限于山里，女人的人生价值也不再局限于生儿育女。金竹只是缺乏一点往山外的世界张望的勇气，她需要一点时间和机会，时间会把正确的选择带到她面前的。

山风徐徐吹来，午后的天空变得明亮许多，似乎酝酿已久的雨水也随风而散了。

·四·

雨水没有来。几天阴云之后，阳光重新照耀在山里，山上庄稼地里的果实已经成熟待收。这场收获将会持续半个月左右，果实颗粒归仓后，初冬的第一场霜冻将会如约降临。

山上是黄澄澄的，野草多半已枯黄，玉米棒子干在玉米秆上，黄豆和花生也熟了。村里的巡山人像只警惕的猎犬，整日在山上转悠，防止有人在山上烧山，引发火灾烧毁粮食。巡山人是村里的治保员，在粮食成熟的日子，整天黑着脸训斥村里的娃娃离地里的粮食远一点，搜索他们的口袋看是否有打火机，并警告他们没事别上山乱转悠。他把手里的竹条子甩得飕飕响，等到开山节，巡山人终于松了口气。

开山节意味着可以上山摘收山上的粮食了。这天家家户户要蒸糯米拜祭土地神，感恩土地神带来今年的粮食。这是妇女们的事情，男人们要检查家里收割粮食的家伙，盛放粮食的竹篾很可能被老鼠咬破了，要重新修补，砍玉米的锄头也许得磨一磨，缸瓮也要搬出来晒掉湿气。

村里弥漫着过节的气氛。

莫老太不需要拜祭土地神，人间任何与香火有关的行为都和她无关，但她还是天不亮就起来，把前一晚泡好的糯玉米提到厨房的磨盘边，一丝不苟地磨起来。有家底的人家会用糯大米来蒸，而多半人家则依照古老的习俗，蒸糯玉米粉。莫老太觉得这两种米在口味上其实并无多大区别，只不过拿糯大米到土地庙去祭拜时能长主人家的面子。

磨盘有些年头了，归置在厨房边的偏房里，这里放置莫老太的劳作工具，两把手柄长短不一的锄头，几把手柄磨得光亮的镰刀和柴刀，几只叠放在一起的陈旧竹篾背篓。在微亮的光线中，那几只叠放的竹篾背篓活像一个沉默的人影，莫老太微微地心惊肉跳。上了年纪后，特别是近几年，猛一眨眼，看什么都像个人影，能把人吓一跳。她把暗处的磨盘搬到厨房，清洗干净。这东西一年到头没用上两回，蒙满尘垢。晨曦慢慢从厨房的屋檐下透进来，村庄深处开始传来各种响声。厨房门板响起抓挠的声音，莫老太心里暖了一下。天没亮透，她没把大门打开，老伙伴转到厨房后来挠门了。拉开门闩，黄狗窜进来，两条前腿跃跃欲试要搭上老朋友的身上，莫老太拍拍它的脑袋，狗呜地婉转哼了一声，算是打招呼。

猛地传来一阵响炮，脆生生地炸响在静谧的清晨里，莫老太手一抖，手里的饭勺落到地上，她的伙伴曲折地呜了一声，腰身一塌，缩进饭桌下。响炮很短，没几声便停了。莫老太马上想到顺义那老东西。无端端地，只有丧炮才这么响。她的胸口剧烈起伏起来，绿玉是不可能让她的公公不净脸就落气的，除非那是他本人的意思。当她的目光落在清洗干净的磨盘上时，她很快便否定了自己的想法：今天是开山节，晨起是要在土地庙前燃炮的，告知土地神，这是村民拜祭他的日子。莫老太松了口气，跌坐在凳子上。

当晨曦的明亮光线透进厨房时，莫老太才从沉思中醒过来。一些沉寂但从未忘记过的往事也被那阵短促的响炮点醒了，恍恍惚惚地，她又被往事拽了进去。她拍拍膝盖，狗从饭桌下钻出来，惊魂未定。今天的早饭她打算不吃了，磨好糯米粉，蒸上，午饭和早饭一起吃。这么多年来，大大小小的节日，她多半是一个人静悄悄地过，村里人也习惯了这位老人的孤独生活，觉得那是她该过的日子。然而节日的喜庆气氛总是不浓不淡地搅扰她，她始终无法做到像老妇人那样把凡俗烟火戒得一干二净。

“爸，推磨盘。”

“妈，灌玉米。”

“妹，筛玉米浆了。”她手里忙着活儿，默念家里每个人，在她的默念中，像是一家人还在一起。

莫老太的开山节糯米蒸得很少，两竹筒，三斤不到。磨全后，清晨已经来临，明亮的光线透进厨房里。她转身回堂屋，把家门打开。每天都一样，打开门那一刻，祈愿今天家门口不会出现陌生人的身影。

大门口转身，莫老太的目光落在空空的厅堂屋墙上。本来，那里应该靠屋墙放一张高脚桌，上面摆上香炉和两盏油灯，而在高脚桌上方的屋墙上，应该贴有类似“祖德如山重，宗恩似海深”的对联。高脚桌上的摆设和屋墙上的对联，成为象征一个家的根脉的祠堂。然而多年来，这面屋墙空空如也。早些年父母还活着时，祠堂还在，给祖先烧香供奉食物，屋墙上留下烟熏火燎的痕迹。父母过世后，莫老太“请走”了祠堂，这面屋墙就没再沾染过烟火气息。每年三月初三，莫老太和村人一起上山祭扫父母和老一辈先人的坟茔时，也只是把坟头的杂草清理干净，把塌陷的坟身重新培土，别说拜祭的食品，连香烛纸钱都无法供奉。当然，父母的坟头不会真的连一根檀香都没有，周边的邻人总会好意点上三炷香，过来插在父母的坟头，拜祭的食品也会盘过来一些。莫老太体面地为乡邻们送走亲人，却无法为自己逝去的亲人做任何体面的事。今天，本该也在祠堂上给祖先点上三炷香，供奉一碗蒸糯米糕和一两样荤菜的，然而什么也不能做。她带着不易觉察而又无法克制的哀伤回到厨房，在越来越明亮的晨曦里开始烧火蒸糯米。

临近午后，阳光终于照耀到菜园子里，菜地之外的莫纳河河面亮闪闪的，有风，微风，带着山上粮食成熟的清香气息，这气息使山里人沉醉。那些已经上不了山的老东西们，蹲在幽暗的墙角贪婪地闻这气息，他们闻到了年轻时候的汗水味儿。

糯玉米糕蒸得不算成功，糯米酱滤水不够，蒸出来的糕软绵绵的，有点黏手，水分很大。在做节日食品上，莫老太一向不行。如霜恰恰相反，她对于节日有一种天生的热情，粗陋的食材也能弄出体面的菜肴。她喜欢为莫老太做各种食品，她在莫老太的厨房里穿梭，用新鲜玉米粉加酵母蒸类似馒头的玉米疙瘩，把红薯切片，沾上蛋黄下到热油锅里炸成红薯酥。莫老太常常幻想如霜有一群孩子，他们被能干的妈妈制作的各种美味食物抚养得健壮无比。毫无疑问，如霜将会成为一名出色的家庭主妇，但她把金子般的葱茏年华献给了友谊，陪伴莫老太。莫老太也曾对她的友谊心怀疑虑，毕竟，婚嫁的神圣光辉也曾无数次在莫老太的梦中闪耀，她知道婚姻对于一个女人的诱惑。如霜对友谊的坚守让莫老太心怀不安，老妇人警告她：世事有因，不要妄自施舍你珍贵的怜悯之心。她觉得老妇人心肠太硬，但过后生活总是用各种各样的事情给予她教训，证明老妇人的断言是正确的。

吃过半碗蒸糯玉米糕，莫老太开始收拾秋收的工具，最主要是装粮食的缸瓮要搬出来，把缸瓮底部的碎渣清理干净，晾晒干透，不然缸瓮会返潮。早年她和村里庄户一样用竹篾围子装粮食。竹篾围子不那么牢靠，会遭老鼠咬，但透气，粮食不会返潮。村人们养猫灭鼠。莫老太不能养家禽牲畜，在围子下放了捕鼠器。捕鼠器一向是顺义做的，他还会编竹器，在山上弄到几根半枯的藤条，揉揉搓搓，半天就能编出一个镂空枕头，还绞着好看的花纹。他这门无师自通的手艺，在晚年帮他挽回了年轻时糟蹋掉的名声，邻人们只要把竹条子送到他家里，嘱咐编织个箩筐簸箕，两天就给你弄好了，还给你送上门。莫老太成为净脸人后，屋里一些需要男人才能做的活儿，如霜总是命令他来做。人诚惶诚恐地来，做好后飞快回去，生怕被吃了似的。莫老太一度认为这个天不怕地不怕的男人畏惧她那双看过太多垂死生命的眼睛和抚慰过无数逝世灵魂的手。而莫老太还是个露水般洁净的姑娘时，他可不是这样的，什么玩笑都能开，嬉皮笑脸说要让爹妈请媒人上门提亲，娶了她给如霜当嫂子。那时候他已经有了些偷鸡摸狗的行径，名声不好，如霜不干不净骂他一脸。这两兄妹，在莫老太的生命中太特殊了。如霜和她曾在山上幽静之处羞涩讨论过婚嫁的嫁妆，并偷偷学会刺绣，开始设计枕头套、被套、门帘的图案。她们在集市上买了上好的彩色丝线，并约定出嫁时一定要穿棕色半高跟人造革皮鞋，而不像别的姑娘穿母亲给做的笨重的绣花布鞋。她们的鞋跟踩在石板路上，声音是清脆的，与众不同的。那些讨论的时光多么美好，风和阳光柔和地落在姑娘们身上……风和阳光偷听了她们的秘密，最终把一切带走了。净脸人的岁月充满挣扎，充满孤独，充满酸楚，充满不能自圆其说的裂痕，没人能知道如霜的友谊对于她的意义，每当恐惧袭来，厌倦袭来，至暗袭来，如霜的友谊便像一抹温润的光亮，给她带来无可取代的暖意。老妇人说净脸人不需要友谊，孤独就是她的命运。但她珍视并需要如霜的友谊，她为此充满感恩，直到如霜把生命留在某一个冬天里。

莫老太把一个圆鼓鼓的缸瓮放在厨房外的屋檐下，阳光亮得让人眼花，但不是很温暖。季节越往深处走，阳光越变得凉薄了。冬天，是万物萧条，也是生命最容易离世的季节，很多年老力衰的人最终把生命留在寒冷的冬天里，也有很多人选择在这个季节缔结姻缘，把希望带进并不遥远的春天里。死亡与希望，一步之隔，很多人却跨越不过去，最终天壤之别。缸瓮大概坐在一颗石头上了，她一放手，它便倒了下来，滚下低处的菜埂。她愣了一下，有些生气。往事总是轻易让她陷进去，她始终无法像老妇人那样，把所有的精气神花在迎面而来的每一天。她把缸瓮从菜埂里搬上来立好，里面长了一层薄薄的白灰尘。必须把这层白灰尘抹干净并晒干透，最容易起潮的就是这层白灰尘了。莫老太回到屋里拿了干抹布出来，阳光正好缓缓照进厨房的门，菜地之外的杂草地空荡荡的，那帮混日等死的老家伙们今天一个没来，都在家里磨着门牙吃节日的糕点。

她又搬出三个缸瓮，擦干净后晾着，阳光变得暖和了些，白花花的，人晒着，倦意便爬上眼皮。她站在厨房后门，朝厅堂望，从大门那儿透进来的光线照得堂屋亮堂堂的，门口那儿立着一只公鸡，在光亮处羽毛光滑鲜艳。

静悄悄的。这沉静让倦意更浓烈了。搬一个板凳出来，靠在厨房门板上，却不敢闭眼睡去。人老了，睡意少，中午一觉，把夜晚的觉也给睡走了，就得睁眼到天亮。远远地，一声爆响从村庄深处传来，莫老太知道是从村里的庙宇传来的。庙宇在村西头，一座用石头砌的矮巴巴的房子，里面窄小得只能放得下一张供桌。莫老太记得那里的一切。在成为净脸人之前，每年大年初一和开山节，她和母亲、妹妹抬着供奉的食物前往那里祭拜，供奉的食品不多，甚至有些简陋，但她们从不觉得丢人，供奉的诚意是在心里。那是多少年前的事情了，遥远得就像逝去的前世。她记得每个祭拜的礼节，石头槽里插满点燃的廉价檀香，浓烈弥漫的香火味，以及那些散发朴素香气的食物，如今这些于她已是物是人非……

明亮的阳光忽然黑下来，风也停了。影影绰绰地，有一些模糊的影子在莫老太眼前晃动，慢慢清晰起来，还是那些洁净的人脸，不断出现又不断消失，像一个个回放的记忆，莫老太来不及凝视他们。忽然又出现那片莫老太和如霜当姑娘时常常上去挖竹笋的山坡。那片山坡在村庄背面，长满竹子，遍地是裸露的嶙峋石头，能开荒的平地极少，被村民遗弃了。但它并不一无是处，这片不受待见的山坡春天会长出珍珠般洁白圆润的蘑菇和美味的嫩笋尖，闲来无事的年轻人会翻越山头到这片山坡去采摘新鲜野味。

山坡清晰出现了，阳光明亮，浓密成荫的竹子，贴着地皮长的洁白蘑菇和破土而出的笋尖，是熟悉的风景，一晃而过，天又突然黑下来，风景不见了。如霜的脸悬在莫老太的眼前，静静瞧着她。如霜并不常常出现，她们生前形影不离，她离世后她们变得生疏了，像两人之间有无法弥合的隔阂。

“霞光，”如霜注视着莫老太，“让宽恕指引你的心灵！”她愁眉苦脸地说。莫老太沉默不语，一阵风吹来，如霜一晃不见了。眼帘渐渐明亮起来，是打盹做的梦。她睁开眼睛，碧绿的菜地铺展在阳光下，菜地之外，一个裹黑棉衣拄拐杖的老人立在那里，两条棉裤裹住的腿弯弯曲曲的，像随时要朝前弯膝跪倒。人影凝固了似的。

阳光亮得刺眼，那人影黑乎乎的，她瞧不清楚是谁。

沉闷的咳嗽声传来，人影晃了晃，送过来他的招呼。

“霞光！”

莫老太猛地站起来，胸口像挨了闷捶，钝钝地疼。她在厨房门口站立片刻，走下菜地田埂，朝黑影走去。

“今天是开山节。”人影说。

“我知道，我从没忘记，”莫老太隔着一小片韭菜目光锐利地注视着人影说，“我记得每一件事情。”

他的脸色黑黄，像蒙着一层干燥的灰尘，土黄色毛线帽檐压在低低的额头上，那双眼睛看人时，目光永远是散着的，你无法捕捉到他的目光落在你身上什么地方，有一个和如霜一样的方下巴，如今那里的肉松松垮垮的。莫老太见过太多逝者，她知道死亡的阴影是怎样的，它们像一层仁慈的忧伤笼罩在即逝者脸上的某个地方，比如忽然暗下来的额头，比如无色的双唇，比如突然潮红的额骨，比如颤抖的手指，以及突然明朗起来的笑容和明显好转的精气神。死神是善于迷惑人的，但它狡猾的影子逃不过莫老太的双眼。

她的目光落在他的脸上，她看见他的眼睛里盘旋着它的影子。

“你在我的脸上寻找什么？死神？”老家伙看起来混混沌沌，其实不糊涂。

“绿玉说你病了。”莫老太沉着地说。

“那是，孩子们巴不得我早点归西，但你看，我还是从床上爬起来了，我又让他们失望了。”

“你这样说绿玉不公平，她是你们家最有良心的人。”

老头的目光骤然聚起来，探究似的注视莫老太。“不知道怎么回事，如霜走了以后，我好像不是她哥了，你走过家门前，连脸都没偏一下，你以前可不是这样的。”他气喘吁吁地嘟哝，蹒跚转身，在那片杂草地上小心坐下来。

“我身上带有晦气，每户人家的门槛都不欢迎我。”莫老太在韭菜前蹲下来，她无法撇下他转身走掉。有一些美好的东西在她的脑海里浮现，它们和那至暗的一刻一样深深印在她的生命里。那是关于童年的、少年的，以及多半的青春时光，她和如霜，以及他的事情。她为那些逝去的时光蹲下她的身子。

“我从来没这么认为。不过，霞光，我并不相信你那一套，等我死了，我不会麻烦你。死了就死了，那把柚子叶和剪刀能给我带来什么？我是不相信的。”老家伙毫不客气地说，脸上不屑的神情使人想起他年轻时候的那些行径。

“我不勉强你，我从不主动上门，那时我不会出现在你的床前的，”莫老太说，她分明看到他眼里的惊慌一闪而过，“除非你来请我。”

老头脱口而出：“我请你就会去吗？”

莫老太拨弄韭菜秧子，她的手在韭菜丛里颤抖了一下。“我从来不拒绝每个有求于我的灵魂，即便是有罪的灵魂。”她平静地说。

老东西似乎在思索什么，久久不说话，然后挣扎着从草地站起来，招呼也不打，颤颤巍巍地走掉了。莫老太还蹲在原地，她双眼干涩生疼，明亮的阳光成为一把灼灼燃烧的烈火。她已经很久没流泪了，四十几年来，那么多漫长的黑夜啊，像一块巨大的海绵，早就吸干她的泪水了。她揉了揉涩痛的双眼，注视那个远去的黑色背影。

忙碌的秋收正式开始了，今年和往年一样，没有诱人的丰收，但也没有哪一棵庄稼辜负人们的汗水，竭尽全力奉献上自己的果实。村人们在山上忙碌，不断从山上背下金黄的玉米棒子、花生、黄豆、芋头。砍下的玉米秆堆满山地田埂，晒干透后，一把火烧掉，早春的雨水会让这些灰烬渗透进土地里，成为最好的肥料。

莫老太还剩两半缸玉米，赤小豆小半袋。她所剩的粮食一年比一年多了，也许明年可以再少种一点地。去年她给妹妹的儿子背回去五十斤玉米，大半袋花生。今年她没种花生。她把玉米和赤小豆整出来，打算叫绿玉拿去喂牲口。今年夏季，绿玉整整忙活了两天，帮莫老太除玉米地的草，莫老太应该有所回报。第一天秋收，莫老太照例等阳光照耀到山梁后才出去。她的地离家不远，是她所有的山地中最平展的两块。其余的山地，她全给乡邻们种了。一路上山，从玉米地深处传出掰断玉米棒子脆生生的声音，人们隐在玉米丛里。她静悄悄地朝自己的玉米地走去。爬上家里的地埂时，附近地块的村人还是发现了她。一声呼喊，邻近的玉米地里纷纷走出人来，七八个人，钻进莫老太的玉米地里。她无法拒绝村人的好意，也不应该拒绝。在村人的玉米地里，那些隆出地面的坟墓，里面安息的人多半是在她那双充满善意的手里干干净净离去的。她连地都不用下，不断有过路的村人钻进地里，半天不到，两块玉米地全收完了，玉米秆也全部砍掉晒在地里。十多个人背着剥好的玉米棒子，浩浩荡荡从山上一路下来。她的秋收只有不到短短的一天时间。莫老太上了五十岁后，地里的活儿没有哪一件是她一个人完成的。这是这片山的善意，但也并不是说它没有邪恶。

收获的粮食堆满了天井，看着好像比去年多了几背篓。莫老太每天在阳光晒到菜地后那片杂草地时，搬出竹席子铺展在杂草地上，把玉米棒子背出去放在竹席上晾晒。这是生活的一部分，她有条不紊地忙碌着。有很多年，莫老太一直把心思全放在她净脸人的身份上，日常的一切，吃的、穿的，欢乐的、悲伤的，全都徘徊在她的生命之外。她只看到一场场亡故，一次次分离，她生活的底色是灰色而忧伤的。

秋收渐渐进入尾声，山上累累的果实收仓后，山空起来。人们在家里收拾从山上运回来的粮食，这是一个家最殷实富有的时刻，玉米棒子和各种杂粮堆满房前屋后，余粮成为主妇们炫耀的资本，扬言家里的缸瓮不够使用。

莫老太每天中午坐在晒玉米棒子的席子上搓玉米粒，再也没有一个老人来到杂草地上，新收获的粮食让他们暂时忘记等待，忘记死亡。

第一场初冬的霜冻降临时，莫老太在屋后的菜园里迎来了噩耗，老妇人离世了，她自己完成了在人世间最后的洗礼，净脸，独自面对和吞咽死亡。莫老太没去参加葬礼，这是不允许的。净脸人的一生见过太多的死亡，却不曾参加过一场葬礼。她什么都不能为老妇人做。

夜暗下来了，夜已经开始有刺骨的凉意。没有什么菜，只有一壶暖酒。炉子里的火并不太旺，莫老太灭掉灯火，淡淡的暗红色炉火映出一片微明。渐渐微醺后，她背靠在温暖的、用红泥巴砌起来的高高的火炉上。没有谁来到她的眼前，炉火完全熄灭后，她喝下最后一口酒，直到温暖的炉身完全冷却，她依然等不到那张盼望的脸。莫老太不确定是否能等得到她，毕竟莫老太的双手没给她带去最后的抚慰。

恍恍惚惚站起来，拉开厨房后门，饱含水汽的冷空气扑面而来。没有一丝光亮，黑色的深邃夜空中没有星光。

“大姐……”莫老太如梦般默念一声，悲伤如同夜的黑暗一样浓稠。

·五·

古老的风从屋顶上刮过，夜越深，越刮得猛烈。那些轻飘飘的物件，在风中弄出各种各样的声响，这些声音让夜变得更深沉，像坠入无底的深渊。总是做梦，妹妹如霜站在他面前沉默不语，那双眼睛充满愁苦，而她还活着的时候，用另外一种方式折磨他——眼泪。他眼睁睁地看着她从姑娘变成一个干瘪的老太婆。老年的如霜泪水渐渐少了，但眼里多了怨恨。她不再流泪，而是拿充满怨恨的目光瞧他，让他没有哪天得以安生。一辈子啊，她就那样拿一辈子谴责他，惩罚他，虽然她一直在照顾他。她死后，他以为可以安生几天了，她却不依不饶，来到他的梦中。他当然明白她的想法：承认罪孽并忏悔。

如霜越来越频繁地出现在他的梦中，爹妈都没那么关照他。二老死了多年，每年三月三他到双亲坟前，烧了一箩筐纸钱，拜也拜了，跪也跪了，二老连半张脸都没在他的梦中露过，像不曾有他这个儿子。他很委屈，父母死时，他用的可是上好的棺木，道场也做了，尽了孝心的。他深信父母如若出现在他的梦中，总该会给他一言半语，他们不会这么眼睁睁地看着自己的儿子活受罪，虽然他罪有应得。可二老偏不露面，消失得干干净净。而他多少有些忌惮的如霜却像追魂鬼一样，死了也不让他安生。

辗转着，身上每一根骨头都疼，屋顶上的风跑得像厉鬼。他已经好几天没睡过一个安稳觉了，肚子硬邦邦的，像里头装满了石头。儿媳妇每天给他端来稀烂的粥，他勉强喝两口。屋子里堆满新收下来的粮食，他的鼻子似乎失灵了，再也闻不到谷物的香味。他想念儿子，那个没良心的浪子已经几个月不沾家了，似乎眼里也没他这个爹。这么想，他伤心起来，二老不要他，儿子也不要他了，如霜又那么怨恨他。他又想到老伴，那个右眼底下有颗黑痣的女人，像木头一样沉闷，一辈子也没过上一天好日子。年轻时他也像儿子那样，整天四乡八里转悠，心思完全不在山上那几块薄地上。女人是怨恨他的，这一点他心知肚明，她不可能出现在他梦中了，说不定也怨恨被埋进他们老覃家的地里，死了也要成为他们家的鬼。

他成了一个没人要的人。

风似乎小了点，跑过屋顶的脚步轻了不少，一些细小的风钻进瓦缝里，弄出像从遥远的地方传来的哨声，一阵紧一阵缓的。脑子里一宿的杂七杂八的念头，终于被夜风吹散了。挪了一下冰凉的腰腿，睡意迷糊而来。他不想睡去，梦中如霜那双眼睛比任何噩梦更让他惧怕和痛恨。他坚持了一会儿，眼皮上像坠着石头，终于沉沉合上。

又到这面山。

根本没什么上山的路，能插得下脚的地方就是路，他熟悉村庄背后的这面山。山的正面是生生不息的村庄，人，牲口，田地，水，而背面荒凉沉寂，要过午后阳光才能斜斜照耀下来，坡体缓长，长满浓密的竹子。暮春和整个夏季，雨水过后，厚厚的竹叶下钻出珍珠般的蘑菇和美味的嫩笋。村人们翻越山头，来到山的背面收获大自然馈赠的美味。村人们说这面山上有狼，有熊，但从没人在这面密不透风的山上碰见过比野鸡更大的兽。

野鸡他是见过的。他当然也会来这面山，通常是一个人来，不喜欢结伴，腰间绑上柴刀楔子，一个人遁入浓密的竹林里。他喜欢在林子里转悠，慢慢朝山顶往上走。竹林里安静，并不是说没有声音，有清脆的鸟鸣，类似于人踩在厚实的竹叶上发出的沉闷脚步声，有什么东西从高处坠落在潮湿地面上时噗的声响，这些声音让阔大的竹林显得更幽静了。午后的阳光从浓密的竹叶穿过，嫩嫩地洒落到地上，微风拂来，竹叶沙沙响。待在这面山上，你会忘记另一面山热气腾腾的生活。

他从来没想过山外的世界，他的父辈，祖父辈，未曾谋面的祖先辈，像山里的一块石头，一辈子待在山里，他将毫无例外地延续这种生存状态。命运对他没什么特别厚爱之处，也没特别亏待。当然，这并不是说他没有任何愿望，他当然有。他比如霜和霞光大六岁，当某天霞光像刚拱出地面的嫩笋般清新地站在他面前时，他发现她长成了他喜欢的样子。

没有任何悬念和机遇改变一切，山里人的情愫朴实而隐晦。他压抑下暗生的情愫，家里为他算过生辰八字，他是个晚婚的人，而她按照风俗已经有了婚约。他只能倾听她的脚步声在他家门前响起，她和妹妹窃窃私语的声音和忽然地掩面一笑。

一些纷乱的画面不断晃过，早春的风，初夏的雨，深秋的橙黄和隆冬的萧索……霞光仰面躺在厚厚的竹叶上，脸上盖一顶斗笠，一只手搭在胸口上，脱下的布鞋摆放在裸露的双脚边，像是睡着了。他感到新奇，在竹丛后朝她扔了块石头，石头闷闷地落在她身边的竹叶上，她仍然一动不动。四周静悄悄的，听不到任何声响。他觉得妹妹应该也在竹林里，她们一向形影不离。他在竹丛后静静瞧着躺在竹叶上的霞光，目光落在她两只裸露的脚踝上。它们圆润、结实，呈淡淡的棕色，像蜜一样吸引他。

恶是如何在一念之间产生的？还是它原本一直像血液一样潜伏在身体里？心里像有一头万恶的兽在驱使，他朝睡梦中的人走过去，蹲下，慢慢揭开她脸上的斗笠。她动了一下，他出手了，朝她的头来了一下，她连哼都来不及哼一声，便像重新进入睡眠，悄无声息。

他很狼狈，心中的恐惧和恶念交织在一起，他想就此罢手，什么事情都还未曾发生。但那只万恶的兽驱使他伸出邪恶的手，它们抚摸裸露的脚踝，抚摸毫无知觉的脸庞，拈掉落在细腻脖颈上的黑发……

他慌里慌张，像个喝醉的人连滚带爬地下山。那么庞大的一面山坡，那么深阔的一片竹林，那么多可以下山的方向，但他却在下山的途中遇见返家拿锄头回来的妹妹，他狂乱的眼神和脸上疯子似的表情让妹妹感到诧异。一切都像是魔鬼安排好的悲剧。

天光一炸，一片白得耀眼的亮光刺破了梦中的惊惶，他带着深重的惊惧从梦中醒来，感觉到下身一片湿冷，哆哆嗦嗦地往身下摸去，摸到一片潮湿。他呜咽起来。老头临死前也是这样，失禁了。半晌，有些不甘心，他扶着床沿慢慢探起半身，靠在床头上，喉咙里费劲地扯着气，喘不上来，像有一团茅草堵在那里。他朝床边慢慢挪，把半身探出床外，像突然被人朝脑袋挥了一拳，眩晕感猛烈袭来，身子一空，一头栽下床。

离黎明尚早，夜风依然在吹。

夜风从屋顶上吹过的声音，她再熟悉不过了。在她的一生中，黑夜和白天一样，她的睡眠极少，打个盹就可以支撑起一天的精气神。她倾听黑夜里的各种声音，几乎从未错过每一场深夜降临的雨水和屋顶上刮过的风，季节交替的脚步声也清晰入耳。她对那场劫难没有任何印象和知觉，很少有关于它的梦。这是命运对她的一点眷顾吗？不得而知。

又一个冬天来临，生命面临寒冬时总是格外脆弱。她在夜里小心抚摸自己身上的每一块骨头，感知每一寸肌肤温度的细微变化：尽管才六十八岁，但她必须有所准备。净脸人的丧事可以免去很多不必要的礼俗。她们的丧礼没有哭声，没有杀生，没有荤腥，没有香烛纸钱，装殓他们肉身的棺木是素色的，只需要一些给至亲披裹的白色麻布就可以。过了六十一岁，妹妹帮助她准备下一匹自织的白麻布，存放在衣柜的一角。每年夏季，她会拿出来晒在从天井遗漏下来的阳光下，晒掉时光落在上面的味道。这些本该是由后辈准备的，而她必须亲自动手。她镇定自若地为这些身后之事忙碌，像忙碌一件日常琐事。

那匹白布就在床头的衣柜里，她在等待时间，而它在等待她，他们在共同的等待里有一种隐秘的亲近。

她还在等待一场忏悔。

睡意终于在风缓慢吹来时来临，寒意渐浓了，她最后拉紧粗厚的棉被，恍恍惚惚要沉入睡眠时，急促的拍门声令人心惊肉跳地响起。莫老太的身体在被子里一阵哆嗦，绷紧了。上了年岁后，她开始担心夜晚的门被拍响。没有比在黑暗无边的夜里奔赴一场死亡之约更加令人沮丧的事情了。

“太婆！”隔着厚实的门板和几面墙壁，莫老太听出是绿玉惊慌的声音，马上想到生命垂危的是谁。她在黑暗中使劲闭上双眼，眼睛干涩疼痛，胸口剧烈起伏起来。

“太婆……快开门！”已经是呜咽声了，莫老太亮灯披衣起床。

绿玉披头散发，裹着一身寒气。风趁着门缝涌进屋里，莫老太感到两个膝盖一阵寒凉。

“太婆，我公公快不行了，你赶紧去看看。”屋外的人满脸惊惧，莫老太把她拉进屋里，掩上门。

“人怎么样，还能说话吗？”

“还能说话，一直喘气。”

“是他叫你来的？”她盯住绿玉问道。

“不是……他什么都没说，但我想他肯定希望我来。”绿玉犹豫起来。

“我不能去。”莫老太一口回绝了。

“太婆……”绿玉哭起来。

“他还能说话，但没叫我，我就不能去，这是我们这一行的规矩。”莫老太望着绿玉灯下闪闪发亮的泪水温和地说。

“可是，他看起来很不好。”绿玉说。

“回去吧，总之我不能去。”莫老太说，“他需要什么你就给他，别缺了他吃喝的。”

“你跟我去看看吧。”绿玉坚持，捉住莫老太的胳膊，

“家里只有我……”她哀求。莫老太在她的脸上看到了她对死亡的惊惧。

冬天的寒意在村庄的深夜里弥漫，风在脚下打着旋，一些细碎的东西贴着地面低低飞旋。两个人的脚步声在古老的村庄里沉闷响着。在莫老太的一生中，这样的深夜出行并不少见，有时候甚至是风雨交加，风和雨水打着披在身上的雨具，来请的人在前面引路，极尽周到，然而她也还是觉得所要赶的夜路和即逝者所面临的去路一样，充满泥泞和黑暗。她当然还记得那些在暗夜路上流过的泪水和心如死灰的时刻。

屋里亮着灯火，他躺在厚重的棉被之下，枕头上的脸笼罩着令人不安的宁静神色。

莫老太在床前的凳子上坐下，盯住埋在枕头上的那张脸。她看到了熟悉的阴影。

“鸡叫了？”良久，床上的人微弱吐出一句，显然没看清坐在眼前的人。

“不，还要再过一会儿。”莫老太沉静地回答。鸡叫过后，新的一天来临，阳气生发，生命会获得新的元气，她知道他在盼望阴气深重的寒夜快点过去。枕头上的那张脸一直没离开她的视线，她知道为时不多了。判断一个垂危生命的余光，她从未出错。

床上的人面向说话的人，良久，眼帘慢慢睁开，像费了很大的劲。

“我并没请你来。”他说，手从被子里伸出来，捉住被子宽大的边角。

“我只是来看你，什么都不做。”莫老太说，“你感觉怎么样？”

他喘着气，一声不吭地盯着坐在面前的人。两个人都不说话，好像陷入某种共同的回忆里。

“我很好。”良久，他喘着气说，突然像遭遇了巨大的惊吓，在被子里剧烈地打了一个寒战，这几乎要了他的命，他喘得更费劲了。

绿玉在莫老太身后惊叫起来，莫老太示意她换掉他身上厚重的被子，找一张轻薄点的盖上。

“太婆，现在非常冷。”绿玉说。

“他已经感觉不到冷了，这张被子只会让他觉得更不舒服，像一座大山一样压着他。”

绿玉转出去，抱来一张秋天的薄被。

“我是不是该准备点什么？”换好被子，绿玉悄声问莫老太。莫老太轻轻摇头。准备后事不是她该操心的事情，而眼前的人并没开口要求她净脸。她只是陪伴，陪伴绿玉，或者是，已死去的如霜，而绝非眼前的垂危病人。

盖上薄被后，床上的人似乎觉得轻松了些，睁着一双疲惫的眼睛，嘴巴微微张着，他企图合上，然而那两片乌黑的嘴唇似乎不再归属于他，不由自主地，又张开了。

……

这张脸已经完全变形，再也看不到当年它年轻时的任何影子，这张正在渐渐失去生命活力的脸孔让莫老太想起童年以及青年时代一些，譬如山上四月的野李花那样洁白而美好的事情。而在如霜去世之前，这些往事是她灰暗生命里的一豆灯火。她记得有一年初春，他在村庄背面那面山上的竹林里，发现一窝蜜蜂，兴奋地领着两个豆蔻年华的女孩钻进竹林里，扬言要让两个没见过世面的女孩尝一尝世界上最美味的糖浆。那时候的他们粗布麻衣，如花的年华和扬在脸上的笑容是他们唯一的装饰品，他们如山上的草木般淳朴灵秀，没有任何不切实际的想法，山里明亮的阳光就是他们最好的礼物。女孩们用陈旧废弃的衣物帮他包裹住裸露的肌肤，用旧袜子套住他的双手，手指从戳破的小洞里伸出来，成为一副样子糟糕的手套。一件旧衬衫结结实实裹住他的头部，两只袖子在下巴处打结，眼睛部位也戳两个破洞，露出两只带着些许邪笑的眼睛。他的样子令女孩们快活了很多个日子。他小心翼翼地爬上竹丛，靠近那窝蜜蜂。一只不知为什么死在竹子上的老鼠被他扔下来。女孩们尖叫起来，诅咒他在上面碰上蛇，被蜜蜂蜇。他哈哈大笑，那些被惊吓的蜜蜂飞出来，雨点似的包裹住他，女孩们在竹子下幸灾乐祸，给他送上各种充满恶意的祝福。那时候，人世间的一切不幸，包括死亡，和他们遥不可及。他在树上烧了一把火，浓浓的烟雾把那些蜜蜂熏跑了，他端着整个蜂窝下来，眼皮上被蜇两个大红包。两个女孩第一次见到蜂蜜，褐色黏稠的透明液体拉成长长的丝线，散发出甜蜜的芬芳气息。他说得没错，那是两个女孩一生里吃到的最甜蜜的糖浆，她们连蜂房也吃掉了。那片竹林，有太多美好的记忆，无法否认它们发生过。

……

病人沉重的喘息渐渐平缓下来，似乎最危险的那一刻过去了，绿玉轻轻碰触莫老太的肩膀，莫老太却从病人的脸上看到越来越浓重的死亡阴影。他缓缓睁开眼睛，似乎从一场漫长而疲惫的沉睡中醒来，事实上只是过了一会儿。

他紧紧盯住莫老太，眼神看起来是模糊的，他疲惫地眨了一下眼皮，艰难地吞咽起来。

“你去歇一会儿吧，绿玉，你去歇歇，这儿有我，有事情我会叫你的。”莫老太目不转睛地盯住床上的病人，轻声对身边的绿玉说。

绿玉犹豫着，觉得这时候抽身出去会很失礼。

“没事的，孩子，我和你公公、大姑就像三兄妹一样一起长大，我们一起经历了很多你不知道的事情。”莫老太依然盯住病人。

“太麻烦太婆了。”绿玉在她身后稍微站了一会儿，轻轻打一个哈欠，转身出去了。她太累了。

他们就这样相互对望，深夜的冷空气在他们之间弥漫，屋顶的风也还在刮，这样的风只能在黎明到来时才会消停。谁都不说什么。沉默。其实莫老太并不确定此刻床上的人是否还能说得出话。她在等待。她得承认她在等待，自从如霜去世后，她就一直活在等待里。也许这是最后的机会了。

他闭上双眼，好像累了，然后又睁开。

“你知道吗，霞光，”他艰难地嚅动嘴唇，但吐出的话还算清楚，“我这段时间，一闭上眼睛就梦见我们年轻时候的事情，我从来没做过那么多梦，闭上眼睛梦就来了，有时候甚至都不用睡过去，它们就在眼前晃。这些梦总让我以为自己还能活很久，但我知道时间不多了，一个人不知道生，但知道死，总会有很多暗示的……你会想起我们年轻时候的事情吗？”

他盯住她。

她轻轻点点头，不得不承认。事实上她确实也常常回忆那些事情。

“你都想起些什么？我想听你说说。”似乎是想证实她是不是在敷衍他，他变得执拗起来。

“很多。”莫老太说，她无法拒绝一个垂危生命的请求。她望向靠床的那面墙壁，那上面镶嵌着一面小小的圆镜子，镜面乌蒙蒙的。这是风俗，每个房间都得有一件辟邪的东西，镜子，剪刀，或者一张画符。她盯住那面镜子，沉浸在回忆里。

“春天拾野蘑菇，夏天摘桑葚，秋天挖野山药，冬天垒窑子烤红薯。”她冷静地说。

枕头上的脸挪开一个模糊的笑容。“我以为你什么都忘记了，我这些年老生病，不瞒你说，这些事情，是我在床上想得最多的事情，有时候我觉得它们能给我这把老骨头一点力气，真奇怪，”他说，“你还记得些什么？”

“我还记得如霜为我做的每一件事情。”莫老太说，目光最终落在他的脸上。

床上的人沉默了，慢慢闭上双眼，微弱的呼吸在他的胸口上微微起伏。然后他又睁开眼睛，“没想到她走在我前头了，”他说，“这个狠心肠的女人。”

“我倒觉得她解脱了，有些人活着是在受罪，不仅担自己的罪过，还要替别人担罪过。”莫老太说。她眼看着他越来越累，他又闭上眼睛，慢慢地，呼吸又重起来，喉咙里一阵咕噜响，似乎那里有一口气上不来。她知道他喘不上气了。她站起来，掀开他胸口上的薄被子。好一阵子，粗重的喘气才又慢慢平复，像缓过一口气。他显得更疲惫了，灰暗的额头上渗出一层细密的汗水，在灯火下闪闪发亮。莫老太从床头那里扯下一张干毛巾，轻轻印在他的额头上，吸干上面的汗水。

“她……能受什么罪，一个老姑娘，没有比她更自在的了。”莫老太以为他会承认点什么，他却用最后一口气虚弱地反驳。她的眼神一下子黯淡起来。她知道，她等不到了，假如他不主动说的话，她是不会逼迫他说的。逼迫一个即将熄灭生命之火的人承认罪过并忏悔，那也是一种罪过。她心里升起一股绝望，宁愿如霜去世前什么都不曾和她说，那样她会带着一个悬而未决的谜离开人世，她一生的怨恨将会全部落在虚无的空里。

他忽然笑了起来，像一个无辜的人，然后慢慢闭上双眼，从微微张开的双唇间长长吁出一口气，放在被子边上的手轻微痉挛起来，手指一根根张开，似乎要抓住什么东西。她看着他，他已经进入弥留之际，微微张开的双唇张得更大了，那口长吁的气渐渐弱了下来。

她伸出手，摸索着握住那只摊在床边的手，手温软，但他对她的碰触已经无法做出任何反应了。

莫老太一直忙到天色微明。走出亡者的家门时，清晨的冷空气扑面而来，她打了一个寒战，裹紧身上深灰色的棉衣，袖着手，双肩耷拉着，灰白的头发从暗褐色的毛线帽下露出来，有几缕发丝在晨风里轻微飘扬。一夜未眠，深沉的疲惫像一件厚重的衣服罩在她的身上，使她的脚步变得沉缓而迟钝。村路上静悄悄的，村人们还没从冬夜里彻底醒来，一座座古老的房屋像陷落在时间深处。莫老太安静地走着，有雾，像轻纱一样落在村庄各个角落里。

她的脚步毫不迟疑地向前走着，内心的疼痛如此鲜明，它清晰得可以触摸得到。这疼痛像是一个看得见的圈套，然而你却无处可逃，只能任由它慢慢宰割。莫老太轻声叹息，从袖套里抽出手，两只手相互抚摸起来，像是在彼此安慰。清晨的冷风吹过它们，那上面的生茶油还是湿润的。这一生的疼痛不会轻易消散了，她没有得到应得的忏悔，但必须接受，因为这也是生活的一部分。她默默地想，带着疲惫穿过清晨。

有人深夜放烟花

原载《青年文学》2022 年第 3 期

夜幕徐徐降临，气温明显降了。步行街早已灯火一片通明，但从头望到尾，整条街行人寥寥无几，只有灯火在独自璀璨。似乎从一家品牌服装专卖店那里传来很有俄罗斯调子特点的歌声：“晚星就像你的眼睛，杀人又放火……”这首叫《漠河舞厅》的歌曲最近很火爆，网络上的短视频动不动就拿它来做背景音乐。女歌手有些悲凉的调子放大了夜幕之下这条步行街的空旷与寂寥。不，这种寂寥和天气无关，和时间段无关。这两年由于新冠疫情，景致萧条。特别是去年，春节过后，人们被这种传染性极强的瘟疫困守于家里，很少外出。下半年慢慢恢复生产生活后，很多店铺再也没能重新开门营业。步行街关掉了好几家品牌服装店，昂贵的店面租金和萧条的销售令它们难以为继。陆连芝所在的品牌服装店在新梦之岛还有一家分店，也没能熬过这场灾难，撤柜了，如今只留下恒基广场商业街这家。这是家老店，开有十几年了。去年六月份恢复生产后，它也依时开门，然而日营业额还不及疫情之前的一半。老板愁，陆连芝她们两个导购员也愁。

陆连芝站在店门外，隔一层明亮的玻璃橱窗凝望店里那些悬挂的服装。她在这个店服务三年了，还没买过一件衣服，思索着在今天要不要买一件。最近来的新货中有一件大红色连帽中款羽绒服，她试过了，很合身，心里就惦记上了。阻止她拥有它的当然是并不比她的底薪低的价格，即便她用的是员工内部价格。她当然知道实际上它并不值那么多，甚至连标价的一半都不到。

冷气从脚腕处钻进来，顺着腿往上爬，她忍不住打了个寒战。双脚只裹着一层薄如蝉翼的玻璃丝袜，好看但并不保暖的黑色中跟单鞋。上班必须穿丝袜和单鞋，这是规定。陆连芝最后往步行街深处望了一眼，步行街真像一条望不到头的幽深暗道。她当然也没忘往那件红色羽绒服望一望，忽然，整个人像是被一股电流击中了一般，猛地激灵一下，也就在这瞬间，她就放下那件在心里挂半个多月的红色羽绒服了。她暗自笑了一下，并非自嘲的笑，而是释然的笑。这是她引以为豪的一个优点，她总能在犹豫与矛盾间迅速做出正确决定，极快恢复正常情绪。比如今天，陆连芝上的是晚班，下午三点她进到店里，看见她们那位四十五岁还单身、长着一双风流桃花眼、颇有女侠义气的女老板时，她就知道在服装店的导购员工作结束了。营业额一直上不去，老板在前两个月就透露过要裁掉一名导购员，她要亲自站台了。陆连芝想都没想就知道自己将是被裁掉的倒霉蛋，理由很简单，她的业绩一直略逊于她的同事。在销售界为了冲业绩，流行一句口头禅：只要价格合适，同事也可以卖……在销售界里，业绩就是你的价值，没有价值自然会被淘汰。和陆连芝搭档的同事是个“95后”，书没读好，高中没念完就出来混社会，能喝更能说，见人说人话见鬼说鬼话，并且看人很准，基本上只要顾客一进来，她扫两眼，便明了是不是准客，一扫一个准。这样的导购员哪个做销售的老板都不会放过的。不服不行，陆连芝不仅输在眼力上，也输在嘴皮上，心服口服的。老板一般只在每晚打烊之时前来看一下当日营业额，今天她却在上下午班的时间里准时出现在店里，而今天又是发工资日，陆连芝当即就明白，以后的下午班老板要亲自站台了。没有过多的客套话，老板直接挑明情况，陆连芝倒是喜欢她的爽快性格。她接过包含这个月工资与提成的红包时，那个喜气好看的烫金封包立刻让她从低落情绪中缓解过来，她谢过老板，祝老板生意兴隆，早日钓到金龟婿。两人相视一笑，没有难过与尴尬。刚收拾完一些放在店里的私人物品，店里就陆陆续续进来一些客人，差不多都是陆连芝的熟客。她觉得拿钱就跑未免显得太小气量，一如既往笑脸相迎，竟也走了两单，差不多四千块钱的销售额。待客人一走，她朝老板做了个鬼脸，老板定定瞧着她，不声不响又给她封了个红包。意外惊喜，她没拒绝，收下后决定站完最后一班岗，老板欣然应允，又留下她一个人看店了。

她慢慢收拾个人物品，装在一个纸袋里，半饼生普，一管防晒，一个粉盒，一支变色润唇膏，一双七厘米高的褐色蕾丝高跟鞋单鞋，一件防晒纱衣，两只透明玻璃茶杯，这就是她的全部，拎走就和这间店面再也没关系了。嗯，客观地说老板人挺好，从没拖欠过她们的工资，每月休两天，节假日有聚餐以及小额红包，不在于钱的数额，这是联络情感，她们懂。如今就要告别这一切了，眼前的一切渐渐就有些模糊起来，她仰头，把那点模糊的东西逼了回去。

进入店里，她倚靠在柜台边上，望着门外半明不暗的夜色，内心平静如水：一种茫然无措的平静，虚空，无助，无力。她极讨厌这种情绪，但又一时无法挣脱掉。

一束新鲜的百合从店门外朝她而来，还有清幽的香气。挪开花束，是老板笑得真诚、妆容精致的脸，另一只手也从身后伸到她面前，是一个小蛋糕。她猛然记起后天就是自己的生日了。这是惯例，她和“95后”同事每年生日都会收到一束花和一个蛋糕。老板也许是在她领了工资后，还留在店里帮忙那会儿想起她的种种好，又顺带记起她的生日，提前就把祝福送出来了。陆连芝接过百合和蛋糕，欢喜得脸都绯红了，眼里那点模糊又弥漫上来，她拥抱了一下老板，然后抱着百合，拎上蛋糕和纸袋，匆忙把自己隐进寒意森森的夜色里。

如若不是在这里上班，陆连芝应该没什么兴趣来恒基广场商业街逛。这条街上连烤红薯都卖得比外面贵，显然在这里卖的不是烤红薯，而是商业街的名气，花钱的顾客买的也是一种心理上的优越感。作为生长在消费主义时代、接近“90后”的陆连芝，对于花钱从没刻意克制，但那些冤枉钱她是一分都不愿花的。出了商业街，迎面是车来人往的马路，人行道上摆满各种小摊子。疫情缓解后，政府鼓励摆地摊，马路两边的人行道在夜幕降临之时，各类小摊子奇迹般冒出来，货品琳琅满目，针头线脑，不锈钢餐具，各种小型节能灯，头花发夹，袜子抽纸，水杯茶具，鞋子，孩子的玩具文具，都是日常百货，把人行道的人气一下子带起来了。也只有从商业街步入这里，陆连芝才感觉回到热气蒸腾的人间。她热爱这嘈杂喧闹，热爱这嘈杂喧闹里的烟火气息。她缓慢而小心地穿行在人流里，小心避开迎面而来的路人，避免怀里的百合被碰着了。好些路人的目光落在她的花束上，转而又落在她的脸上。她朝他们善意地笑笑，肯定没人想到她是个刚刚失业的倒霉蛋，她想。失业与鲜花，她忍不住轻声笑出来。

不然呢。

清晨，轻微的脚步声照例惊醒了陆连芝，声音停在她的床头，一缕温暖且带有沐浴露薄荷清香的气息向她微微袭来。她闭着双眼，从被子里伸出胳膊，准确无误地把站在床头的小小身子揽过来，她挪了一下，自己的头就埋进那个小身子里，瞬间让她获得一种脚踏实地的满足感。

“宝贝，今天我们不上学！”好一会儿，她才轻声说，在朦胧的晨光中抚摸过一张温暖而柔嫩的小脸蛋。小身子静静站了一会儿，又像来时那样，踩着轻微的脚步声一声不吭离去了。

此时是清晨六点半，夏季时早就天色大亮了，她一睁开眼就会看见默默经过一夜的饱睡后健康红润的小脸蛋。她们没有闹钟，从来都没有，默默六点半准会站在陆连芝的床头，像她的身体里有个闹钟。孩子会站在床头目不转睛地看着她，也不叫她，直到她睁开眼睛起床，洗漱好并送自己去幼儿园。当然，这是四年前的事情了。默默两岁半开始上幼儿园，但仅去了一年，上幼儿园的时间却像刻在她的脑子里，她从来不用别人操心她起床的事情，这一点，她比大多的孩子都强。陆连芝从来不承认自己的孩子有什么异于常人的毛病，尤其是在智力方面。

在朦胧的晨光里，陆连芝看见走出去的小小模糊身影，心里疼了一下。她知道孩子想去上学，但没有一所学校肯接收她。先天性孤独症。在此之前陆连芝从未听说过这个词，这种莫名其妙的病症就这样猝不及防落在她的生活里。默默从出生后就一直很安静，极少哭泣，对大人的逗弄也爱搭不理，随便一个玩具就能玩到累了独自睡过去。陆连芝觉得这只是孩子的性情所致，这是个安静内向的孩子，怎么可能和疾病有关。直到上了一年的幼儿园后，园里的心理健康老师建议他们（那时候林喆还没离开她们）带孩子去医院好好检查。他们就把孩子从幼儿园接出来了，却再也没法送进去。两年后，林喆选择离开，他说他受不了……

陆连芝有喝早茶的习惯，不是讲究，只是一种习惯，譬如有人喜欢起床后冲一杯咖啡醒醒神。她换过多种茶，最终选择冻顶乌龙，冲泡出来有一缕被阳光晒后的干草气息，这气息让她无比迷恋，回甘的芬芳也是她生活中不多的快乐之一。这并非说陆连芝是个悲观的人，但乐观并不等同于快乐。

照例是先去默默的房间，一间贴着粉蓝色壁纸的小屋。孩子谜一般地喜欢蓝色，墙壁是淡蓝，小床上的铺盖是深蓝，小衣柜是亮蓝，小书桌铺着黛蓝色的桌布。默默穿戴整齐地坐在床上，正在翻看新买的童话插画本。她在床边坐下来，目光落在孩子圆圆的脑袋上：孩子的头发光洁细软，在白炽灯下散发着乌黑的光泽，似乎说明孩子的营养及健康状况良好。陆连芝有种满足感，是的，至少她凭一己之力把孩子养得还不错。她忍不住伸手抚摸孩子的脑袋，孩子对她的爱抚无动于衷，沉浸在自己少为人知的世界里。

默默的世界于陆连芝来说是个谜。孩子来自她，她创造了这个生命，但绝大部分时候她不知道孩子在想些什么，她们几乎没有任何默契，默默总是一个人安静地待着，几乎不开口表达自己的想法。你从她的手里夺走她心爱的玩具，她也只会静静望着你，平静的眼神和表情使你无从判断她的喜怒。她也极少哭泣。从幼儿园接孩子去检查后，有两年时间，陆连芝和林喆带着默默东奔西跑求医，医生最后建议把孩子送去心理健康保健机构进行心理治疗，可是这座小城市哪有什么心理健康保健机构。后来她在别人的介绍下带默默去找一位本市退休的心理健康顾问。那是位满头银发的老太太，孀居，儿女都在外地，修养极好。老太太答应试试。有将近一年的时间，每天早上九点她把默默带去给老太太，下午六点接回来。老太太了解默默的生活状况，未收取任何费用，权当多了一个孙女陪伴她打发寂寥白日。变化是有的，每次家里来客人，进门的那一刻，默默会从她沉浸的事情里抬起头，眼神略带点疑问和吃惊打量来客。陆连芝牵着她走在大街上，碰上感兴趣的东西，她的目光也会追随着那东西移动。根据她的表情，陆连芝渐渐了解到孩子喜欢吃包菜、木耳、菠菜和甜玉米，喜欢的水果是木瓜、酥梨和柿子，讨厌猪肉和鸭蛋。她还不怕辣，但反感醋酸。有一次，陆连芝去接她回家，在小区的花圃前遇见一只瘸了腿的流浪猫，猫的左前腿蜷曲着，走路全靠其余三条腿，这使它走起来头重脚轻的，仿佛随时都可能一头栽倒。三脚猫一蹦一蹦走在她们面前，她们越过猫时，默默挣脱了她的手，在猫的身边站住，瞪着一双吃惊的眼睛。猫很警惕，喉咙发出呜呜的警告声。

“受伤了！”默默轻声说。

陆连芝当时愣住了，她记不得有多久没听到孩子说话了。后来她把这件事告诉老太太，老太太说应该把那只受伤的猫带回家，也许那是一个良好的开始。

遗憾的是疫情来了，人们被困在家中，老太太在漫长的被困期里可能一个人憋太久，生了一场病，被外地的儿子接走，默默的治疗就断了。老太太临走前告诉她，要尽可能发现孩子感兴趣的事情，找到情感的共鸣点，这也许是个不错的突破口，更重要的是要多陪伴，患孤独症的孩子通常都是异常孤独的。默默还算好，有些患者还会有危害他人和自身安全的行为，比如对火感兴趣，动不动就想放火烧东西，包括点燃身上的衣物，等等。默默的独立性也很强，这是她的优点，切记，一定要多陪伴。

陆连芝记住了。把情况和老板以及“95后”同事说明，她们都同意她上下午班，每天下午三点后，默默便只能独自一人在家了。她有些不放心，但默默也很快习惯。陆连芝陪伴她吃了早饭和午饭，晚饭提前做好，放在一个双层保温饭盒里，一遍又一遍教她怎么打开保温饭盒并取出饭菜。到饭点时，陆连芝便打默默的手表电话，默默一般只会按下接听，并不出声。但只要能按下接听，陆连芝便放心了，她的耳朵紧贴着手机，仔细捕捉那头的点滴声音。她从手机里听到孩子细微的呼吸声，翻看画册的声音。陆连芝告诉孩子该吃饭了，口渴就吃已经洗干净的酥梨。她告诉孩子现在就去打开保温饭盒。接着她便听见默默走动的脚步声，打开保温饭盒的声音。有时候她听见那头传来一声轻微叹息，她便知道今天把保温饭盒盖子拧得有些紧了，孩子在使力气。这声叹息像极一把锤子，冷不丁给她的心脏来那么狠狠一下。她的眼眶瞬间温热起来，对孩子的种种亏欠爆满她的心胸。日子算不上辛苦，也或许她心大，她真心没觉得怎么辛苦，当然也会为钱发愁。她没多少存款，但她始终相信自己身上一些令自己安心的品质，只要她还健康活着，这些品质便可保证默默和她在任何情况之下，每天早上有温热的早餐，每天晚上有温热的洗澡水，这一点她保证！只是除了温热的早餐和洗澡水，一个母亲需要尽的责任太多了，不能做到的都是亏欠，这一点让她受不了。她常常在电话这头轻声对默默说："妈妈爱你，宝贝，你很棒！"

默默的早饭一般是两个南瓜小馒头，一杯豆浆和一个鸡蛋。她不喜欢喝牛奶，这一点还是老太太告诉陆连芝的，而之前陆连芝准备的早餐一直有牛奶。今天早上她想换一换。她一边烧水煮茶，一边琢磨吃点什么。她查看了冰箱，菠菜还有一点，西红柿两个，一袋杂菌，够了，这些都是极好的配菜，可以煮两碗营养全面的面食。一杯芬芳的热茶下去，身体彻底苏醒了。这时候明亮的阳光刚好从厨房的窗户斜照进来。一个冬日的好天气。薄薄的阳光顿时让陆连芝有一种莫名的好感，对周遭的一切都抱有的柔软的好感。这套八十平方米的两居室是二手房，已经是多年房产。那时候她和林喆没那么多钱为结婚购置新房，只能退而求其次。跟房主进来看房时，一看到厨房里这扇望出去便是田野的窗户，她便下了决心。果然，每次做饭都会因为窗外的春播秋收而释怀掉来自琐碎生活的纠结。林喆把房子留给她，购房所欠的部分借款他也承担了。

母女俩安静地吃早饭，陆连芝很少动筷子，手边的茶水烟气袅袅。她一直盯着默默。孩子吃东西很斯文，闭着两片红润的小嘴唇细嚼慢咽，每一口都吃得很认真。她的嘴唇像林喆，这也是她身上最吸引陆连芝的部分，两个嘴角天然上翘，仿佛唇边时刻挂着微笑，眉毛也像他，粗而黑。额头随陆连芝，发际线很整齐，不过略微低了些。长相不算出众，不过很耐看。快要七岁了，陆连芝想。所有的小学都不肯接收，她接受这个现实。老太太教会孩子认识不少字，她感激。接下来该怎么办？这个问题像个钟摆，始终在她的心里摇来晃去，如今又添新愁，失业了。

她伸手摸了摸孩子的头，相对于同龄孩子，默默个子偏矮小了些。

“默默，妈妈失去工作了，没有班上了。”她轻声对孩子说。她从不隐瞒什么，包括和黎尚的交往。她相信孩子能理解，她从来不怀疑孩子的智商。

默默垂着眼皮，认真吃一块带皮的西红柿。

好多年没来商都地下商层了。商都并非南城百货或恒基广场购物街那样的高消费之地，这里的东西是真物美价廉，你当然不能奢望衣服鞋子包包的料子和针脚像窗明几净的专卖店里那么结实整齐细密，这里卖的是时尚与款式，价格亲民，从几十到几百，主要消费人群是二十岁上下的女孩子，口袋里没什么钱，但有青春，仗着青春逼人，只挑选扎眼的款式，不求质量。曾经有差不多六年时间，陆连芝每天两趟进出于商都地下层二号门。那时候她在里面租有一个六平方米左右的小商铺，卖款式时尚超前的单鞋，生意还可以。她也是没读好书，高中毕业出来做了三年美甲的工作，攒了点积蓄租下商都地下商层的六平方米左右的小商铺，自己当起老板。那时候日子多么敞亮啊，总有使不完的精力，算不上起早贪黑，晚上十点商都关门，早上九点开门，和她刚失掉的工作一样。她家不在市里，在边上的农村，属于郊区，一辆电瓶车载着她奔波在农村与城市之间，拐上往城里去的平坦大道，她就发誓要把自己从农村带来的泥泞连根拔出，移植到城市里。树挪死，人挪活。有一次，她的小商铺电线短路，商场管理办公室派来一个小青年维修，向上翘起的两个嘴角让小伙子看起来有种喜庆感。他们谈了五年恋爱，快活地攒钱。林喆比她小两岁，标准的姐弟恋，也真像个弟弟一样黏她。结婚时陆连芝二十七岁，从小和哥哥一起长大的林喆还像个没开化的小弟弟，这让陆连芝有些隐隐的忧虑。后来果然。

来这里并非要回忆或留恋。陆连芝是个不肯回望往事的人，回忆不管多美好，都是条泥泞的路，只会让人深陷其中。此时，她的右手掌心里，牵着一只活生生的温暖柔软的小手，她如何能回忆过去陷入过往，她只能义无反顾往前走。只是有时候，也要稍微缓缓脚步，看顾一下生活之外的枝蔓，松弛松弛心情，不是吗？她愿意走一走，熟悉的地方让人有种心肚安稳的感觉。

母女俩走在暖融融的阳光下。商都周边有一溜小吃，有一家黑芝麻粥铺，那种暖香她一直记得。她的目光逡巡着，也许能带默默去吃一碗。那间窄小的黑芝麻粥铺却已不见踪影。意料之中。入了商都地下层二号门，那种一年四季都温热、夹带廉价布料与皮革味的气息迎面扑来，似乎又回到热气腾腾的往昔。变化还是有的，以前这一层并没有小吃，如今专门腾出一角，几个小得只能搁张小圆桌的小门脸挤在一起，卖馄饨、饺子等面食，闻一闻，这一层又多了葱花、香菜的味道。熟悉的面孔荡然无存，她挨个门脸走过去，都是些二十来岁的小姑娘在撑门脸，精致的妆容和淡定的表情，无所畏惧的样子，你从跟前过去，她的货就在那里摆着，也不招呼你。陆连芝不由得笑起来，跟当初的她何其相像。她特别讨厌超市里导购员那种令人有压迫感的咄咄逼人的热情，买了委屈自己，不买似乎辜负了人家的殷勤。陆连芝朝这些年轻的面孔友好地笑笑。她的门脸不知道换了几回租客，当初是转给一个戴眼镜的小妹子卖云南绣花手包和珠串，如今是一个板寸头的长脸姑娘在卖发套。她在门脸正中略略站了站，像是在回应过去。好不容易在西北角那里遇见了一张熟脸，卖越南黑咖啡和拖鞋的蓝梅大姐，买卖还是原来的买卖，只是当初她的门面并不在这一角落。她当然知道不同位置的门面租金不一样，这样偏的角落，图的是低价位的租金。

两个人招呼打得热络。陆连芝结婚和默默满月时，蓝梅大姐和这里的几个小姐妹是随了礼的。她没什么变化，连发型都没变，基督徒的面孔如她偏于一隅的门脸一样安静。姐妹们说她四十五岁，也有说其实她不比她们大多少，她的脸没有皱纹，亦看不出忧愁。她一直单着，与世无争地活在这个似乎没什么是永恒的世界里。

蓝梅的目光平静地落在默默的脸上，陆连芝连忙轻轻把孩子推到她面前。她完完全全地接受自己的孩子，这只被上帝咬过一口的可爱苹果。小姐妹们听说过孩子的不足之症，她没必要藏着掖着。孩子很安静地站着，接受那只轻轻落在她头上的手。陆连芝和蓝梅都沉默了，目光落入彼此的双眼里，一个什么也不问，一个什么也不说。但还是有一点难过的，陆连芝又轻轻把孩子拉回来，心里那点难过变成了细微而尖锐的疼。

其实日子不用挨也是会过去的，没有什么能够留住它的脚步，走着走着，就到了十一月底。陆连芝真正清闲起来，每天早上，当阳光从厨房那扇窗户斜斜落进来时，通常是早上差不多十点的时候，她们母女俩出门了。今年冬天的阳光真好，入冬以来来过那么两三回冷空气，阴雨天也有几次，但很快就过去了，大部分时候天气晴朗暖和。在陆连芝的印象中，好像没有哪个冬天有那么多的阳光，簇拥着塞满城市每一个角落。她带着默默长时间散步，走一些老城区的小巷子，河边的沿河道，农贸市场，有公交车到达的郊外水库。她给孩子指认古旧巷子里冬天依然枝繁叶茂的榕树，河边飘摇的灰白芦苇，农贸市场里的各色农具，水库的大坝。她自言自语，默默像她的影子，她们连在一起，却像两个世界。她的世界期望向孩子的世界流淌热情、爱、温暖，甚至她的全部，而孩子的世界则始终不喜不忧，波澜不惊。陆连芝在孩子的面前蹲下来，孩子的脸平静如常，黑白分明的双眼如此纯净，每当有人试图捕捉她的目光与她对视时，她总是垂下眼睑，将自己隐匿于两片薄薄的眼皮之后……陆连芝多么希望她的世界能使孩子有一点点反应，就一点点，让她知道所有的煎熬和忍耐都是有意义的。然而什么反应都没有。陆连芝累了，她把头埋在孩子的胸前，明亮的阳光落在她们身上，她在孩子的怀里，小声地、悲怆地抽泣起来。

去郊外稍远一点的花鸟市场，是黎尚开他那辆二手面包车带她们去的。他在城西综合市场有一间电器维修店，四十一岁，身材保持得不错，遗憾的是已经开始谢顶了。他有过一段短暂的婚史。“那玩意儿跑了”，他对陆连芝这样解释他的前妻，至于为什么跑，他没说，这已经是差不多二十年前的事情了。陆连芝当然是他婚姻失败后交往的女性之一。这个维修店店主的性格相当随和，对于默默，他也关心，情理之内而又有度。他很认真地帮默默打听过学校，并且谈到了钱的事情，他可以有所支持。陆连芝便有点动心了，一个男人能和女人主动谈钱，起码证明他是动了想和你过日子的想法的。后来陆连芝告诉他，能想的办法都想了，他便没再坚持。他们之间的联系并不频繁，起码不像一般的恋人，实际上陆连芝也并不确定他们是否在谈恋爱，完全没有当初和林喆相恋的那种感觉和情形。更让她不解的是，他们交往大半年以来，他似乎从没流露过“需要”她的想法。他去她那里吃过几次晚饭，都待得很节制，十点钟必定起身离开，恰到好处的一个时间点，礼貌而克制。陆连芝便明白了，他不想占任何便宜，他需要完全把握他们之间的主动权，留下或抽身离去都不会对她有太多亏欠。很精明，也算是光明磊落的精明，陆连芝倒有点敬佩他。

以前，还是一个完整的三口之家时，他们养过几盆绿植，水养的那种，透明的玻璃瓶灌上清水，插上绿植，白的根须漂在水中，叶子绿得发黑，让简陋的屋子里多了几分生机。后来疏于打理，营养液也不喷了，那些绿植便渐渐失掉颜色，瓶子里的水也污浊起来，生机全无，颓败气息跟随出来了，便扔弃了。太多的有心无力，她早就坦然接受了。

黎尚极少在午后跟她联系，一般是快要接近晚饭时间时，他才做一点提议。她用微信主动联系过他几次，回复均姗姗来迟，她便有所收敛。她当然明白他们之间的落差，但这并不意味着她得放低姿态委曲求全，好的坏的，所见即是她，谁能做到委屈一辈子来求这个“全”？这个“全”又是什么？只要她和默默健康活着，于她而言就是“全”，其他的量力而行。

一路西行，一派冬天的景色，倒也不是说一片枯败，树木还是绿的，三角梅还是红的，只是和夏季相比，少了不少蓬勃，处于一种收敛状态，看着便少了许多的热情。陆连芝和默默坐在后排，她搂着孩子，轻轻抬起她一直微微垂着的头，朝车窗外拨过去，让她往车窗外的世界看。树木，花草，阳光，田野，行人，陆连芝真希望默默能认真看一看。

通往花鸟市场的是一条四级路，欠缺保养，到处是坑，黎尚把车开得很稳。他极少穿衬衫，今天在黑色夹克里穿了件墨蓝色衬衫，这种庄重素净的颜色使他今天看起来多了些陆连芝说不出的感觉，似乎他想要压抑或掩饰某种情绪。她还没告诉他自己失业了。花鸟市场是她提议来的，她从没尝试过让默默接触小动物，也许应该尝试一下。暂时地，她还不愿去想今后的打算，并非逃避现实，逃不逃现实也会与你劈面相迎，她只是想先放一放，弦绷得太紧会断的。

花鸟市场其实就是一个硕大的铁皮棚子，格子间的格式，花的种类大同小异，价位并不算高，奇珍异草少有，这座城市的消费能力在这里可见一斑。营养液和专业的精心护理使这里的花草时刻处于它们生命中的鼎盛时期，开花就开得璀璨，长叶就长得葱茏，季节在这里被忽略掉了。客人不多，倒是一个可以清心赏花草的好地方。有一种叫“玛格丽特”的小雏菊长得特别娇憨，簇拥在小塑料盆里开得爆盆，各色都有，也不贵，二十来块钱一盆。陆连芝看得欢喜，端着盆子左看右看，还是放下了。这种长在温室里的娇嫩花草，是顶难养好的，养活都难。黎尚让她挑选喜欢的花草，要送给她，她没挑上什么，实在是没精力去伺候这些娇嫩的生命。小动物区在花卉区之后，走进去，默默的身体与陆连芝开始形成了一种隐隐的对抗力，需要她稍微拽着才能朝前走。箱笼里的各种小动物看起来温顺灵巧，兔子也不怕人。陆连芝拿着默默的手，鼓励她伸进笼子里去摸那只洁白的短尾巴兔子。孩子使劲缩回手，脸都憋红了。她对聒噪的鹦鹉、毛茸茸的小奶狗、好动的小猫仔、颜色鲜亮的小金鱼都没什么特别的表现。似乎没什么是她特别喜欢的，相对于花草来说，她可能对小动物比较有感觉，也就有一点而已。

黎尚走在她们身后，手里转动半瓶矿泉水，他很少说话，但耐心的笑容依然挂在脸上。他的目光常常落在默默身上，陆连芝偶然回头，总是碰见他垂落于孩子身上的目光，不小心与她相望，他便一笑。她问他，看上什么了吗？他摇摇头，告诉她自己对小动物的体毛过敏，也喜欢它们的乖巧，只是真不能过于接近。陆连芝有些惊讶，才发觉自己其实对他了解得相当少，年轻时喜欢一个人就恨不得钻进他心里去看个里外通透的热情已然没有了，她无法确定，重组一个家庭，是否有足够的热情来尽该尽的责任和义务。她有些抱歉地朝他笑笑。

默默终于在一家宠物医院停下了。这间小隔间装满小笼子，一些看起来不那么活跃的小动物安静地待在笼子里，居然还有一只小金毛在挂吊针，宠物医生说它拉肚子了。小金毛趴在一小块褐色的毛毯上，小小的脑袋搁在两条前伸的前腿之间。小金毛显然相当不舒服，几个人站在它跟前，它也一动不动的。默默挣脱陆连芝的手，在小金毛跟前蹲下来。针是打在小金毛左前腿上的，前腿膝盖之上的一小块地方，那儿的毛被剃掉了，针就扎在那地方。她盯住那里。她对打针并不陌生，她有过很多次感冒，医生说这孩子的肺部功能先天稍弱，容易着凉感冒。打针时陆连芝总是把她抱在怀里，让她的脸埋在怀中，避免她看见针头扎进她的皮肤里。当尖针刺入她的皮肉里时，她小小的身体便一阵哆嗦起来。她也会哭，扁着嘴巴，满脸通红，眉毛和鼻子缩得皱巴巴的，泪珠快速滑落，从她尖尖的小下巴滴下来，但她就是不出声，那模样比哭出来更令人揪心。默默伸出手，小食指轻轻碰小金毛下垂的柔软耳朵，小金毛的身体动了一下，像在回应。

“它生病了。”陆连芝温和地对她说。那根手指便缓缓朝小金毛扎针的地方移过去，小金毛觉察到某种危险在靠近，柔弱地哼了一声，默默的手指立刻缩回来。

“它不咬人。”宠物医生是个长着一张娃娃脸的小伙子，干净的白褂子和温和的笑容让人感觉他天生就适合当医生，哪怕是个宠物医生。他对陆连芝笑了笑，意在叫她放心。他在默默身边蹲下来，默默却站起来了，瞪大一双眼睛在各种笼子间逡巡。

“它没有妈妈。”年轻医生跟着站起来。默默猛地抬头望他，目光中有疑惑和恐惧。陆连芝有些意外，这个年轻人居然能一眼明了孩子的心思。

“小金毛是主人买来的，断奶就买来了，照管得不好，拉肚子，只好送来这里治疗，就像你生病了要上医院。”他拍默默的肩膀，孩子的目光停留在他的脸上，然后慢慢垂下来，落到小金毛身上。她重新蹲下来，却再也不触碰它。他们站在孩子的身边，谁都猜不透此时她心里在想些什么。陆连芝在默默身边蹲下来，看见她双脚前灰白色的干燥水泥地上，滴落泪水。

后来他们离开宠物医院，默默再也没往任何景致上看一眼，她的小脸上有一种孩子气的苦恼，两条小眉毛微蹙，紧紧贴着妈妈走。那种尖锐而细微的疼又在陆连芝心里弥漫开来，这个不说话的孩子其实是很有爱心的，上天给了她一副坚如磐石的沉默外表，这层坚硬的躯壳之下包裹的是一颗稚嫩而柔软的心灵。陆连芝怕孩子的沉默之下是无动于衷，是麻木不仁，是冷淡抗拒，是自我封闭，只要她的内心对这个世界葆有善意，多说一句或者不说又有什么关系。隐隐地，陆连芝像捉住了一个模糊的希望。她打算以后多带孩子来这里，或许那个熟稔孩子内心世界的年轻医生可以帮上点忙，无论如何要试一试。黎尚买了一盆剑兰送给陆连芝，执意要送，争执的时候他甚至微微红了脸，有些急的样子，像是这盆花能弥补他某些隐秘的愧疚。他一直是个情绪相当稳定的人，今天却显得有些激动，让陆连芝感到莫名其妙。

回城时已经接近黄昏，阳光弱了下来，开始吹来有些刺人的晚风。冬日黄昏时分的郊外旷野显得有些苍凉，是种收获过后的落寂。城市矗立在不远处平坦的地平线上。黎尚选了条老路进城。新的环城公路投入使用后，这条路便渐渐车少人稀了，不过路况还是相当好的。这条路两边种满了三角梅，如今疏于修剪，长得越发肆意，靠近马路的枝条已经伸出了路基。这个季节三角梅的叶子基本上已经落光了，只剩下光秃秃的杆子挑着枝条末端一簇爆炸般的玫红色花簇，随晚风摇曳，一路望过去，像着了火。黎尚把车速放慢了，他回头往后座上的母女望了一眼。默默靠在陆连芝怀里睡过去了，斜阳从车窗照进来，洒在她的身上。默默沉睡过去的面容是安详的，嘴角自然地向上翘，像是在梦中笑着。陆连芝朝他平静一笑，感觉他有什么事情要说。车似乎要停下来，但又继续前行了。他们什么都没说。进了城，一直到小区楼下，黎尚始终一言不发。陆连芝轻轻拍醒了默默，她从沉睡中醒来，却不肯离开妈妈的怀抱。陆连芝只好抱她下车。黎尚端着那盆剑兰站在车边，陆连芝望了他一眼，笑起来。

“假如你不愿上去，放地上好了，我会下来拿。这花，谢谢你。”她说，语气平静。

黎尚跟她上楼了。直到进了家门，她也没放下孩子，一种突如其来的悬空感使她觉得需要一些踏实的东西支撑。他把剑兰放在饭桌上，环视了一眼屋里，一切都是他所熟悉的，窗户边挂着一串五颜六色的套娃，那是他第一次来这个家时送给默默的礼物。他们静静站着，他的目光终于落在她的脸上。陆连芝抱紧孩子，鼻腔里有冰凉的东西在慢慢滑下来，她吸了一下鼻子。

“以后，恐怕不能再来了。”他说，口气倒也坦诚。陆连芝望了他片刻，平静地点头。突如其来，似乎又理所当然。

“家里有什么事情需要帮忙的，随时联系我，不管什么时候，你明白吗？”他说，声音有些喑哑。

她再次点头，喉咙变得紧而疼，始终一言不发。他朝她们走过来，伸出双臂最后一次拥抱了她们。

默默对那些受伤和生病的小动物很感兴趣。陆连芝每天骑电动车载她去花鸟市场那家宠物医院。她和宠物医生说明孩子的情况，年轻人很乐意接受这位特殊的“志愿者”。他耐心教会她如何给小动物换温暖的饮用水，给它们洗澡，护理一些小伤口，以及怎么去安抚一些刚刚进店、情绪烦躁的小家伙。默默依然不肯开口，但她的目光跟随宠物医生的身影移动，温顺地按照他的指点做事情。她灵巧地走在小店里，把柔软的爱心洒在那些生病的小生命身上。陆连芝围花鸟市场绕圈走着。从来没有这么好的阳光，透亮温暖，棉花般柔软地落在人身上，一寸寸舒适的温热透入人的肌肤里。她需要不断走动。她的内心冰凉，积郁着乌云般的沉郁，走动能让她缓解身上的沉重感。她从没试图去思考原因，她只接受结果。她没失去什么，表面上看起来是这样的，她的生活依然如常，和以前一样，没有任何变化。但分明的，她的身上像有什么东西被抽掉了，那是一种轻盈而有温度的东西。这半年多来，这种东西慢慢变成一种看不见的力量一点一滴渗入她的身心，她的步履变得轻盈起来，仿佛有一个隐约可见的目的地在前方等着她。毫无疑问，这一切都是黎尚带来的。如今这个目的地忽然消失了，她便犹如黑夜行驶在没有方向感的苍茫大海上的孤舟，内心的茫然和疼是不可言喻的。她只能沉默，在冬日的暖阳和如春的花棚里，在寂静如常的时间里，承受内心某种东西无可挽回地静静坍塌掉。

陆连芝回到宠物医院，目光落在默默身上，她在窒息般的沉重感里稍稍缓解过来。

黎尚送的那盆剑兰长得很好，陆连芝在花鸟市场上买回营养液，喷到狭长的叶子上，在阳光照进窗户时，把花盆移过去，让它沐浴在柔和的阳光里。她又买了些很家常的绿植回来，虎皮兰、芦荟、吊兰、铜钱草、绿萝、红掌，摆在一些角落和厨房洗碗池旁。陆连芝花了好几个黄昏彻底清理一遍屋子，把那些已然被遗忘或不会再使用的杂物清理掉。那些东西在客厅的地板上堆了一堆，旧衣服旧鞋子，瓶子罐子，快递纸箱饮料瓶子，甚至有好几件林喆的物品，他的钥匙扣、鞋油、一双灰色的船袜，一粒黑色大衣纽扣。她望着这些东西，忽然意识到林喆已经很长一段时间没来看望默默了。他爱默默，这一点她可以肯定，他从未缺席过默默的生日和每一次生病，抚养费也按时打给她，有时还会多给一些。她明白他在尽其所能地弥补。离开她们之后他换过几次工作，甚至开过一次烧烤摊。有一次约她们母女去吃烧烤，他既当老板又当小工，汗流浃背地伺候两三桌人。那就是一个路边的小摊子，简单，一个烤炉，三张桌子，不过他做得不错，蛮受学生党喜欢。他们拍着他的肩膀叫他小哥。他似乎没怎么变，依然像个小弟弟，这场婚姻从开始到结束，看起来没在他身上留下任何印记。在烧烤时蹿起来的烟雾中，林喆抬头冲她们笑，并为默默细心剔除掉烤鱼里的辣椒和鱼刺。但烧烤摊没开多久，他又跑去当洗车工了。这就是林喆，似乎永远也长不大，做事情全凭一时兴起，责任心和耐心淡薄，或许他们的分开于她和默默而言，并不是一件坏事。她对他始终恨不起来，没法恨。

母女俩把清理出来的杂物装进垃圾袋里，提下楼放在垃圾桶边上。房间顿时空了很多，像要接受整个冬天的所有阳光。她从窗户望向天空，天空洁净明亮，柔和的夕阳落在万物之上，有一种沉静肃穆之美。默默在沙发上翻看插画本，她也学会了选择和放弃，那些两三岁时玩的积木、拼图、能跑会爬的玩具也被她清理掉了。以往她总是静静待着，沉浸在她的世界里，如今她在屋子里的走动变得多起来。她肯从她的房间走出来，从一个角落走向另一个角落的脚步是轻快的。她不说话，但脸上有了细微的生动表情，会轻轻笑，浅浅皱眉毛。有一次吃饭，她坐在饭桌边等陆连芝时，手里拿着两双筷子，陆连芝坐下来后，她把一双筷子无声无息地递给陆连芝。陆连芝非常惊愕，而后喜极而泣，她抱住默默，深深呼吸清冷的空气，在心里一遍遍告诉自己，别慌，真的不要慌，生活不可能让她一无所获。

元旦那天，林喆一早打来电话，晚上要请她们吃饭，约在老地方见面。他在电话里的声音有种抑制不住的喜悦，陆连芝对他太熟悉了，他并非一个难懂的人，心事和情绪让人一目了然。

“爸爸想你了，今晚我们和他一起吃饭。”她对默默说。她从未因为林喆不负责任离去而刻意疏离他们父女之间的感情。默默正往一幅铅笔画上涂抹颜色。她画的是一幅向日葵，照着插画本画的，画本上的向日葵是黄色的，她涂成淡蓝色，叶子是红色的。陆连芝没纠正她。她连头都不抬，像没听见陆连芝说话。陆连芝不禁叹气。她整日与孩子形影不离，默默尚对她无言无语，又怎么会对一个离她的视线和生活都很遥远的人有感触。她们午后休息了一会儿就出门了。

阳光透亮如水，街旁的树垂挂满小红灯笼，一些公共绿化区营造得很喜庆。庆祝元旦，大家都在庆祝。不管好的坏的，去年已经一去不复返，一切都是新的开始，而新年的第一天如此温暖，暖阳洒在每一张脸上。陆连芝牵着默默的手，走在人行道上，忽然发现一些卖烟花的小摊贩。这座城市前些年为了治理环境污染，节假日禁放烟花爆竹，过了好几个孤冷清寂的新年。据说去年市里召开“两会”时，有部分代表和委员提交了恢复传统节日燃放烟花爆竹习俗的提案，看样子提案应该是通过了，政府恢复这一传统习俗，允许定点燃放。默默路过烟花铺时，脚步迟疑下来，那些五颜六色的烟花吸引住了她。陆连芝便推她走近烟花铺。孩子当然见过烟花燃放的模样，当烟花在黑暗的夜空中璀璨绽放时，从她的双眸中便可看见两朵小而亮的火光在跳跃。陆连芝给她买了几只可以放在地上点燃的烟花，并告诉她天黑燃放才好看。

她们在公园里喂了大半天金鱼，到达东北之家时，夜幕已经开始降落。街上的行人却并未减少，在这个节日里都往外赶吃一顿轻松的节日饭。东北之家是东北人开的一家饺子馆，主营北方口味，也有南方菜品。饺子馆的猪肉香菇馅饺子备受食客欢迎，是招牌菜，默默也极为喜欢。每次他们见面，都选择在东北之家。店里生意火爆，暖菜热汤让屋里温暖舒适，人的食欲一下子就上来了。一见面，林喆就把默默抱过去，头埋在她的颈窝里深深呼吸孩子身上特有的暖香气息，脸上的沉醉表情像一只饿极的小兽遇到丰美的食物。陆连芝静静看他。他有些变化，具体是什么变化一时又无法说得上来。他的脸上依然有那种当初让她无比心动的孩子气，自然上翘的嘴角和似笑非笑的表情也是她所熟悉的，但他似乎变得更有活力了，没错，是活力。她蓦然明白过来。一明白，她的心便狂跳起来，透过屋内蒸腾的热气，她看他时，内心起了一阵刺痛。

依然是一大份猪肉香菇馅饺子，半边秘制烤鹅，炸南瓜饼，卤鸭翅膀，素炒菜花。卤鸭翅膀是点给陆连芝的，她喜欢这种咸中带辣的冷味。她几乎没怎么吃，一个鸭翅膀都没吃完。林喆一直在细心帮助默默吃饺子，给她蘸醋，剥掉烤鹅肉上油汪汪的酥皮，夹菜花。温热的食物让默默的小脸变得红润起来，黑白分明的双眼没有一丝杂质，她的世界如此单纯宁静。

“你不吃？”林喆看了一眼陆连芝面前的碟子。

她什么都没说，一种被连根拔起般的感觉罩住了她，虚弱，无力，茫然。一直到刚才，对于林喆，尽管他们早已分开，但他们有默默，默默的存在始终让她觉得林喆与她们是不可分割的。现在看起来事实并非如此。

她对他笑笑，告诉他自己已经不喜欢吃卤鸭翅了。

他停下咀嚼，有些疑惑地看她：“你喜欢什么？你去点。”他朝她递过去菜单。她发现他的右手食指上缠了一块创可贴，之前他对这类小小的创伤从来不在意。

她摇摇头。他的脸忽然之间红起来，似乎怀揣的某种秘密被人发现了。

他们吃到很晚，还有客人陆陆续续进来。结账时已经十点半了，默默似乎有些困，要抱抱，陆连芝提醒她，还要放烟花，她便一下子清醒过来。他们出了东北之家，外边清冷的空气让三个人不约而同打了冷战。街上行人依然很多，大家都在等待新年的钟声。陆连芝要带默默去民生广场，那儿是燃放烟花爆竹的指定点。林喆蹲下来，把默默抱进怀里，捉住她的手掌按在自己的脸上。

“你去吗？”陆连芝问他。

他站起来，手掌摩挲默默的头顶。“我不去了。”他说，目光在昏暗的招牌灯之下闪闪发亮。

“好。”陆连芝说，牵过默默的手。

林喆似乎欲言又止，她便静静站着。

“我要结婚了。”他轻而急促地说，似乎这句话让他很难以表述。那种被连根拔起的感觉又回到陆连芝身上。陆连芝把默默拉近自己，让她的脑袋埋在自己的腰间。她需要依靠，不管是什么。

“祝贺你。”她吸了一口清冷的空气，说。

他们就这样在元旦的夜晚分别了。陆连芝牵着默默的手朝民生广场走去。路边的灯火在她的眼里渐渐迷离起来，她感觉到泪水滑落时的冰凉。

民生广场人很多，已经有人开始放烟花了，暗沉沉的夜空中不时爆出耀眼的光芒，照亮了冬夜的天空。陆连芝找了一块人比较少的地方，教默默怎么燃放烟花，然后坐在一边的石凳上。默默却一直拿着烟花站在她身边。

“去吧，你是勇敢的孩子，就像妈妈刚才那样做，很安全。”她对默默说，泪水却一串串滑落下来，默默一直低头不吭声。陆连芝忽然之间就忍不住了，抱住默默痛哭起来。她把脑袋埋在默默的怀里。于她而言，如今只有这个小小的怀抱是真正属于她了。她在孩子的怀里呜咽了很久，才把头从孩子的怀里抬起来，快速擦掉眼里的泪水，冲默默笑。

“去吧。”她轻轻推开孩子，让孩子去燃放烟花。

默默离开了她，把一个烟花放在地上，并点燃点烟花的长香。陆连芝双手捂住脸，泪水从她的指缝流下来，她的双肩在清冷的暗夜里轻微抖动着。

一只温热的小手轻轻扯住她的手腕，让她把手从脸上拿开。她挪开双手，默默站在她面前。

“看，烟花，别哭！”默默轻声对她说。陆连芝朝孩子指的方向看去，地上的烟花已经被她点燃了，从烟花筒里向上喷射出一串串五颜六色的夺目烟花，照亮眼前一小片的清冷的黑暗。

宽恕

原载《飞天》2019 年第 6 期

她不知道是不是想见他，分开四个月了，他们没通过一个电话，一直靠微信联系。当然不是每天，隔两三天，他给她发个问好的表情，你来我往上三五句，关于他那边和她这边的天气之类，最后毫无例外是关于她妈妈的病情。

“今天她怎么样？”他问。语气平淡，他们都听出来了。

“挺好，正在恢复。”她回答。

“能吃上东西就没事。”他说。

“她一直都能吃。”她叹着气回答。

“能吃就好。”他答。

“是的。”她答。

交流就此结束。

两三天之后，轮到她主动向他问好，她给他发了一个太阳的表情。她其实不喜欢这个表情，像个笑脸，示好的笑脸，她在内心里从来都不想向他示好，然而也没有比这更好的表情了。假如上次是他主动问好，而这一次她没主动，那么他们之间将会这样一直沉默下去，像两个极为遵守规则的人。

规则！她心酸地想，最终她还是按照规则来，轮到她向他问好。她觉得他们之间不柔软，他们的婚姻不柔软。但何为柔软？该怎么柔软？她一时也无法说得清楚。模模糊糊觉得两人之间隔着一层很坚固的玻璃，彼此看得见，但无法真正触摸到对方，似乎也没什么办法打碎这层玻璃。每每想到这些，她心里便隐隐泛起怨恨。

昨晚他们刚刚进行例行交流，他在即将结束谈话时说，老杜离婚了。这是他们四个月交流以来的新话题。她有些惊讶。老杜是他的朋友，据说做建筑材料生意，来他们家吃过一次饭。她对他的印象几乎是模糊的，只记得他的老婆很年轻，当然是第二任老婆。她的惊讶并不是因为老杜离婚，而是，他不是个在意这些琐事的人，不明白他为何要特意告诉她，似乎他对这件事很感兴趣。她本来打算昨天晚上收拾东西的，但这件事一直困扰着她，再也没心情收拾那几件皱巴巴的灰黑色棉麻料衣物。那几乎是她全部的夏季衣物。她回莫纳镇时才三月份，但这个靠近热带的小镇一年似乎只有两季，从寒冬直接进入炎夏，每年过了元宵节，镇上人就开始拖鞋配短袖，所以她带回了她大部分的夏季衣物。

如今已是如火如荼的七月，莫纳镇上没有一个角落是阴凉的。

一早起来，她就开始收拾衣物。按照规矩，他们这两天不会再联系了，不过她昨晚告诉了他今天的行程，她将乘今晚八点半的火车，五个半小时后，也就是在下半夜回到市里。当然是那种随时都可以毫无理由停下来半个小时的慢车，坐在这趟车上，任何人的脾气都被磨没了。

六十八岁的妈妈在今年三月份时摔坏了髋骨，不算很严重，但以妈妈这年龄，也是相当危险的。她以为这件事将会结束每年三次的例行回家，是的，她以为妈妈的生命会被这件事情带走（宽恕我吧！她想），很多老人不就是一摔就没了吗？然而妈妈却顽强地从床上下来，并恢复到逐步能自理的程度，这令她大为惊讶。在妈妈能自行洗澡后，她决定返回市里。

“我的腿脚渐渐使不上劲了。”妈妈不知什么时候来到她的房门。时间还很早，不到七点半，然而墙壁摸起来已经开始有暖意了。刺目的阳光从窗外投射到房间里的地板上，屋子里非常明亮。她很早就被这个繁忙的边防镇吵醒了，重型货车的喇叭声惊天动地的，从口岸那边拉满满的从越南进口来的货物，经过她的家门运往国内市场。

“你正在恢复，而且恢复得很好。”她说，望向门口一眼，接着继续收拾东西。那只棕色的拉杆箱倚窗而靠，在四个月的时光里落了一层薄薄的灰尘。这是一栋二层的楼房，妈妈住在楼下，而她住在楼上一间临街的房间里，这个房间里有她的童年、少年和青年的时光。但每天晚上躺在床上，她几乎不怎么回忆那些过往的时光。

“我老了。”妈妈说，走进来坐在她的床上，她微微皱了一下眉头。这套床单是她从市里带来的，她不是嫌弃妈妈会弄脏她的床单，而是不适应妈妈有这种亲昵的行为。她想起那些过往的时光，妈妈总会站在房门口对她吩咐什么，或仅仅因为心情不好而上来呵斥她，也许也是因为她在家里妨碍了妈妈。总之，妈妈几乎不进她的房间，总是满脸怒气地站在她的房门口。

“你不老。”她说，把丝袜和袖套塞进了拉杆箱的隔层里。她还很想对妈妈说“你一顿饭吃得比我一天吃的还多”，但她把这话咽下去了。妈妈六十八岁了，喜欢吃焖排骨，或者排骨炖莲藕，总是埋怨她不该把排骨炖得太烂，没有嚼头。妈妈那口牙齿多么坚固啊，她怎么会老呢？

“每天晚饭后，你到河边走走，这对你的健康有好处，”她说，“你比大多数的同龄人要健康得多。”

“去河边走？你怎么想得出来？你不怕你妈一头栽进河里？”妈妈说，一只手抚在床单上。那是一套净色的棉麻床单，暗暗的蓝色。四个月来她只洗了两次，家里没有洗衣机，她拿到莫纳河边的码头上捶打。上个月她行例假时，不小心漏到了床单上。她本来打算拿去清洗的，但不知为什么事情所耽误了，她拿来湿毛巾和一把旧牙刷轻轻刷洗，但还是有淡淡的印痕。妈妈皱巴巴的右手中指戴着一只金戒指，这让她隐隐有些不快。这个镇子上的老人，没有哪一个到了这岁数还戴金银首饰的，这会被认为自私。五十知天命后，老人就该把自己的金银首饰卸下来赠予儿孙了，否则会被认为这个家的老人要把金银带进棺材里，遗留给儿孙的只有代代相传的贫穷。

她当然不希图妈妈的金戒指，她对金银饰品没有任何兴趣，更讨厌从妈妈那里接受任何东西。她在这几个月甚至暗暗想，假如这一跤把妈妈带走，她肯定会卖掉镇上的房子，然后迁走父亲的遗骨，永世不再回莫纳镇了。妈妈的家族在镇上还有些不远不近的族亲，也许每年的三月三他们会给妈妈以及妈妈的父母烧一炷香的。这些，她无暇顾及，也不会挂心。对于妈妈这边的族亲，甚至妈妈本人，她没什么感情，甚至几乎谈不上感情。

“你不会栽到河里去的，你的心脏还很好，这你知道，医生给你测过了。你也没有低血糖和高血压。”她说，把一双半高跟的淡棕色皮鞋放进一个塑料袋子里，然后也装进拉杆箱了。

“哎，这东西我五十五岁那年就没有了。”妈妈盯住床单上那摊隐约的污痕。

“你并不知道我几岁来的，对吗？”她问道。她开始从布衣柜里取出衣物，一件件摊到床上。

妈妈沉默起来，她确实不知道。她是初中一年级放寒假时来的例假，她穿着脏了的裤子跑到邻居家找芳婆婆，那时候芳婆婆还活着，是这个镇子上唯一真正关爱她的人。一直到她来例假的第二年，妈妈看见她扔在茅坑里的卫生棉垫，才知道这个家里有一个已长大的女儿。

“当妈的要操心的事情太多了，哪能什么事情都顾得上，谁都是这么稀里糊涂长大的。”妈妈说。

她抬头看了妈妈一眼。妈妈的额骨一直很高，现在老了，皮肤下的脂肪日渐减少，皱巴巴的一层皮肤薄薄包裹住高额骨，使她的面相看起来很不协调，酸楚中带着刻薄。她记得妈妈年轻时的样子，那时候妈妈的皮肤紧绷着，略高的额骨反而使妈妈有种别样的风情。长年累月一头大波浪卷，随意盘在脑后，用一个点缀有各色细小珠子的网兜兜住。那时极为流行这样的发兜，妈妈至少有三个。不知道为什么，她很讨厌妈妈这些漂亮的发兜，她脆弱而敏感，隐隐觉得这些好看的发兜散发出令她极为不安的气息。后来，她偷了一个她认为最好看的发兜，往里面塞满小石头，奋力扔进镇子后面从越南流淌过来的莫纳河。妈妈还喜欢穿水红色的衬衫，那时候流行喇叭裤，她的水红色衬衫是掐腰的，衣服下摆刚刚遮住裤头，紧窄的喇叭裤勾勒出她丰腴的下半身。她总是记得妈妈披散着刚洗好的半干卷发，慵懒地走在莫纳镇街上，去买一斤水豆腐或者一两条巴掌大的罗非鱼。她那时几岁呢？八岁，也许是十岁吧，她的寿短的父亲也还在。在她十一岁半时，父亲便和她们阴阳两隔了。她记得他总是咳嗽，后来咳了血，不久便离开了。父亲得的应该是肺结核，镇上的人称为肺痨，可那时候医学不发达，年纪轻轻的父亲便这样离开人世了。

“实际上我觉得你并未真正为我操心过什么，我一直都很安静，从不惹事。”她平静地说。是的，现在所有的一切都平静了，但这并不意味着过去，有些东西结成了疤痕，依然触目惊心。

“嗤，”妈妈笑起来，眼角的鱼尾纹变得深而密集，“你见过哪个孩子能自己长大的？我可没少吃苦头。”

“你的意思是，把我生下来，然后最好是我自己成长？”她尖刻地说。一直以来她尽量避免和妈妈过于针锋相对。她并不是怕妈妈，而是不想和妈妈一般见识，她不想把自己弄得等同于妈妈，她一直觉得妈妈是一个刻薄而自私的女人，不想和妈妈进行没有理智的争吵。但今天她似乎难以克制，一种莫名的怒火暗暗在心里燃烧着。

“我没那样说，但你得承认，我落得晚年孤苦，和你有关。”妈妈说。

妈妈的意思是，她就是个累赘，可难道是她要求来这个世上的吗？

“我能阻止你做什么吗？假如你想做的话。”她说。她把最后一件灰白色的麻料裙子胡乱卷起来放进拉杆箱里，把里面一包用了一半的卫生护垫拿出来塞进手提包里。她知道再把这些衣物拿出来时，它们将会像抹布一样皱巴巴的。棉麻料的衣物好穿，但极易打皱，难以打理。她并不是一贯都穿棉麻的，结婚后的第三年，她便放弃了所有以前穿戴的衣物，洗干净后全部打包捐给爱心机构，选择了朴素低调的棉麻。这些颜色偏暗的衣物很好地包裹住她并不张扬的肉体和低落的情绪。她会久不久把这些棉麻衣服从衣柜里取出来，堆在床上，一件件耐心细心打理熨平，种种突兀的情绪往往能在漫长的熨烫过程中平复了。

假如妈妈再辩驳，很可能今天又会和妈妈吵一架，她暗暗想。妈妈好像看透了她的心思，静静坐在床上，不再言语，看她把软底拖鞋也包起来，装进一个已经破了洞的黑色塑料袋里，塞进拉杆箱，然后是一面镜子。其实这面镜子完全可以不要的，甚至拖鞋、毛巾都可以不要，包起来放进布衣柜里防尘就好，只要妈妈还在，总归还是要回来的。假如妈妈不坐在这儿，很有可能她就这样做了。但在妈妈面前，她似乎不想留下任何预示着“会再回来”的迹象。

妈妈一直缄默着，而她一直在等。妈妈怎么做到一声不吭呢？她绝望地想。

妈妈咕哝着撑着床慢慢站起来。这几个月来，前面两个月，她甚至像抱个孩子一样抱着妈妈方便。还好妈妈一直很瘦，服侍起来倒也不太吃力，让她感到难堪的是去接触妈妈的身体。前两个月妈妈一直卧床，她在妈妈的床边支了一张折叠床，折叠床和妈妈那张宽大的床之间有一把椅子。妈妈半夜喝水和上厕所需要她搀扶时，她迷迷糊糊中不小心就会被椅子绊倒。但她不肯把椅子拿开，她觉得她们之间隔着一点什么东西更好。

妈妈扶着楼梯慢慢下楼去了，她的脚步很轻，比猫走路响不了多少。她一直倾听着下楼的脚步声，一直到脚步声平缓地落在楼下地板上。她把拉杆箱里包好的拖鞋拿出来，尽量往床底下最深处推。假如不弯下腰趴在地板上看，是不会被发现的。她坐在地板上，微微喘气。

妈妈为什么能做到缄默不语？她的心该是多么硬呀！

她想着，心里的难过越积越多，眼泪终于从眼眶里溢出来。她的一生，嗯，她四十岁了，总是这么不顺心。在芸芸众生中，她从没觉得自己有什么特别，甚至比大多数人卑微渺小得多，总是悄无声息地活着，极力避免生活里的锋芒刺伤自己，然而总是在所难免。

午饭时，她做了一个西红柿焖豆腐块和鸡肉炒木耳。大米粥熬得很烂，她在粥里放了点儿枸杞，雪白的粥里有点点暗红，很诱人。

“胃不好的人才吃粥，”妈妈却说，“人原本和动物一样是吃生冷的，吃得太精细，胃就退化了。”妈妈只喝了两口粥，而多半带着骨头的鸡块被她吃了。妈妈的牙齿真好！她暗暗叹气，看着妈妈唇上的油渍，心里涌起一阵浓浓的悲愁。

“其实，完全可以把这里的房子卖掉的。”妈妈说。这几个月来妈妈一直向她做这样的暗示，比如说市里更适合生活，看病容易，乡下的草包医生总有一天会要了自己的命（她觉得很可笑，总有一天？妈妈已经六十八岁了，草包医生不要了她的命，老天爷也可随时拿走）。妈妈甚至有一次说镇子里有人威胁她，要趁着黑夜一把火烧掉她的房子，理由是见不得她一个老人住这么大的房子。

她当然知道妈妈在暗示什么，当妈妈谈到类似话题时，她总是沉默不语。她发觉她们在性格方面，有些地方很相似，当话题不利于己时，便选择沉默。这让她感到非常沮丧。

现在，妈妈终于明确表明了自己的意思。她望向妈妈，妈妈脸上的皱纹里有令人诧异的坚定表情，显得凶巴巴的，仿佛她必须得按照妈妈的要求做。她斟酌着说：“每年总得回来扫墓的，没地方住。”她是指给早逝的父亲扫墓，也仅仅指这个。至于妈妈的父母，也就是她的爷爷奶奶……是的，她称妈妈的父母为爷爷奶奶，因为她的父亲是上门来的。她每年三月三回来扫墓，总是把父亲坟墓上的杂草清理得一干二净，给他献上一束采来的野花，她没带任何祭品。爷爷奶奶的坟墓上到处是老鼠打出来的洞，坟头也塌陷了，然而她无暇顾及这些，她觉得胃口还极好的母亲应该还有能力清理自己父母坟头上的杂草。她一直觉得父亲的早逝，和他们，妈妈以及妈妈的父母打心眼里瞧不起他有关，父亲短暂的一生一直活在令人心疼的委屈当中，积郁成病，终于早早离世。而父亲的早逝让自己的孩子吃了不少苦头。

妈妈很快发现这句话有漏洞，捉住漏洞飞快地说：“房子也可以不卖，租出去，老早就有人问过了，跑长途的说要拿来堆放药材。”她放下筷子，一副要认真谈这件事的表情：“这样也可以补贴生活，我也不算白吃饭。”

她沉默了，一股冰霜一样的寒冷爬上她的脸。跑长途的？这个一生都在和跑长途的苟且的女人，在她十八岁离开莫纳镇之前，东西南北来做口岸药材生意的长途司机，把她家的门槛都快踏平了。

“听着，我最讨厌你们这副表情，你和你老子一样，碰到事情三棍子也打不出一个闷屁来。我从来不觉得这算什么本事，你们的嘴巴只是用来灌吃灌喝的？不能痛痛快快给个话吗？”妈妈终于发起火，高额骨上弥漫着一股病态般的红色，双眼满含咄咄逼人的怒火。她本来想一口回绝的，但见妈妈为他们（她和早逝的父亲）恼火，她觉得这真好。她一直认为无论她和父亲做什么，甚至她和父亲两个大活人，在妈妈眼里都是透明的空气。她也放下筷子，转身到灶台边洗刷炒菜锅和案板菜刀。

“这么说你算是同意了？”妈妈近乎尖叫起来。

他们的厨房后面是菜地，菜地出去是莫纳河。这条脾气温顺的河流，流淌着她和父亲难以忘怀的快乐。父亲会砍下竹子扎成竹筏，夏天时带着她在河里划竹筏。她记得河里泛上来的清凉气息，她总是脸朝下趴在竹筏上，清凉的水汽直接钻进她脸上的毛孔里，够凉爽。河里会有从越南那边漂过来的巨大的芭蕉树。假如运气好，他们甚至能打捞到带着芭蕉坠子的芭蕉树，砍下芭蕉坠子带回家，捂在稻草堆里几天，芭蕉便熟了。但父亲带回从河里捞起来的越南芭蕉坠子时，往往会遭到妈妈强烈的冷嘲热讽，说父亲一辈子就是乞丐的命。她始终无法理解，那些芭蕉坠子多好呀，芭蕉非常饱满大个。如今，那河面铺着一层闪闪发光的阳光，粼粼波动，父亲和她的笑声好像还荡漾在河面上……她难过极了，几欲落泪。一只褐色的猫从菜园的杂草里窜出来，吓得她双眼一闭，泪水被挤了出来，她默默洗刷着菜锅，泪水落进洗碗槽里。

她回到房间，再一次环视房间，再也没什么遗留在房间里了，被子也已经用塑料袋子扎起来，假如能带走，她真想把被子也带走。门边刷着石灰粉的墙壁上有两个鞋印，都是右脚，很小的鞋印，她不记得是几岁时留下的印记了。她真希望能记住那些该记住的，忘掉该遗忘的。

午后的阳光变得炽热起来，她不打算午休了，这会影响她晚上的睡眠。半片右佐匹克隆已经对她发挥不了作用，她服了一整片。那药真是太苦了，假如吞咽不快，嘴巴会一直苦到第二天早上。一整片，她的睡眠也依然越来越糟糕，白天的疲倦常常让她怀疑生活的意义。那是一种低烧般的眩晕，而眩晕又造成虚脱般的疲劳，使人无法集中精力做任何事情，连夏夜浓郁的茉莉花香都闻不到，无可救药的疲倦令她对周遭的一切麻木无觉。

她把手机从包里拿出来，屏幕上的信息灯一闪一闪的，她立刻解锁屏幕翻看微信，却不是微信信息，而是一则推销保健品的垃圾短信。她失望了，握着手机静静站在窗前，她觉得他应该主动问问她，东西收拾好没有之类的，然而没有。她拿着手机站在窗前，隐隐地看见莫纳镇古老教堂的一角。她思索片刻后，决定去看看父亲。四个月里她去过一次，这次回去，假如妈妈没有什么意外，她打算连大年初二也不回来了。

她下了楼梯，路过妈妈的房间时，看见妈妈正在倒腾衣柜里的衣服，一个灰褐色的帆布包敞开着放在地上。妈妈听见脚步声，朝门口望了一眼，四目相对那一瞬间，她把目光移向地上敞开的帆布包，然后再一次望向妈妈。她明白妈妈正在干什么，然而她无动于衷。

“得收拾收拾。”妈妈说。她的手臂上搭着一件花里胡哨的线衣，那应该是冬天穿的。她近乎毫无觉察地笑了笑，妈妈严厉的目光显然捕捉到她意味深长的笑，一下子把搭在手臂上的线衣往床上甩。她转身离开了房间。

“白眼狼，都是白眼狼！”妈妈的尖叫声从身后扑来。

镇子这两年扩建了不少，镇子附近的几个小村庄也拼到镇上来了，比小时候的莫纳镇大了不止一倍。很多人她不认识，旧时的很多镇上人依靠边贸生意发了财后，都到县里买房去了。他们在这里发财，但生活在别处。很显然，她的妈妈也想离开这里，把后半生安置在城市里，况且她还是在市里，而镇上的人最远的也只是在县城里买房，这得多给妈妈长脸。

她穿过人流不息的街道，在一个摆地摊的越南女人那里买了一顶遮阳帽。出门时，热辣辣的阳光使她懊悔没带遮阳伞下来，但她却不愿返回楼上去取，那需要经过妈妈的房门。

遮阳帽是露顶的，她感觉到炽热的阳光直射在头顶上的热辣，头发散发出一股煳焦味儿。街道两边摆地摊的越南女人戴着巨大的尖顶斗笠，盘腿而坐，整个人都缩进斗笠下的阴影里。路过莫纳镇幼儿园时，她忧心起来。她是一家私人幼儿园的副园长，三月份那时候刚开学，事情很多，她却申请了长假。园长是个坚强的单亲妈妈，但幼儿园并不是园长开的，只是负责管理，幕后老板另有其人。她申请的长假园长无权批准，她不想让园长为难，于是干脆打了辞职报告。报告尚未获批准，她就离开了。那是一家管理和薪资都很棒的私人幼儿园，上个学期来了两个应聘的北师大研究生，竟没聘上。而她这个本科生之所以能在那所幼儿园站稳脚跟，靠的是她和幼儿园一起成长的资历，没错，她是那家幼儿园的第一批老师，她在那家幼儿园整整待了八年了。

眼下七月了，九月开学时，她希望能重新找到一份幼师工作，假如可以，她希望能重新回到原来的幼儿园，不管怎样都要试一试，哪怕是当一名普通老师也好——比普通教职工多了将近五百块薪资的幼儿园副园长职位，不可能还空在那儿等她。她喜欢孩子们，那些天真无邪的孩子让她感到安全，她总是能在孩子们活泼的笑脸和幼稚可笑的话语里获得对生活的热情。

她没有孩子，结婚九年了，他们一直没有孩子。丈夫把太多的爱给了和前妻所生并随前妻生活的孩子，对于另外一个尚未降临的孩子，他并无太多的热情，而她不是一个强人所难的人，于是他们就这么过着，不冷，也不热，遵守一些各自心知肚明的规则。

她再一次望向幼儿园，黯然神伤地叹了口气。幼儿园过去就是镇子的班车停靠的地方，往里是镇子的教堂。她远远地瞧了一眼，在炙热的阳光下，古老的教堂显得极为肃穆。她很快越过了教堂。前几年，她在父亲的坟墓边上种了几棵蓖麻，如今已长得巨大，像伞一样覆盖出一片完全可以遮住几个人的阴凉，在蓖麻的阴凉里打个盹，打发掉炎热的午后未尝不可。不，她并不惧怕墓地，死人的地方通常要比活人的地方安宁清洁得多，再说父亲就在那里，怎会惧怕。

她很快出了镇子，沿着一条并不太宽的沿田路慢慢朝挨在镇子边上的土坡往上走。早先这条通往墓地的沿田路有几棵高大的苦楝树，如今全被砍掉了。她不明白那些树到底妨碍了什么。她记得苦楝树的花是淡白色的，初夏时满树一簇一簇的花朵，远远望去仿佛一层薄雾笼罩在树冠上。

隐隐地，她感觉有谁在跟着她，然而每次回头身后的沿田路总是空荡荡的。她并不惧怕什么，只是这种感觉让她很不舒服。这个镇子没有谁跟她走得很近，儿时的玩伴，自从出了那件事情后，渐渐疏离了。并不是伙伴们嫌弃她，而是她主动远离了他们。

也许是一条狗吧，她想。沿田路两边的稻田开始成熟，假如有一个人蹲在田埂上，她是看不见的。这些稻田并不属于镇上的人，而是属于镇子周边的农村人。炙热的空气中流淌着稻子芬芳的气息，她深深地呼吸了一口气，渐渐拐上往坡上去的小路，稻田甩在身后了，已经可以看见父亲坟墓边上高大的蓖麻。蓖麻在莫纳镇有庇护阴灵的寓意，被认为是一种不祥的阴气太重的植物，假如不是故意种植，大都会被砍掉。她觉得委屈了一辈子的父亲，在那一世的灵魂需要庇护。她把蓖麻种植在坟墓边上，因此无人去砍。

等她爬到父亲的坟墓边上，站到蓖麻下的阴凉里时，整个莫纳镇子就在她的眼下，镇子的教堂尖顶在一片高低不平的房子中显得格外醒目而庄严：那里装了太多的忏悔。这时她才看见那个人影，戴着一顶草帽，可以看出是个男人，脸部笼在草帽阴影下，显得黑乎乎的。那人影离得尚远，但她立刻认出他是谁了。一个人即便老了，走路的样子也是永远不会改变的。自从她离开镇子后，每年按习俗回三次娘家，总会有一次碰见他，他会主动打招呼：回来了？或者问：多久回来的？也仅仅是个招呼，她盼望的那句话始终没有得到。

她的眼睛湿润了，想起丈夫有时候喝了酒，会拧住她的手腕愤恨地质问她："你那时候那么小，那么小呀，他们说你十五岁，是真的吗？亏死老子了，老子二十二岁才谈恋爱，十五岁，我可什么都不懂，你说，我亏不亏，嗯？"她极力想要挣脱他的手，但酒后他的力气像魔鬼一样大，她两眼含着泪水，哀求地望着他。他似乎忘记自己已结过一次婚，并有了孩子，他有什么理由对她的过往耿耿于怀？况且那并不是她的错。

他走到她跟前，草帽下的脸汗津津的，灰色T恤胸前一片暗湿。

"我在镇上看见一个人影往这儿走，我想肯定是你。"他望着她说，很自然地就钻进蓖麻的阴影里。

他该六十多了，但肯定比她的妈妈稍微小些，也许三岁，也许五岁。他因为打群架伤人命，在里头待了十二年。她十五岁那年，他刚从里面出来不久——她记得他胳膊上刺的那条青龙——整天黏着她的妈妈。她并不介意，她觉得那是妈妈的生活，和她无关。他还会打她的妈妈，妈妈抱着他的大腿拖住他，哀求他别走。她在楼上的房间里，听见他们在楼下打骂和哀求。那时候她的学习成绩很好，她的学习成绩一直很好，她想总有一天她一定会离开这个镇子的。

后来她确实离开了。

他没怎么显老。

“你回来好几个月了，我知道的，但一直没碰见你。”他望着她说，然后摘下草帽，拿着当扇子，他用力摇着，手臂明显朝她这边倾斜，她顿时感到一阵凉爽扑面而来。

“是的，我回来了。”她简短地说，往一边挪了挪，想离开他扇出来的风。

然而他突然做了一个让她吓一跳并对他彻底绝望的动作，他用胳膊肘很暧昧地捅了她一下，并快速地向她挤眼睛：“喂，你干吗总躲着我，我可没一天忘记过你。”

她惊骇地望着他，并倒退了几步，一把捉住自己的胸口，她捏到了胸口衣服里的挂坠。

“你要干什么？”她满眼含怒地瞪着他，“我父亲在这里。”

“嗨，那就是一堆骨头，我们可以到别处去。”他又朝她靠过去。显然他误会了她。

“不！”她几乎跳起来，并且快速地折断一根比拇指大的蓖麻枝丫，枝丫折断的清脆声在炽热的空气里格外响亮。她拿着断枝戳着他。

“你，赶快离开！”她几乎喊起来，连声音都颤抖了，背后的汗珠子快速向腰际滚动。

“你这是干吗？哎，你和你妈一点都不像！快放下，别人看见还以为我把你怎么了，我可从来没强求过你。”他后退几步，用草帽捂住胸口，仿佛那是一件牢靠的防御武器。

“闭嘴！”她愤怒得几乎要哭了，他在说什么？他居然还有脸说出口。“滚，快给我滚！”她呵斥起来，声音里带着哭腔。

他重新把草帽戴上，脸上带着怏怏的表情。

“真是，这样子迟早要吃亏的。”他咕哝起来。她一直瞪着他，蓖麻的枝丫直直戳着他的胸口，直到他走出蓖麻的阴凉，顺着小路慢慢下坡。

她一下子瘫坐到地上，靠在蓖麻粗壮的躯干上哭起来，一只手紧紧捏住胸口衣服里的挂坠。她泪眼婆娑地望着身边的土堆，父亲就葬身在这之下，和她一层黄土之隔，然而再也无法看到她的悲伤和泪水。

她抽抽搭搭地哭着，午后的阳光热烈而白亮，莫纳河在山脚下闪闪发亮，从山脚下的河边吹过来的带着河水气息的风湿润而温暖。整片坡地空无一人，隐隐地从街上传来嘈杂声。她哭累了，有点儿口渴，淡蓝色的衬衫后背湿透了，然而她却不愿返回去，靠在蓖麻的躯干上，慢慢开始打盹，额头的发际线晕出一层细密发亮的汗珠。正当她模模糊糊想要睡过去时，感觉到有个阴影慢慢朝她逼过来，她在迷糊中突然浑身剧烈地颤抖了一下，整个人像突遭电击般猛地清醒过来，心脏猛烈跳动着，像刚刚做了什么剧烈运动，瞌睡刹那烟消云散。她蓦然睁开眼睛，眼前是一片刺目的阳光，什么也没有。

她望着身边父亲的坟墓暗暗叹了口气。脑子里飞快转着，其实不一定非坐火车，也可以坐班车的，从莫纳镇到县里，只要到了县里，去市里的办法就多了，可以继续坐班车，也可以和别人拼车。到了县里如果能顺利搭上往市里去的车，甚至还能比火车更快回到市里，火车只不过是免了换乘的麻烦罢了。她豁地站起来，惊得脚边的昆虫四处飞散。在坡上就可以看见肃穆的教堂前面的简易车站，在那里，每隔四十分钟就有一班汽车发往县里。

回到家里时，她一眼就看见漆皮剥落的沙发上妈妈那个鼓囊囊的褐色帆布袋，而妈妈则坐在铺盖已经掀起来的床边上。她望了妈妈一眼，匆匆上楼梯，一会儿就拎着拉杆箱下来。经过妈妈的房门口时，她停了下来，把拉杆箱放好。妈妈从床上慢腾腾站起来，显然没料到她会这么快离开，妈妈执拗地盯住女儿，脸上是那种令人反感的强硬表情。

“这就走了？”妈妈问。

她点点头。

“我还没收拾好。”妈妈说。

“你不用收拾。”她说。

“这么说你还是要扔下我？”妈妈又尖叫起来，“你想都别想！我已经等得太久了，天下没有不照顾母亲的孩子，天理不容。”

她又一次摸了她胸口衣服里的挂坠，直直盯住妈妈，妈妈被她固执的目光钉在了原地。

“你们，后来为什么不结婚？”她终于问了出来，触及那件似乎妈妈一直在回避的事情，当然可能也是妈妈并不在意。

“和谁？”病态般的潮红又蔓延上妈妈的高额骨。

“你知道我指的是谁。”她说，“你允许他上楼的，对吗？后来你们为什么不结婚？”她说着，发现自己的手在微微颤抖，于是紧紧捉住箱子的拉杆。

“瞎说，谁说我要嫁给他？”妈妈矢口否认，她背对着窗户，面朝着客厅的大门。妈妈否认时，她还是看见妈妈目光里一闪而过的慌乱。

“难道不是？你允许他上楼，然后他会答应娶你。那时候我几岁？我才十五岁，我什么都不懂，他扇我的耳光，你知道吗？后来你们为什么不结婚？”她尽可能轻描淡写地说。

“你恨我，我知道的。你一直在恨我，你不知道生活多么艰难，你不懂，你甚至都不知道我为了养活你夜里流了多少泪水。”妈妈又恢复那副理直气壮的样子。

“你可以直接掐死我，假如你觉得我是个累赘，但你不能那样做，你不该让他上楼，我是你的女儿。”她说，她快要哭出来。

“我觉得我没什么错！你别想我会觉得那有什么错，是我把你养大的。”妈妈语气铿锵地说。

“你把我养大的，所以你可以对我做任何事情，对吗？”她绝望了，紧紧捂住胸口，在眼泪溢出眼眶之前拖着拉杆箱转身走了。

那句话，他们是永远不会对她说的。那件事情发生之后，他把它当成一件荣耀的事情来描述，很快全镇子的人都知道了。从此，她每天的日子都像在水深火热中度过。

“你就这么扔下我不管？瞧瞧，瞧瞧吧，我生养的白眼狼，还有天理吗？”妈妈在背后尖声叫骂。她很快出了家门，走进炽热如火的阳光下，阳光照在她的脸上，泪水亮闪闪地流着。她穿过人群，很快到了教堂前的简易车站。班车敞开着门等客，车上空无一人，司机不知到哪里去了。她把拉杆箱安放到车上，然后下车，朝紧闭着门的小教堂走去，她知道有一个侧门，可以从那里进到教堂里。她很快进了那个侧门，进入阴凉的教堂里。教堂空无一人，巨大的十字架立在教堂的宣讲坛前。她一下子跪在十字架前，颤抖着摸索出挂在脖子上的十字架。她哽咽着，泪流满面，默默祷告：宽恕我这颗耿耿于怀的卑微的心吧！宽恕那些有罪的灵魂吧！宽恕你可怜的孩子，宽恕一切吧……

她呜呜咽咽地，渐渐放声哭了起来。

黑森林

原载《小说月报 · 原创版》2022 年第 12 期

那条巷子很深，也窄，大石头块铺的路面被行人的脚步磨得光滑发亮，面对面站满巴掌大的小店铺，卖酸嘢小吃、女生饰品、手工艺品、民族服饰、小挂件、小件银器、水晶饰品和刺绣等。小巷最里处右侧倒数第二家是卖糕点和奶茶的小铺，店名叫“奔月”，里面有一种草莓口味的黑森林蛋糕，是我一直刻骨铭心的。在小学四年级下学期的一个周六下午第一次吃以后，一直到高中毕业，假如没别的意外，我每个月会光顾两次，进入小巷就直奔“奔月”，点一块半个巴掌大、四根手指那样厚的草莓味黑森林蛋糕，坐在店里仅有的两张小圆桌中的一张旁，小心翼翼却又迫不及待地吃起来。那缕甜美中带点酸的草莓味，简直让我像中蛊般欲罢不能。

高中毕业后，我就再也没去过了，就连这条巷子里那家几乎所有初中高中女孩都喜欢光顾的小熊女生饰品店也不再光顾。我有种隐隐的怨恨，并非怨恨这条巷子。说实话，我有好多次无意或有意经过这条巷子口时，差一点点就要拐进去了，但最后总是决然转身离开，带着满腹的委屈和怨恨。也就是从那时候起，我再也没见过我爸。是我躲着不见他的，我的委屈和怨恨缘于他的离开。

我从师范毕业工作一年半后，我爸几经辗转给我递了张纸条（他一打听到我的电话号码，给我打第一个电话后我就会立刻换掉号码，我为此先后换了四次电话号码），说他非常想见我，并约我在这条小巷里的“奔月”糕点铺见面。没错，以前光顾“奔月”总是他陪我来的，不知道他是如何发现这座城市里如此偏僻而老旧的小巷的。

我正在谈恋爱，恋爱的甜蜜让我觉得这世间万般美好，并产生原谅一切的宽容。我把纸条看了一遍又一遍，他读过高中，钢笔字写得极好。我给他发了条短信，答应了。他一直没换号码，大概怕我找不到他吧。

出发之前我思忖良久，到底应该以什么面貌出现在他面前，才能让决绝离开的他产生愧疚。在镜前摆划好几件衣服，对着镜子，渐渐地，我却看见我爸离开那天的情景。那时我高考刚结束，分数还未知，我爸和我妈便结束了他们十九年的婚姻。我爸是上门女婿，从县城郊区的农村入赘到县城老区里。老区其实很破烂，房子比我爸村庄里的更破旧，门脸也窄，狭长，走进去深幽幽的，又阴又凉，通常需要点灯才能看清屋里的摆设。但白天点灯，对于老城区的人们来说是不存在的，灯火只有在天光散尽才能亮起来，你认为抠门儿也罢，勤俭节约也成，反正事实如此。房子通常是二层半或三层半的砖瓦房，最上层那半间盖瓦片。每年临近雨水季节，家家户户都得翻修屋顶上的瓦片，以免在雨水连绵的雨季中漏水。条件稍好的人家在外墙抹上一层石灰，条件一般的就裸露着。就是这样和邻居墙壁贴墙壁的狭长的小楼房里，通常挤着三四代人。

这片老区不知是不是坐落在好风水之上，老人特别长寿，几乎家家户户都有九十岁甚至百岁老人，七八十岁还上街摆地摊的比比皆是。一到冬天阳光温暖的午后时分，这些百岁老古董就身着厚实的黑色棉衣棉裤，从黑洞洞的门里出来，聚集到一处宽敞地晒太阳，身上散发着猛烈的风湿止痛膏的气味。他们也不说话，只安静地晒太阳，远远望去，极像一群黑乎乎的老乌鸦。我也有一个祖祖，我八岁时祖祖就九十四岁了。成年的儿孙是不愿意靠近这帮老货物的，只有还不懂事的曾孙子们靠近，也并非很爱这些老家伙，而是打他们厚棉袄里藏的那几张破烂不堪的票子的主意，讨个三毛五毛，买些零嘴吃。他们往往会缓慢地动起来，抬起头拿迷茫的目光瞅你，等确认是自家曾孙了，便摸索进厚棉袄里，哆哆嗦嗦摸出几张软塌塌的票子或几枚陈旧的钢镚儿，一张张一枚枚数给你，递给你，每递一次就瞅你一次，不断确认。我通常会朝我的祖祖飞奔过去，从背后扑向他，有时他能把得住自己衰老的身体，晃了一下后稳稳接住我，有时我们祖孙便一块儿滚到地上了。那堆老家伙也不吭声，只是静静看着我们。“给我钱”，等从地上爬起来，我便朝九十四岁的祖祖喊叫。祖祖给我钱时从不一次次确认我，在这个家里，对我最好的就是他，其次是我爸。祖祖当然也如同老城区其他人那样又抠又精明，他之所以每次都痛快地给我递钱，主要是因为我爸每个星期都会帮他洗两次澡。别家的老家伙可就没这待遇了，饭桌上能有你一副碗筷就不错了。而多半时候这些老东西常因为身上散发出来的酸馊味而被赶下饭桌，单独在一边的小饭桌上吃饭。他们只是活着，而活得怎么样并没什么人去关心。壮年的儿孙们都忙着挣钱糊口，实在没什么精神头儿去关心他们。

老城区的居民显然才是这座城市真正的主人，但他们的本事不大，多是平庸之辈，这座城市的真正建设者是那些外来人，从周边县乡进城工作生活的人。老城区的人大部分是小摊贩，卖米卖菜居多，男的去学个汽修美发，当汽修工美发工，女的去学个美甲美容，要不就进超市当导购员，总之没什么出息，祖坟冒了青烟的就是出了小学或中学老师，仅此而已。所以几年前我考上一所不错的师范学校时，街坊邻居都很吃惊。也就在那时，品性飞扬跋扈的我妈似乎才发觉和我爸的婚可能离错了，理由显而易见，我妈他们家世代以来就没一个读得好书的，我能读好书的基因绝非遗传自他们家，多半遗传自我爸这边，而彼时他们的婚姻破裂还不到一个月。

我记得那个炎热的六月下旬傍晚，我爸把他的四季鞋袜衣裤都装进两只蛇皮袋里，身上背着沉甸甸的帆布工具包。

他分别将两只鼓囊囊的蛇皮袋从楼上往下扛（只要稍微重一点的东西，他总喜欢往肩上扛，为此我妈总是讥讽他说这是农村人的习惯，不断提示他是农村人，以此来提高自身的优越感）。楼梯很窄，光线又很暗，扛第一只袋子时，他在楼梯拐角处踏空了，趔趄了一下，人和肩膀上的袋子一起扑到墙壁上了。那时我爷爷奶奶还在街上守他们的绿豆芽摊，我妈在厨房里磕南瓜子，我站在楼梯下看着我爸从楼上下来，而祖祖坐在大门口。当我爸把扛下来的蛇皮袋倚靠在门框上时，祖祖从门的一边挪过去，用一只瘦骨嶙峋的手抚摸那只扎了口的蛇皮袋子。他老了，但并不糊涂，他明白所发生的一切事情。对于我爸的离去我有种很深的怨恨感和委屈。在我眼里，离开家就是不要家，他离开，当然意味着他不要这个家了，不要我了。对于他们的分开，他只给我一句话："你跟你妈好，有住处，爸目前没这个条件。"他就这样带着他的全部家当——两只蛇皮袋子和一只帆布工具包离开他待了十九年的家。他最后递给我两百八十一块钱，其中有七枚一块的硬币。我就这样在六月的黄昏里，看着他肩膀上扛着一只蛇皮袋，右手臂下夹着另一只，渐行渐远，最后消失在拐弯处，消失在我的视线里。他那天穿一条棕色长裤和圆领黑色短袖T恤，脚上穿的是一双鞋帮已有些开裂的姜黄色布鞋，没有绑带的那种。我还看见他的眼眶有些潮湿。那天晚饭我们很晚才吃，对于我爸的离去，爷爷奶奶并没说什么，我妈把消息告诉他们时，他们只是彼此朝对方看一眼。他们当然无话可说，因为这个家并未真正接受过我爸，在他们心里，我爸是高攀了他们的。少了一个人，饭桌变得很空，不，那天晚饭，祖祖并没上桌吃饭。

我不知道我爸能去哪里，回农村老家是不可能的。我祖祖从那以后身上也开始有酸馊味了，我爸离开后的第二年，祖祖便因一场春天的感冒引发肺炎而离开了人世。

我爸一直跟着人搞室内装修，也不知当初他是怎么干上这行的，整天背着工具包骑摩托车在县城奔忙。而我妈很清闲，她做过很多买卖，都做不长。没动手之前总是把所要做的事情想象得前景十分美好，可以让她日进斗金，很快暴富，做了之后不久就厌倦了。这些年来，家里积压的她所做过生意的货物一大堆，童装、棉服、鞋袜，甚至还有一款儿童智能枕头。这枕头里设有会讲一百零八个故事的装置，在给孩子讲故事开发智力的同时还能起到哄孩子入睡的作用。但最终一个也没卖掉，五十只枕头原封不动码在二楼的杂物间里。当然，这些本钱毫无例外都是我爸掏的。我爸走后一段时间，爷爷奶奶和我妈开始睚眦相待，他们说无法养活三个人：祖祖、我和我妈。他们要我妈交生活费。我妈也不是什么善类，张牙舞爪地翻老账，说这么多年来实际上都是她的男人在养家，如今这才几个月就忘本了。那时我才知道，这个家这么多年来的日常开支都是我爸挣的。

在我爸和我妈的婚姻还存续期间，自从我懂事起，我记得我妈闹过三次绯闻，对象都是老城区里的，一个开电脑修理店，一个在县政府当小车司机，一个是跑运输的，事情都被老城区的人们知晓并当作茶余饭后的笑料。我爸擅长忍耐，这大概和他的入赘有关。而他的忍耐则被我妈当成懦弱，至少在我看来是如此，不然她不会一而再、再而三地犯同样的错误。她长得不错，有一张娃娃脸，但为人轻浮，年轻时也是玩多了名声不好，才找了我爸入赘。

我爸离开后，我见过他一次。那还是我考上师范时，他在老城区往家必经的一个路口等我。他穿一身皱巴巴的迷彩服，裤腿上沾满灰白的石灰浆，背着他那只沉甸甸的帆布工具包。其实我早就看见他了，只是在远处张望他。我想念他，但他背着蛇皮袋毅然决然地离去，伤透了我的心。我在远处的人流中望着他好一会儿，最后担心他等不耐烦走掉，才朝他走过去。我绷着脸，但见他一瞧见我便咧开嘴笑的模样，我就忍不住流泪了。我朝着他走，到了他跟前也没停下，和他擦身而过走掉了。我爸紧紧跟在我旁边，一个劲儿和我说话，他说他没办法，他在那个家实在待不下去了。他说他知道我考上师范了，很高兴，他会努力给我挣学费和生活费。我一句话都没说，只是流泪，一直到我快要拐进靠近家的那条小巷，他才一把拉住我，并将一张银行卡和写着密码的纸条塞给我，叫我拿好，以后他会将学费和生活费按时打进去。然后，他放开我的手。我就这样头也不回地走掉了，一如他当初的离开。其实我很想问他离开家后住在哪里。高考结束后，我和几个要好的女同学把所有的课本和堆积如山的各类练习册、大大小小的模拟卷送到了回收站后就开始疯狂地玩，每天早早出家门，到晚饭时间才回。其实也没地方去，只是在城里的大街小巷像幽魂一样游走，也去郊区，甚至郊区外的垃圾场都不放过。高中三年，我们过着囚徒般的生活，每个人心里都压抑着莫名其妙的仇恨，如今终于到了宣泄它们的时候了。但我并不开心，我看见那些在街边翻垃圾桶寻找空矿泉水瓶，甚至是吃别人扔掉的半腐烂的水果，还有席地而睡的流浪汉时，我都会心惊肉跳地想到我爸，都觉得他们就是我爸。他不知道我有多爱他，假如他问我会选择和谁在一起，我一定会毫不犹豫地选择他。这一点可能他从来都不知道。

我不知道我爸在我和他擦身而过走掉时，在我身后站了多久。那次其实我并没看清他。远远地，泪水就模糊了我的双眼，一直到他走到跟前和他擦身而过，我都一直在流泪，我根本不清楚他离开的这段时间是不是瘦了，他脸上是什么表情，他看我的目光是什么样的，我一概不知。

后来我就离开家去读师范了，我有三个暑假没回来，在打暑假工。我买了手机，只有少数几个关心我的人知道号码，这些人中有我和我爸共同认识的人，我不知道自己是不是潜意识里希望他联系我。而当他真的获悉号码并给我打电话时，我却又快速地换掉了号码。我想让他痛苦，想折磨他，这种折磨的背后其实隐藏着我对他的深切想念。每个月十五号我都会去银行查询银行卡上的钱，那是他打钱给我的日子。我想，看见有一笔钱打进来的那个时间，那一刻我爸一定在想我。我只在意这个，我太在意了。

在镜前换了好久衣服，我忽然难过起来：我为什么一定要打扮成春风得意的样子去见他？我想向这个不被老婆爱、不被女儿待见的失败男人证明什么？我拥有的已经很多了。我指的是凌。师范毕业回来的动车上，他帮我把行李箱托到行李架上，然后我们相视一笑了，因为发现彼此穿的是同一所学校的毕业生的白色短袖棉T恤，只是所读的专业不同而已，更巧的是我们的家还在同一个市。我们当年就读的高中不一样，所以当年并不认识彼此。凌在单亲家庭长大，和他的妈妈相依为命，他人极开朗，大概是耳闻目睹他妈妈作为女性的艰辛，他很懂得照顾女生。似乎一切都水到渠成，谈恋爱成了顺理成章的事。我把自己的任性、脆弱、敏感、依赖全给了他。有时候他为我忙一些琐事时，额头上忙出一层细密的汗珠，我居然有种很熟悉的感觉，无法确定那一刻我是把他当成爱人还是当成我爸……我和他谈过我和我爸的事情，他什么都没说，很宽容地笑笑。

小巷依旧深而长，熟悉的门店有的还在，有些已经易主换营生了。那家卖桂花糕和糯米甜酒的小店不见了踪影，和一段时间一起成了永恒的过去。与外面的繁华喧嚣相比，这条巷子多了一层显而易见的落寂，并不是什么人都喜欢这样的落寂，因此顾客也稀少。我最后穿了一条直筒浅蓝色牛仔裤和一件白色短袖T恤，也穿帆布鞋，扎一个马尾辫，在唇上涂一层有点发亮的无色润唇膏，尽量还原最后一次我爸见我时的模样。我当然明白自己其实已经改变得太多了，没有人能在流逝的时光里保持一成不变。五年半，我们整整五年半没见过面了。我忽然发觉自己是一个心狠的人，我不知道一个被自己的女儿拒绝了五年半的父亲会有什么样的感受，正如他也一无所知当初留一个决绝的背影给我时我的感觉。

走在小巷里，心里忽然慌起来，假如那家“奔月”不在了呢？我们的见面、我们隐隐的期待又该安放何处？但很快我便安然了，我爸一定是来看过的，不然他不会建议我们在这里见面。

我妈这几年变得安静了许多，再也没闹过什么绯闻。她去考驾驶证，成了一名出租车司机。我爸还在的时候，他像她的鞋子，他离开了，她变成了一个光脚走路的人，料想她一定被生活中那些看见抑或看不见的锋利且坚硬的石子，甚至是玻璃碴子扎破过双脚。她每天早出晚归，并且告诉我的爷爷奶奶，假如他们嫌弃，她可以搬出去住。爷爷奶奶慌了起来，他们只有两个女儿，我的姑姑远嫁，指望不上，往后只能靠我妈养老。他们权衡了利弊，不再坚持让她交生活费，在她面前也变得小心翼翼起来。我毕业回来出去工作后就从家里搬出去了，我妈再搬出去，这个家就真的四分五裂了。这时候他们才明白，一直不被他们待见的女婿，才是这个家真正的顶梁柱和凝聚力所在。可惜他们明白得太晚了。

远远地，我就看见了他。他看起来消瘦很多，单薄地站在狭长的小巷中央朝来处张望。迷彩裤子、灰色圆领T恤，背着双手，板寸头。阳光很明亮，中秋的阳光不算太热，他就那样站在闪亮的阳光下。我多么熟悉这样的姿势，读小学时，放学时间他通常就这模样站在学校门口等着接我，待我蹦到跟前，他便迅速从工具包里小心掏出我喜欢吃的零食。

有时候我和他有一种类似朋友般的情感，高中时还能攀着他的肩膀招摇过街。很多个周末下午，他不知从哪里的工地回来，背着工具包一身灰尘地在学校门口等我，我的很多同学都认识他……

我快步朝他走过去，居然有一种和他第一次来这条小巷的激动心情，此刻我才明白我其实无时无刻不想见他。

“小妖！”老远他就朝我扬起手臂，将熟悉的口音朝我传递过来。我的嗓子一紧，泪水一下子糊满眼眶。五年多了，我惩罚了他五年多，又何尝不是在惩罚自己五年多。我感到后怕，也有一种充满感恩的庆幸，至少在这五年多里，老天都让我们平安活着，才有今天相约而至的相见。我放慢了脚步，毕竟已经是成年人，我想把漫上来的泪水逼回去，但最终还是满眼泪水走到他跟前，站定的那一刻，泪珠无可救药地落了下来。

他还像我小时候哭时那样，握着拳头跷出大拇指，用大拇指肚给我擦泪水。

我想叫他一声，却怎么也叫不出口，便别扭地低下头，泪水又滑落下来，他的大拇指肚再次拭过我的脸庞，有些粗粝。

他确实瘦了很多，精瘦那种，脸上棱角分明，也黑了不少，不过看起来还是挺精神的。我隐隐感觉到他有些什么变化，但又一时说不上来是什么在改变。当然，五年多了，足够改变很多事情，我难道就没变吗？

我爸提着我的双肩包，我想捉住他的手臂，却不能够再像以前那样自然地伸出手来，高中时代搭着他肩膀走路的亲密与洒脱一去不返，只好伤心地跟在他身后走进“奔月”。还是那位白胖而话少的老板娘，她显然认出了我们，朝我们点头微笑。店里的摆设和五年前的一模一样，就连墙上挂的世界地图都没变，两张黄色的小圆桌靠墙而立，桌面上贴有加菲猫的卡通图片，那种熟悉的感觉一下子跨过五年的时光走到跟前。真要感谢这个小店，它将我们带回了熟悉的往昔氛围里。

就我们两个客人。一张黄色小圆桌上放着我爸的帆布工具包，一块草莓味黑森林蛋糕盛在洁白的小圆盘里端放在桌面上，旁边搁一把装在塑料套子里的塑料叉子。

“吃吧！”我爸帮我拉开椅子说。他不知道，其实我对甜食早就没了五年前的兴趣。和凌交往后，他费尽口舌让我戒掉甜食，而在这之前，我的包里从没缺少过德芙巧克力和甜到掉牙的奶糖。这些甜味能让我在瞬间获得多巴胺分泌的快乐。凌给我列举了甜食的种种坏处，最后诚恳地说，可以把他当成甜食，我便屈服了。我爸离开后，再也没人这样在意过我。在我爸眼里，我大概还和五年前一样，也许我永远是五年前的那个我。他坐到我的对面，一副又惊又喜的样子。他眼角的鱼尾纹又深又密的，脸上的皮肤也粗糙许多，针眼儿般的粗毛孔分布在他的鼻翼两侧。我鼻子又酸起来，望着他又怕被发现眼含的泪水，低头又担心它滑落下来。他帮我撕开塑料叉子的包装膜，迫不及待地想让我吃，仿佛只有吃了他才能放心，才能使他确认坐在他面前的是失而复得的我，是还没闹别扭的五年前的我。

还是那种不变的味道，香甜的气息中带着草莓的些许微酸，只是如今觉得过于甜腻了，牙根隐隐发酸起来。我咀嚼着，那缕甜蜜从味蕾慢慢散开，蛋糕很快融化，香味溢满整个口腔。

他紧紧盯住我。

“好吃！”我只好说，感觉鼻腔有东西在往下流淌。这时我猛然惊觉，发现过去，也就是从小学四年级到高中毕业，我们无数次光临“奔月”，印象中我爸从没吃过一块草莓味的黑森林，二十六元一块的黑森林。我从未想过也许那些年他挣的钱全部落到我妈手里，从未想过他很可能常常身无分文，从未想过隔一个星期就带我吃一次黑森林的钱他是怎么积攒下来的。忍了忍，泪水还是滑落下来，从嘴角流进嘴里。

他又朝我伸过手，跷着他的大拇指。我蓦然发现他左手的小拇指少了一截，在第一指关节那里只剩下一个短而圆的秃头。一瞬间我仿佛看到了喷射而出的鲜血，看到掉到地上的一截鲜血淋漓的指头。

“这是怎么……弄的？”我扔下叉子，捉住他的手小声问，使劲憋住哽咽声。他从桌上的纸盒里抽了张纸替我擦掉泪水，不吭声。

“说呀，怎么弄的？”我咬着牙问他。

“割地板砖时碰的，没事，早就好了。”他说。

“什么时候的事？”我一边说，一边望着那截短而秃、丑陋得令我骇然的小指。

“早就好了。”他又重复了一次。

我放下他的手，把那个盛着黑森林的白色碟子推到他面前，叉子也塞给他。

“你吃，我要看着你吃！”我赌气似的说，仿佛这块黑森林能弥补回来所有的失去，包括那截小指头。

他眼角的皱纹又皱起来，笨拙地拿起那把小巧的塑料叉子。他的生活中缺少这样小巧而细致的东西，太多沉重且粗粝的东西占据了他的生命。

“吃呀！”我说。

一小块黑森林颤悠悠地叉在塑料叉子上，他一只手举着叉子，一只手护着叉子，小心翼翼朝嘴边送去。

“原来是这个味！”慢慢咀嚼，像尝什么稀罕的佳肴似的，他不好意思地笑笑。

“你走了以后我不知道你住哪里，我老认为你会钻桥洞睡觉。”我说。想到他猫腰钻进桥洞的样子，又心疼又觉得滑稽，忍不住笑了起来，又滑下一串泪水，我抽了张纸使劲按双眼，把泪水吸干。

“怎么会呢？”他放下叉子。

“你吃完！”我说，有一种将他占为己有的霸道。他是我爸，不应该属于我吗？

他又拿起放下的叉子。“你这孩子，变得这么蛮，是不是谈恋爱了？”他盯着我问。

我不想隐瞒他，想着他这半生的际遇，也许我妈根本没给过他作为一个妻子应该给予一个丈夫的爱与尊重，因为我无数次目睹我妈将他的衣物从楼上的房间一股脑儿扔到黑乎乎的楼梯下，并对他破口大骂，他总是一边收拾一边好言相劝：不要当孩子的面这样做。我还想起每年大年初二，按照风俗他要带我妈和我回他的老家拜年，但我妈一次都没去过，总是我陪他回去。他把我放在二八自行车前杠上，后座驮着拜年的礼品。买了摩托车后，我便从自行车前杠挪到他后面，仍然只有我陪他回去。他的老家离县城并不算远，骑自行车大概需要一个小时，摩托车就更快了。我记得途中我们需要经过一片颇大的荷塘，冬天的荷塘水早就放干了，荷花也已枯败，而荷塘周边种植的杧果树却还一片繁茂。我爸驮着我和过年的礼品到达这个地方时总会停下来。

“歇一会儿。”他总是这样说，然后支好自行车，将我从前杠上抱下来。那时候车还很少，又逢过年，荷塘边上的公路几乎没有车辆来往。他让我在他的视线范围内乱跑，而他则坐在荷塘边上。我们一般是吃过早饭后接近中午才出发的，到达这片荷塘时，冬日的阳光又暖又明亮，微风吹拂，草尖轻轻摇摆。旷野的空气很清新，邻近的村庄传来零星的年炮声。常年待在局促逼仄的老城区里，这阔大的旷野在我眼里实在太妖娆，太让我欢喜了。我通常会沿着荷塘边缘的小路先蹦一圈，踢倒那些插在路边菜地边歪歪扭扭的竹篱笆，让躲在其间的草虫惊惶地四处乱窜。我太眼馋那些像饭碗那般硕大的莲蓬了，可惜它们离岸边太远，荷塘里没什么水，但有一片烂泥。我远远望着我爸，他一动不动地坐在那里，明亮的冬日阳光洒落在他身上。冬天他老是喜欢穿一件黑色拉链夹克衫，因此他看起来像是阳光里的一小爿阴影。我望着他，琢磨这塘烂泥会淹没到他什么部位，然后暗自摇摇头，也许会到他的腰部的。只好作罢。我在岸边抓起土块朝那些莲蓬掷过去，以解爱而不得之恨。我爸远远看着我，嘴里咬一截草根，不吭声。我们的自行车立在他身后不远的路边，车的后座上绑一只鸡笼，里面的玉米鸡毛色光亮，很安静。我在荷塘边上捡拾到不少被我当作宝贝的垃圾，捧回来给他看。他看也不看，细心摘掉沾在我衣裤上的骆驼刺。后来有了摩托车，我们还是会在这里停一停。那时候我已经上初中了，穿着校服去他老家拜年，额头上开始零零星星长青春痘，开始会顶嘴，我妈、爷爷和奶奶全不放在眼里，但和我爸的关系却变得更好了。每次到池塘边上，我便开始缠他教我开摩托车。我爸把挂在后座上的礼品取下来，让我坐到他前面，他在后面双手围过来和我一起抓住车把，告诉我用右手轻轻拧油门。但我下手太重了，摩托车一下子猛然向前蹿出去，一头扎进路边的排水沟里。幸好是冬季，水沟早已干涸了，而且沟也不深，我们和车一起摔在沟里，算是有惊无险。到初二时，从池塘往他老家去的路基本上就是我开了，他在后边一个劲叫我松油门，但我非常迷恋开快车时风从脸上刮过的麻酥酥的感觉，由他在后边心急火燎地叫喊。高中时我对摩托车又不感兴趣了，开始像坐自行车那样，歪着只坐一边，一路嗑瓜子，让冬日上午冰凉的风猎猎招展我的头发。我们依然会在荷塘边停下来，我爸一成不变坐在荷塘边上，我选一处干净草地摊开四肢躺下，让阳光暖暖流淌在年轻的脸庞上。那时候我并不知道他为何老喜欢在半途停下坐一坐，但我已经开始会在心里体恤他了。他在家里几乎不说话，我看到了他的隐忍与孤独，愿意陪他做一些我所不理解但能让他高兴的事情。上高中后我也变得日渐不爱说话了，尤其是和我妈，常常半个月都说不上一句。在黑暗而狭窄的楼梯上相遇，她会本能般地贴着墙壁给我让出地方，让我先过去。我隐隐感觉她对我有种忌惮，不知因何而来的忌惮，更不知她忌惮的是什么……在与他断联的这些年，我常常会想起我们在途中碰到的那片荷塘，以及荷塘边的一切，他安静地坐在池塘边的模样。我甚至独自去过几次那片池塘，池塘还在，但荷花已了无踪影，只剩下一片浩荡的水面，在离公路最远的池塘一角边上，搭建有两个用竹席当围墙的棚子，是两个养鸭棚。午后，一群白毛鸭子挤挤挨挨地浮在棚子下，阳光落在池面上，微风一吹，池面一片金光闪烁，没有车经过时，那里的安静能让人滋生出无限的忧伤……现在想一想，乡下的家他再也回不去了，城市的家他又融不进去，也许只能在乡下与城市的中间地带稍作停顿，喘一口气，像一只忧伤的老兽暗自抚慰自己。

我不想在他面前炫耀我的幸福，和凌交往后，我明白了爱人之间的坦诚与真心相待相惜程度足以决定一段情感的幸福度。而我爸，他似乎从没得到过这些。

“没谈。”我说，盯住那截光秃秃的手指。

“没谈谁把你惯成这样？谈了要好好待人，不能仗着人家对你好就刁蛮任性。”他说。我一阵心酸，不知他是不是有感而发。对于他和我妈的婚姻，直至他离开，我也未见他说过什么。

“我攒了些钱。”他又说，把那碟蛋糕推到我面前。

“我不吃，都是你的口水。”我笑着说，又推回去给他，想让他吃完这块黑森林。“我不要你的钱。”我又说。

“以前你还在学校，我只打给你学费和生活费，担心你乱花钱，都攒起来留给你成家了。你拿的那卡，记账号的纸片我弄丢了，我搬了新住处，钱我存在新的卡里了。”他自顾自地说。

“这些年你都住哪里了？”我问他，没接他的话。

“住工地嘛，搞装修的哪会没地方住。”他笑起来。

“一直这样吗？”我立刻想到他扛着蛇皮袋四处搬迁的狼狈样，这些年过年时他又是怎么回乡下老家的？这么想，感觉自己这些年刻意断掉与他的联系，简直连牲口都不如，可我又实在忘不掉他决然离去的背影，那种被抛弃的绝望太让我痛苦了。

“去年不再到处搬了，有了个固定住处。”他的声音低了下去，目光从我的脸上垂落于面前的碟子上，像要掩饰什么。他拿起叉子叉了一小块黑森林，却并不吃。

“在什么地方，我要去看看，等下你就带我去。”我不容置疑地说。急切想要知道他如今的生活状况，最好的办法就是去看看他的住处。而且，我理所当然地认为他的一切都是属于我的，他没有任何拒绝我的理由。

他抬头看了我一眼，目光又飞快地移开，落在我身后的什么地方。

“过一阵子吧。”他又低声说。

我默默盯住他，不说话。他当然对我的性情了如指掌，每当我执意要做一件事情而遭到反对时，我通常用沉默来表达我的不满。

他沉默了一会儿，眼角的皱纹慢慢聚拢，又慢慢舒展开去，一个似笑非笑的表情挂在他的脸上，混杂着犹豫与一种我无法形容的表情。我从来未见过他这副犹豫不决的模样，不然他绝不会做到给我留下一个决然离去的背影。

从门外进来两个初中生模样的女孩子，穿一身一模一样的衣服，都是宽松淡蓝色牛仔裤和淡黄色短袖棉T恤，很青春干净的样子。两个女孩一个扎马尾辫一个留短发，留短发的是个圆脸女孩子，刘海从右往左由高到低剪了一个斜弧，样子很新颖，倒也适合她的圆脸。两个女孩子在柜台前争执要黑森林还是珍珠奶茶，最后两个人每人一杯奶茶和一块黑森林，是扎马尾辫的女孩子付的钱。短发女孩捏了女伴的脸庞一把，告诉女伴她是自己的甜心。两个女孩提着奶茶和蛋糕看了一眼我们旁边的另一张小圆桌子，那上面放着我爸的帆布工具包。我爸立刻站起来，将工具包提起放到脚边的地板上，两个女孩却打闹着出了店门。女孩子们的快乐让我一阵恍惚，中学时代那些自由自在的日子一下跋山涉水而来，但只能回忆了，再也回不去了。

幸好，我和我爸似乎再度回到了从前，我相信我们父女之间的爱在以后只会更加深厚，我已经长大了，具备爱他的能力了，我不会让他像前半生那样在孤独和隐忍中度过的。

店里又安静下来，他还是那副犹豫不决的样子。

“我谈了个……阿姨！”良久，他才低声说。他显然在“阿姨”这两个字上颇费心思，声音很轻，几乎被模糊掉了，而实际上我听得最清楚的就是这两个字。他飞快瞟了我一眼，目光一闪而过。我触电般猛地抬头直视他，但他避开了我的目光。我的心脏开始剧烈地跳动起来，从心底弥漫而来的尖锐剧痛像五年前那个傍晚瞬间击中了我，而且比五年前更强烈。我怔怔地望着他，喉咙一阵紧，心中的疼痛像一把利刃游走到那里，一阵乱刺。我低下头，有一种从三伏天坠入冰窟的感觉。

“你又不要我了？”我低声说，听得见自己的声音像被鞭子抽打般颤抖。这是我无论如何都想不到的。我想得到我妈再嫁人，但我想不到，或者说不愿想到他会再找个“阿姨”。

“不是的，小妖！”他连忙着急地说，放下手里的叉子。

“你就是不要我了！”我望着他，双眼渐渐蓄满泪水，他在我面前又像他离开后第一次回来见我时那次，变得模糊起来。我抽了张纸按住双眼，吸去盈眶的泪水。我看见他脸上一片茫然无措的神情，将那碟黑森林缓缓推到我面前。一个毫无意识的动作。果然推到我面前时，他才像从迷茫中惊醒了，将那碟黑森林重新拉回去。

“我想吃柿子！”我忽然恶作剧般地说。

“什么？想吃什么？”他说，脸上带着得了救般的惊喜。

“柿子！”我说。我何尝不知道这个季节根本就没有柿子。

“你等等，坐在这里别动。”他满口答应，站起来，根本没考虑到这个季节会不会有柿子。

他转身出门那一刻，我有一种整个人迅速往下坠的感觉，关于这次见面的所有期待和欣喜瞬间化为深深的失望和刺痛。我安静地坐在椅子上，我爸的帆布工具包没带走，还放在椅子脚下。那块黑森林只吃了不到一半。屋外的行人并不多，阳光安静地绽放，在这美好的安静里，我却如四分五裂般，无法感知到一个完整的自己。我想到了凌，如今，我只有他了。我慢慢弯下腰，把帆布工具包拎起来放到我爸的座位上，结了那块黑森林的钱。

“你爸还没回来呢。”老板娘说。

“他常来吗？”我问。

“个把月总来一次吧，每次只买一瓶水，也不喝，就坐着，一会儿也就走了。我告诉他想坐就坐，不用买水，他还是买。”她说着，笑了起来。我点点头，告诉她我要先走了，包我爸会回来取。

这一走会不会又是一个五年，或者两个五年？

我其实也并没走远，而是拐进“奔月”斜对面一家专门卖云南饰品的小店里了。店门是一扇落地玻璃窗，上面挂满了层层叠叠的、色彩鲜艳的民族布包，还有各种造型夸张的吊坠、耳环和手串。店主是个留着长直发的小姑娘，面相很友好，正在做一幅手工刺绣，她叫我随便看。我逐一看那些挂在墙壁和落地玻璃窗上的布包，然后停在落地玻璃窗前，透过那些层层叠加的布包缝隙，留意对门的“奔月”。其间，又有三个学生模样的女孩子进“奔月”，拎着蛋糕和奶茶又很快出来。我在店里逗留了很久，女孩很友善，抬头朝我友好地笑笑，也不问我买不买东西。过了大约半个小时，我才透过层层布包间隙看见我爸急匆匆进了“奔月”，手里晃着一个白色塑料袋子。里面当然不会有柿子，因为那形状并不是水果的形状，但肯定有东西，我不知道那是什么。他在店里和老板娘说着话，然后和老板娘要了一个一次性小塑料盒子，打包桌上剩下的半块黑森林，拎起帆布工具包立刻出来了。他站在小巷中央，朝小巷来处张望。静静张望了一会儿，他垂下头，瞧着那只塑料袋子。挨着“奔月”的右边是一家卖各类银饰品挂件的小铺，两家店之间有巴掌宽的一条缝隙，那里有一块表面已经被磨得光亮的石墩。他朝着它走过去，将帆布工具包放到地上，坐在那块石墩上。

他将那只塑料袋搁在两个膝盖上，又扭头朝小巷来处张望了一会儿。也许他认为我只是暂时离去，过不了多久就会回来。

那种尖锐的刺痛又从我心底弥漫上来，我们永远无法掌握生活的确定性，瞬息万变是它的本质。他将塑料袋打开，从里面拿出两袋东西，原来是两袋真空包装的柿子饼。我没想到他会买这个，也不知他是怎么想到的。他垂着头盯住两袋柿子饼，捏着它们，那小半截光秃秃的小指如此突兀醒目。接着，他又打开盛着那半块黑森林的塑料盒子，拿起那把小塑料叉子。他的脸这时候皱了起来，脸部的表情往下垮塌，慢慢地，脸也涨红了。他叉起一小块黑森林，慢慢往嘴边送。明亮的阳光打在他的脸上，我看见那里闪烁着湿润的光芒。他几口就把那半块黑森林吃完了，嘴里咀嚼着，用手掌快速抹了一把脸。我以为他很快就会离去，但他一直垂着头坐在石墩上，两个肩膀耷拉着，轻轻捏膝盖上的两袋柿子饼。他旁若无人的样子，使我想起了那些年他呆坐在池塘边的模样，不同的是，此时他显得更孤单了，因为那时候他的身边还有我。我再也受不了了，悄悄走出去。

他一直就那样垂着脑袋坐着，根本没有注意到我。我走进"奔月"，买了两块黑森林，打包好后出来，走到他身边。他蓦地抬起头，双眼红红的，看见是我，脸上既惊又喜，捏着两袋柿子饼慌忙站起来。

"小妖！"他急促地叫了一声，神情有些紧张地盯住我。

"给你们的。"我说，把装着两块黑森林的袋子递给他。

蓝色的夜晚

原载《飞天》2022 年第 4 期

小城市的轮廓从灰扑扑的火车车窗渐渐浮现出来，城市周边的房子毫无规则地散落着，像一块地之外意外长出来的庄稼。相比于已经生活了三十多年的城市，这个被包围在群山之中的县级市更像一个稍微大一点的镇子，没有庞大高耸的商用建筑物，安然且顺从地匍匐在静谧的山脚下，至少看起来是这样的。顺从……五十八岁的她垂下头，目光落在左手无名指那枚亚光色的纯银戒指上。这枚戒指陪伴她整整三十五年，当初青葱般的手指已韶华不复，皮肤松弛且关节变大。当然，这绝不能证明她这一生吃了很多苦。二十三岁之前，她从乡下到市里打过各种各样的小工，挣点供自己花销的零碎钱。她有一点懒惰，不大肯吃苦，但胜在脾气好（或许这就是她的自知之明，需要养成一个好脾性掩饰懒惰的毛病），雇主们还是担待她的。那时候，她所在的城市街巷简陋，路灯低垂，高楼不多。二十三岁时，一位面相看起来颇为精明的五金店小老板在她的无名指上套上这枚纯银戒指，结束了她的小工生涯。仰人鼻息的……婊子！乡下母亲咬牙切齿地咒骂，曾让她产生过片刻惶惑，但很快，她便安之若素，快速从生养之地脱身，轻而易举地在城市里有了一个不那么磊落的小家庭。

顺从，她这辈子就仰仗这点脾性有惊无险地走过来了，好抑或不好，她一概接受。她极少去思考什么是对什么是错，稀里糊涂就过了大半辈子，相比之下她倒是比大多数女人过得安逸好多，至少她从未为谋生真正操过心。

火车似乎又加速了一会儿，急速的铿锵声打破那点触目的顺从感，然后慢慢减速下来，渐渐驶入城市。

八年前她来过这座小城市，那时候还是县城，也是坐火车，三个半小时。二十三岁的女儿凌安一如既往地保持沉默，坐在她身边偏着脸望窗外一闪而过的矮山，新裁剪的粉蓝色连衣裙合体地裹在女儿身上。面无表情的沉默让她无从猜测彼时女儿的心情。凌安长得不算好看，胜在肤色白皙，有些弱不禁风，勉勉强强读完高中后就不愿再读了。在读书这件事上，她从未操心过女儿，当然，女儿的很多事情，她也从未真正操心过，她的惰性也没让她有机会过多去思考自己是不是一位合格的母亲。凌安的话一直很少，很多时候都让她觉得是个谜，她们之间没有别的母女那样亲密无间，女儿不刻意对她隐瞒什么，也不愿和她坦诚相待，她们之间的隔阂和冷淡仿佛是与生俱来的。但在女儿长年累月的沉默里，她还是觉察到了一股倔强，这一点随女儿的……父亲。只是这倔强，一直到女儿应承自己的婚事，还尚未被触及，所以女儿看起来一如既往的温顺。

“好好担待男人！”这是八年前她送女儿来这座小县城时，临走前对女儿说的一句话。没有婚礼，男方给了九万块彩礼钱。她问女儿：“想要什么？”女儿什么都没要，除了那身新裁剪的衣物，所有和女儿相关的物品都被留下了，一年四季的厚薄衣裳，一只清洗过多次、从小抱到大的蓝色绒毛玩具狗，这些全都留在了女儿的小屋里，只背走一个麦色帆布双肩包，里面有几瓶价格并不贵的护肤品。女儿波澜不惊地舍弃一切，似乎要和所有的过往决裂，态度坚决。她没说什么，当时的情形使她顾不上什么，她的心不在女儿身上，即便是嫁女儿这样的大事。

火车慢慢停下来，下车的旅客并不多，已经开始拖着行李朝车门走去。这条南昆铁路的终点站在昆明，眼下的县级市只是经停站，稍停即走，一晃而过。她所带的行李不多，就一个并不大的装有几件夏季常穿衣物的灰色拉杆箱。这趟为时并不算长的出行，是八年间的第三次。第一次是送女儿来男方家，第二次是外孙女满月，这一次给女儿打电话，被告知空号，打到女儿家里的座机，女婿接的电话，声音听起来仿佛刚睡醒。那是一个星期前的午后，她也刚从一场昏沉的午睡中醒过来，凌乱的梦中尽是小时候的女儿，突如其来的对女儿蚀骨的思念使她忍不住给女儿打了电话（她一直有午睡的习惯，这么多年来保持得很好，这一点也足以说明她的一生并不算操劳）。女婿的声音让她感到陌生，当然，她其实也并不了解他，有限的两次接触给她的印象是，一个小县城里普通人家的孩子，有些懒散，礼节稍欠，当然，当然还有他小儿麻痹症遗留下来的右腿轻度萎缩，这不能算在他的品性当中。她从女婿那里得到了女儿新的电话号码，一打就通，很爽快就答应她的来访。电话里的背景音很嘈杂，女儿似乎在大声指挥什么，一种她从未听过的来自女儿的声音，让她感到有些疑惑。女婿应该是没什么养家能力的，但他是家里的独子，老父母给他打拼下了两间居于闹市中的商铺，铺面不大，但租赁收入也足够小市井人家日常开销的，不需要女儿这样几近声嘶力竭地面对生活。她的疑虑也同时提醒她，她们母女之间真的生疏到似乎已经忘掉了对方的地步。女儿从不主动给她打电话，外孙女的出生和满月都是由女婿转告，月子她当然也没来伺候——她想起生女儿的月子，多半时间也是她一个人带孩子，女儿的奶奶来过几回，不冷不热帮洗了几次尿布，待她能下床行动无碍，便全然退身。她们之间，她和女儿的奶奶，算不上是真正的婆媳关系，又怎能要求人家尽心相待。她是这样走过来了，她觉得女儿比她幸运，应该没吃什么苦。

火车终于停下来，在抓取拉杆箱时，她有些后悔没抽点时间去一趟洗手间，她应该理一理双鬓，看一看脸上是否沾染尘垢。这也是她多年养成的习惯，她的日常是等待，这种等待打破了一般生活的常规，被赋予一种难以言喻的仪式，而她所能做的，就是把自己收拾得尽可能体面一点。

一眼看见女儿站在出站口，她惊愕得几近忘记挪动步子。客观地说，女儿看上去精神状态似乎比以前好，一种满不在乎但又充满力量的神情洋溢在女儿的脸上，眼神坚定地看她带着惊愕的表情一步一步走过来。但，那哪里是她原来的女儿？黑，肉眼可见的面部粗糙，健壮，简直是以前的两个女儿的健壮，并非生孩子后的臃肿。她记得外孙女满月时，女儿除了肤色变得更白，在体形上并没什么变化，这种健壮只能是长期体力活之下锻造出来的。女儿穿淡蓝色九分牛仔裤（而以前，女儿是多么痛恨这种布料硬扎的裤子），黑色短袖T恤，就那样普通但却醒目地立在那里。

她忽然想起女儿开心时的表情，双唇抿着，唇形慢慢变出弯弯的弧度，两个嘴角随之轻轻往上扬，白净的脸庞上便绽放出一个笑的模样，克制的，悄无声息的。她的曾经安静而弱小的女儿，时隔八年，面目并非全非，却也让她不忍触目。她觉察到有泪水慢慢浮上来，便使劲眨眼皮，把那点湿润逼回去了。

女儿很平静，朝她一笑，接过拉杆箱，带她穿过车来人往的马路。

前两次来这座城市，她满腹心事，无暇顾及端详。如今在这抵达的黄昏里，她倒是想端详一番，但她的目光只来得及追随女儿开的那辆快递车车身。凌安将她安顿在一辆三轮摩的上，自己开着快递车在前面领路，让摩的尾随。黄色的快递车身在车流中平稳穿梭，但她还是为女儿捏了把汗。这一辈子，她没接触过任何机动车。早年他有车，带她出去转过几个地方，她安安稳稳地坐在副驾上，从没想过要去碰方向盘。她当然没想到三轮快递车其实并非机动车，而是电瓶车，但在她眼里，任何体量超过单车的车型都有致命的可怕危险。

女儿将摩的带到一条巷子里，停在一栋外墙刷成黄色的五层居民楼面前，付了车钱后，开门让她自行进去。

“二楼，小曼在家，”女儿朝屋里通往楼上的楼梯望，简短地说，“我和她说过了，她知道你，你们可以先吃晚饭。”

她点了一下头。女儿的快递车很快消失在小巷拐弯处。这条巷子还挺宽敞，灰白色的水泥路已经有些破损了，有不少的小坑洼，巷子两边一律是五层半的楼房，门面极窄的那种，楼房的楼层设计、门窗的花样和颜色都差不多一样。

“小曼！汪小曼！”她在心里默念这个名字，她当然熟悉这个名字，但七年前满月一见后，她再也没见过外孙女。她没再来过这座小城市，女儿也从未带孩子回去看望过她和他。寥寥无几的几次通话，外孙女的声音也从未出现过。她不知道是否能和孩子快速建立起感情，她于孩子而言是全然陌生的。

孩子长得挺高，比同龄孩子要高半个头，瘦，比女儿小时候还瘦，直挑挑立在门口，一件无袖齐膝淡黄色棉布裙子有些空大地挂在她身上，露出纤细笔直的四肢，整齐的刘海齐眉毛覆盖，五官倒是比女儿长得精巧，但没女儿那么白。当然，是指过去的女儿。孩子捏着一根剥了半截的瓜苗，一双细长的眼睛带着戒备看她。

“小曼。”她喉咙一阵哽，孩子纤细得令人心疼。

“进来吧。”孩子说，声音很平静，这一点和女儿很像。

这是一个套间，厨房和卫生间俱全，都很小，客厅倒是挺大，一套陈旧的灰色三人布艺沙发靠墙壁摆着，除此就是一个圆形饭桌，几把叠在一起的蓝色塑料椅子挨在饭桌边。再无他物。地板铺着普通的白色瓷砖，不少地方有细小的裂缝，但很干净。她犹豫着，寻找鞋架。

“地板不脏，我每天都拖！”孩子说，显然误会她了。

“我怕弄脏地板！”她说，惊讶于孩子的敏感。

“没关系，反正每天都会拖的。”孩子将她领进了屋里唯一的一个房间，里面有一张双层木架子床，显然凌安母女俩都住在这间屋子里。小屋还连着一个小小的阳台，晾晒着几件衣物，多半是孩子的。并无防盗设施的水泥栏杆上摆着一盆仙人球，球大得几乎覆盖了白色的塑料盆口。

“妈妈说你可以睡下面这张床，这是我的床，上面是妈妈睡的，没有多余的地方了。”孩子站在床边，指了指下铺。

“你今晚睡哪？”她看着孩子。这种状况她始料未及。来之前她也没打算住进女儿家，小城市的宾馆并不贵，住个把星期是没问题的，她并不想待太久。孩子没说什么，转身出了房间，回到饭桌边继续剥剩下的瓜苗。

饭菜是孩子做的，她的个子刚好够得着灶台上的锅头，她做饭的动作非常麻利，滴落到地板上的水滴也被及时拖掉了。孩子时刻注意着地板和灶台上的清洁。她想起女儿，从小到大，她何曾见过女儿在厨房里洗过一次碗，她弄不明白女儿怎么能教出这样的孩子，单是从这一点来看，女儿当妈似乎比她成功许多。她站在孩子身后，看她细高的小身躯灵巧地忙碌，想帮点儿忙，却无从下手。孩子并不需要她。她从小小的厨房退出来，穿过小房间来到阳台上。

看不见更远的地方，阳台对面也是一排几乎一模一样的居民楼，同样有些破旧的布着小坑洼的水泥路面。正对她们阳台的那栋居民楼二楼阳台，通往房间的那扇铁门忽然被从里面打开了，一个胖乎乎的老妇人从光线黯淡的里屋走出来，一眼便看见这边的她。老妇人愣了一下，站在那里直直盯着她，然后朝她这边喊："曼！曼！"

她立刻听见身后小碎步跑动的声音，明白老妇人是在叫孩子。

"二奶奶！"孩子欢快地朝对面阳台挥挥手。

老妇人扬扬手，一个裹着什么东西的红色食品袋便从对面阳台飞过来，准确无误地被孩子接住了。显然，这样的事情常常在老人和孩子之间发生。

"曼，家里来客人了？妈妈回来了吗？"

"妈妈还没回来。"孩子说，然后偏过头望了望她，眼神里带着犹豫，显然还无法把"外婆"自如地叫出口，不知道该如何向对面阳台的老妇人介绍她。

"我是小曼的外婆，刚刚到。"她主动朝老妇人做了介绍，伸手揽住孩子单薄的肩膀。

"那就是亲家了！我们没见过面，招呼也不晓得打，小县城人缺礼数，让外婆见笑了。”老妇人笑起来，邀请她有时间到家里坐坐，随后进屋去了，说厨房里的灶上烧着菜。

老妇人扔过来的是半个热乎乎的荔浦芋头，足有半斤左右。孩子左看右看，却没吃，显然不好意思当着她的面吃。

女儿直到她们快要吃完晚饭才回来，那时候天已经黑下来，租住在她们上面的住户也陆续回来了。孩子把留给女儿的菜端上来，很高兴，脸上流露出对妈妈宠溺的爱和相依为命的信赖。孩子把那半块荔浦芋头从小小的冰箱里拿出来，举到妈妈面前。芋头皮已经被剥掉了。女儿猝不及防地弯下腰咬了一大口，孩子立刻发出快乐的尖叫声。

凌安吃饭依然保持着她所熟悉的姿态，慢条斯理地夹菜，小心翼翼地咀嚼，每口饭菜都吃得极为认真，神情很专注。在这种认真里，你可以看出凌安小时候受到过细心的教养，这当然是得益于她的功劳。她的时间很空旷，无边无涯的空旷，可以让她在装饰家具、矫正穿戴言行诸如此类的事情上肆意挥霍。当然这并不是说她有相当高的品位，但长年累月钻研，还是有所收获的。

凌安和女儿说着话。她以前是教育过凌安“食不言寝不语”的，这一点凌安没能坚持下来。当然，她并不怪凌安。她有太多的疑问，但母女俩的话没完没了，鸡毛蒜皮的事说得比吃饭还香。在她们的谈话中，她知道女儿每天上午十点开始跑快递，下班时间得看当日的快递量。女儿也会突然转向她，问她自己所读的中小学是否还在，说偶尔会梦见学校，下雨天操场旗杆上的红旗被雨水打湿而垂头丧气的样子。也会梦见初中校园里的杧果树，暑假时挂满了熟透的杧果，女儿和几个要好的女同学总是盼望来一场暴雨，雨后翻墙进去捡拾被打落的杧果饱食一顿。女儿回忆的都是一些校园里的事情，对那个“家”不闻不问，包括她爸爸的过世。她努力回忆他们父女俩待在一起的情景，吃惊地发现他们待在一起时，其和谐多半是通过她这个中间人调和的。他有两个女儿，计划生育终结了他的香火梦，她的出现给他带来希望，但凌安的出生使他的香火梦彻底破灭了。

小城的夜晚很安静，从阳台望出去，对面那排居民楼的门窗透出柔和的白光，静悄悄的，并无人声，连居住于他们楼上的住户也是悄无声息的。女儿在客厅的地板铺上蓝色的拼板，从布衣柜里找出旧枕头和一条薄床单，拼成一张简易的地铺，打算睡在那里。

她对女儿说可以出去住小宾馆，女儿没挽留她，盯住她问，确定要出去住吗?

她想了想，最终没出去。临睡前，孩子从小房间里拿出一盏状如蘑菇的小小台灯，放到凌安地铺前的椅子上，关掉客厅的白炽灯，扭亮小台灯，柔和的深蓝色荧光立刻充溢整个客厅，夜晚也变成蓝色的了。

“灯给你放好了，好好睡！”孩子小声说。

“嗯，累死了！今天写暑假作业了吗？我可是要检查的。”

“当然写了，我的作业你不需要操心的。”孩子似乎有些不高兴。

“又瞧不起你妈妈了！”

“那倒不是，只是你一检查，对的也变成错的了，这种事情还少吗？”孩子伶牙俐齿地辩解。

她躺在小房间里，差点笑了出来。

“好了，你睡吧，闭上眼睛！”孩子说。

客厅安静下来，好一会儿，她才感觉到孩子带着小小的脚步声走进小房间。

“不用开灯！”孩子站在并不算太黑的暗处悄声说，“我看得见。”

她在朦胧的黑暗中看见孩子小心爬上架子床，她身下的床铺也随之轻微晃动。很快安静下来。此时应该不会超过十点半，她从来没这么早睡，特别是女儿出嫁后，那时候他已经病了，肺结核，家里的三个五金店全由他的女儿女婿们掌管，而女儿女婿们则听从于他的妻子。他选择住在她这边，所剩积蓄很快变成一罐罐药渣扔掉，拮据时求助过“那边”的孩子，他们都选择了沉默。最终她嫁掉女儿，用彩礼钱维持他将近三年的生命。那三年，他过得极为痛苦，晚上几乎没有睡眠，她的睡眠也跟着坏掉了。耗尽她的一生，她最终得到那套小旧房，五十五岁过后，每月领取微薄的社保，这是他早年为她缴纳养老保险金所得的，也算是为她的老年所做的一点打算。

她从未试图让女儿了解她的内心，她当然也有很多不得已的辛酸和隐忍，但这些全是自己选择的，也就没必要抱怨了。她也明白这种生活方式对女儿的影响，女儿实际上从未真正拥有过一个完整的家。

她睡得并不安稳，整夜都在似睡非睡之间。孩子也睡得不踏实，她起来过两次，小小的身影在暗夜里从架子床上慢慢爬下来。客厅里的蓝色荧光从并未关上的房门透进来，小房间里其实并不黑。她担心吓着孩子，所以并未唐突起身开灯。她以为孩子要上卫生间，但孩子轻微的脚步声停留在客厅里。客厅里静悄悄的，她无从知道孩子在那里干什么。大约过了五分钟，她才返回来，重新爬上架子床。孩子第二次起身去客厅时，应该是后半夜，这一次在客厅里待的时间稍微长了些。她忍不住起身，光脚轻轻走到门边。她看见孩子坐在拼板边上，一只小手盖在女儿的手背上，沉静地面对安静熟睡中的女儿。孩子就那样坐着，凝视自己的妈妈，小小的身影投在墙壁上。她一时不知该怎么办。她也是当过母亲的人，但这样的场景于她显然是陌生的，她无从猜度孩子此时在想什么，会不会是不忍心妈妈睡在地板上？

第二天孩子起得很早，在客厅里和女儿小声说话，似乎在讨论今天要吃什么菜。这间小屋里有一扇窗户，没有挂窗帘，从玻璃窗外透进来的光非常白亮，预示又一个炙热的晴天。她起来后，发现凌安和女儿已经洗漱好，地板上的拼板也收起来了。

“我们要出去买菜，你洗漱好我们就回来了。”女儿说，探究般地看她。她知道自己脸上一定带有睡不好的倦意，她一直很消瘦，稍微休息不好面相就垮掉了。

“你待着，我和小曼去买。”她几乎是脱口而出，女儿明显有些吃惊。她望望孩子，孩子也望着她，然后她对孩子点点头。

菜市场离她们居住的小巷不远，出了巷口就到，还挺大的，叫城西菜市场，大门口两旁有几家早餐店，只开了两家，余下几家的卷帘门上张贴着醒目的转让告示。

“妈妈在那家卖过早餐！”孩子指着大门口左侧一家闭门的早餐店。

“什么时候？”她问。

“去年，后来就关门了。”孩子说。

去年？对了，关门应该是因为那场令人恐惧的疫情。

“你和妈妈，搬到这里多久了？”她问，她想以此推断女儿这样的生活状态有多久了。

“我们以前不住这里，这地方是二奶奶帮忙找的。”孩子答非所问，被菜市场琳琅满目的货物吸引了，领着她穿过人群，直直朝菜市场后门走去，避开市场里的菜摊子。菜市场后门有一条砂石路，可以望到尽头处碧绿的田野，路两边摆满菜挑子，不是二道贩子，是自产自销的农家菜。

“我们平时在这里买菜！”孩子快活地说。她当然明白自产自销的农家菜要比菜市场里二道贩子卖的便宜得多。孩子对这里的菜农很熟悉，讨价还价之后，熟练地在菜挑子里挑肥拣瘦，她完全插不上话。孩子也会极为仔细地看秤，细小的手指头在老式杆秤上拨拉。她有些忧心忡忡地看着，她在孩子的身上看到了早熟，看到了俗常市井之人的精明与斤斤计较。她觉得有必要和女儿谈一谈，平心而论，她对女儿的教育确实有所疏忽，但她从未让女儿接触过生活里的烟熏火燎和柴米油盐。她教育女儿坐有坐相，吃有吃相，从心底里希望女儿少接触一些“烟火”，变得淡雅一些。显然，眼前的状况，女儿已然没法按照她的愿望活着了，她虽然才三十一岁，但她的健壮，她的黑，她的粗糙，已经无法淡雅。

她们买了胡萝卜、莲藕、菜心、黄豆芽，还买了排骨、鸡翅膀。孩子每次都抢着付钱，应该是女儿交代的。

回到家里，女儿已经把挂面做好，佐菜是一碟放了香菜的炒鸡蛋。她记得女儿要十点左右才出去的，但吃完早餐，她便走了。泡了柠檬片的一大壶温开水，防晒的长袖套、遮阳帽，孩子都帮她拿了，然后送她出门。她觉得女儿是在回避和她相处。她默默收拾早饭的碗筷。她不吃葱花，香菜当然也不吃，姜也不吃，这些气味呛人的调味品会败坏人的口气，这是他所不喜欢的，她因此戒掉了。女儿知道她不吃这些，也许是她忘记了。八年的时间并不短，她们之间的交集整整断了八年。

孩子拖地板的方式很特别，她不用拖把，两个小小的膝盖跪在地板上，用一张湿毛巾一寸一寸擦，动作极为娴熟。她大吃一惊，要拖着孩子出去买拖把，孩子却一本正经对她说，以前妈妈就是这样给人家擦地板的。她愣了一下，这么说，女儿这些年来分别做过家政服务，帮人卖过早餐，现在则是个快递员？

她的心开始一点一点疼起来，极为尖锐的那种疼。她埋怨过女儿。女儿出嫁时，他一直在生病，然而来到这里以后，她没主动给他打过一个电话，她给女儿打，女儿也从未问过关于自己爸爸的事情。直到她在电话里告诉女儿，他走了，女儿在那头给了一声语意不明的“哦”。特别是他走后，她感到特别孤单，一种未来无期的焦虑整天折磨着她。她盼望女儿能给她打打电话，安慰安慰她，帮助她度过那段日子。

然而什么都没有，她独自支撑过那段难熬的日子，对女儿的冷漠感到极为失望。现在想来，女儿的生活在那时候很有可能已经发生了变故，那时面临的处境一定比她艰难得多，独在异乡，举目无亲，居无定所，需要抚养的幼小孩子，还要挣钱活下去。而这一切女儿从未向她透露半句，她们都在各自的生活里无声挣扎，彼此似乎把对方给忘记了。

中午，女儿打电话回来说派件太多，顾不上回家吃午饭了。她问孩子女儿是不是总这样。孩子说有时候是这样，网上购物节会搞促销，网购的人会很多。她就问孩子会不会网购，孩子说会，又说自己和妈妈从来不网购。中午她和孩子吃饭时，和孩子商量要带她去买几件新衣服。孩子低下头，说：“妈妈不会同意的。”

她说：“外婆给买的衣服，妈妈怎么会不同意，”

孩子就抬起头来直直看她，她在孩子眼里看到了质疑，还有淡淡的拒绝：孩子还没完全明白“外婆”的真正意义，“外婆”于孩子而言只是一个符号。她得给这个纤细而敏感的孩子一点时间。

下午她们各自小睡了一会儿，起来后孩子写暑假作业，阳台对面的二奶奶带了点葡萄来看望亲家，还有两瓶自制的豆腐乳，说是带给小曼妈妈的。老妇人非常热心，是个健谈的人，家长里短说了半天，然后才黯然神伤地说："那哪是个男人，别看他面白手弱，好赌，赌输了就打人，打急眼的那种，小曼母女俩常常东躲西藏。小的不是个东西，两个老的也不是，不知道心疼人，后来就离了。谢天谢地，孩子给了妈妈，真是造孽。"

"这是什么时候的事？"她问，喉咙发紧，火辣辣地疼。

"小曼两岁的时候。"老妇人说。她们同时朝坐在饭桌边写作业的孩子望过去，发现孩子正在倾听她们的谈话，小脸绷得紧紧的，仿佛正面临某种恐惧。

她忽然对这个絮絮叨叨的老妇人产生了没有来由的强烈反感，因为老妇人的絮叨在提醒她：她是一个多么不称职的母亲，她的孩子曾经遭受过巨大的恐惧和苦难，她不仅没能给予庇护，还埋怨孩子不孝不顺。

"这是她的命。"最后她淡淡地说。老妇人有些惊愕，惊奇地瞥了她一眼，欲言又止，很快便告辞了，说要回去看孙子。她知道她的话让老妇人反感了，这话其实也同样说服不了她自己，然而她能说什么？

女儿每天都很忙，早饭后便出去，不再回家吃午饭，一直要到晚八点才回来，因此她们的晚饭吃得挺晚，吃过晚饭收拾好碗筷后各自洗漱，又到了晚上十点。她对于这座县级市的印象仅限于每天孩子带她出去买菜时的所见，孩子还带她去到绕过城市的一段河流。水很清澈，岸边栽着垂杨柳，河边有很多小块的菜地，一些老妇人在菜地除草淋水。那不是劳作，纯粹是在消磨时间，活动筋骨。她倒是觉得这样的小城市适合居住，不急不躁，可以细水长流地过日子。自从他走了以后，她也曾想过行动不便需要依靠的老年生活该怎么过，但想归想，她从未有过要来投奔女儿的想法。

整个白天，她有很多时间和孩子待在一起，她几乎竭尽全力去迎合孩子，给孩子买很多零食（孩子目前也仅仅接受她给买的零食），孩子渐渐对她放下了戒备。她终于小心翼翼地问孩子，晚上睡觉时为什么偷偷去看妈妈，还要点一盏蓝色灯盏。

孩子转着手里淡绿色的棒棒糖，眉头微微皱了一下，直视着她，似乎在考虑该不该对她说。她的目光最后落在手里的棒棒糖上，脸上戒备的表情松懈了下来。

“我去看妈妈睡得好不好，她喜欢蓝色的光。”孩子说。

“为什么？”她问。在她的印象中，女儿是没有这样的癖好的。

孩子显然也不知道该如何回答这个问题，于是沉默了，好一会儿才说：“蓝色能让她轻松一点。”

轻松一点？她思忖起来。那么女儿一直紧张或者焦虑？是这样吗？

“妈妈还喜欢什么？”她轻声问，装作很轻松的样子。她不想吓着孩子。

“那是妈妈的事。”孩子几乎是脱口而出，捏着棒棒糖，目光不再盯住它，似乎她的问话让孩子失去了对棒棒糖的兴趣。孩子的言下之意是，妈妈的事情，与别人无关，而她在孩子的眼里，就是那个“别人”！

女儿母女俩的衣物很少，一个布衣柜装下了两人一年四季的衣物。冬天的厚实衣物及一大一小的被子被整齐叠放在布衣柜底层，上面一层叠放小件内衣裤，中间垂挂几件夏季衣服，女儿几乎都是深色运动裤和牛仔裤，以及蓝白两色的短袖T恤，小曼是三件碎花连衣裙，看得出来全是往年的旧衣物。女儿八年前来这座小城市时，只穿了一身衣服，从婚姻里走出来，是不是也同样只要了一身衣物？不得而知。女儿身上这种果决的品性，她们还在一起生活时，她从不曾意识到。在她的印象中，凌安一直很“佛系”，关于自己的事情，只要她插手，女儿便一律听她的，因此她常常无从判断女儿的喜好。现在想来，女儿远非她以为的那样没有主见，只是愿意去迁就她罢了。她想给母女俩添置一些东西，但又不知道该添置什么，看起来什么都缺，细看起来却也什么都不缺。当然，她们没有电视机、电脑等这些家电，她不知道她们是否需要。有了电视机和电脑就意味着还要装置网络，这也是另外一笔开支，而这笔开支她是无法替她们支付的，因为她并不常住这里。她问了女儿，女儿果然果断回绝了。她帮着收拾东西，清理一些已经不用的占地儿的杂物。在客厅一张老式五斗橱里，她在下层的抽屉翻出了小曼在幼儿园获得的两张“乖宝宝”奖状；一顶显然已经太小的鹅黄色儿童遮阳帽；一包复方板蓝根，已经过期三个月了；还有一盒已经开封的氟哌噻吨美利曲辛片，药盒里装着两板玫红色颗粒的药片，其中一板只剩下两颗了，没有说明书。她从没见过这种药，不知对症何种疾病。她问孩子这药是谁吃的。

“妈妈吃的，早上一颗，中午一颗。”孩子答道。

“妈妈为什么要吃这药？”

“吃了会高兴。”孩子毫不犹豫地回答。她差点笑起来，觉得孩子是在瞎说。

“她常常吃吗？”她问。

“天天吃，今早也吃了，我给她拿的水。”孩子说，揪住一只毛茸茸的玩具兔的耳朵。玩具兔很小，应该是孩子幼儿园时候的玩具，也是这屋里唯一的玩具。

她坚持要给孩子买几身衣服，但劝说了很久，孩子依然不答应，反反复复就说一句：妈妈不会答应的。最后她说，那就逛逛，看看人，带外婆去热闹的地方瞧瞧。

显然平时孩子一个人待着太孤独了，听说要去热闹的地方，便高兴地答应了，要带她去步行街的丽华超市。路过药店时，她拿着那个粉红色药盒进去咨询店员。

步行街并不长，一公里左右。这个县级市坐落在一块狭长的山谷里，地势不开阔，能整出这样一条街着实不易。这会儿是下午，天气不算太热，但游人并不多，步行街两旁的门店敞着，门口竖立着各种大降价的牌子，年轻的销售员站在门口，路过的客人几乎要被她们连拉带拽进店里。

这里离她们居住的地方还挺远，是两个相反方向。孩子显得很兴奋，想到孩子常常一个人被锁在家里，她有些心酸。从药店出来后，她的心情全败坏了，胸口像被人挥着拳头猛击一般，疼得她连呼吸都觉得吃力。她无法理解女儿怎么会得这种匪夷所思的疾病，实际上她对这种病并不了解，但那个和蔼的药店店员对她说了这样一句话："严重时病人会自残，甚至自杀。"她身上的精气神便一下子垮掉了。三十多年前，得知怀上孩子时，她没过多惊喜，孩子更多是成为她脱离那个令人生厌的农村家庭的筹码。在养育孩子的过程中，她其实也并未尽力，她更多的精力是放在认为可以依靠终生的男人身上。但当"自杀"这两个字从店员嘴里说出来时，她立刻想到了死，她当然知道死是怎么回事，一种本能的骨肉生离死别的痛楚和恐惧立刻罩住了她。她感觉整个人轻飘飘的，灵魂出窍了一般。她想和孩子谈谈女儿，但涉及妈妈的事情，孩子表现得很冷淡，甚至拒绝回答，似乎不希望外人过多了解自己的妈妈。她觉得孩子是在保护自己的妈妈。这一点让她自愧不如，她还不如这个八岁的孩子爱凌安，她的女儿。

丽华超市是一家大型超市，一楼是食品区，二楼是日用百货区，同样有各种降价促销活动，顾客却寥寥无几。孩子对于一楼的零食倒是很有克制力，带着她渐渐走进儿童用品区，那里有儿童的衣帽和玩具。她看得出来孩子喜欢玩具，停在精美的芭比娃娃面前端详。她告诉孩子，假如喜欢，她可以送一个给孩子。孩子并不表示要或者不要，只是站得直直地看着玩具。孩子身上的小家子气再次让她有些生气。最后，她从玩具架上取下了穿着重重叠叠粉红色纱裙的芭比娃娃。她告诉孩子，喜欢或不喜欢都要表达出来，这是一种礼貌。孩子的眼圈就红了，脸上的表情带着委屈，她顿时心软下来，内心无比自责。她们还买了一些调味品和一箱方便面。她是不吃的，估计女儿也不爱吃，但孩子说喜欢吃。她们快要靠近收银台时，孩子忽然一把抓住她的手，一下子贴到她的身上，小小的身躯绷得紧紧的。她感到诧异，低头朝孩子望了一眼，孩子的脸涨得通红，盯住靠外那个收银台旁边的超市入口通道。然后她看见了他。她只见过他两面，送女儿来这座城市和孩子满月时，她和他的交流其实很少，但她却清晰地记住了他。他其实看着挺斯文，面相甚至有几分和善，一步一瘸地走进超市入口，手无缚鸡之力的模样。她无法想象这样的人会朝自己的女儿挥动拳头。怒火一下子从她的胸口腾起来，她放开购物车，紧紧抓住孩子的手腕，领着孩子朝通道入口走去。她想和他来个劈面相迎，她觉得自己甚至会给他两个耳刮子。但孩子却一下子蹲下来，几乎要坐到地上，拖住她不愿跟她走。

“起来，小曼，起来。”她哄着孩子。但孩子却坐到地上，哭了起来。

“别怕，起来，外婆在这里，听话，孩子，起来！”她继续哄劝，孩子哭得脖子都红了，但孩子哭得很小声，像是在拼命抑制，看起来让人心碎。她受不了了，蹲下来，挡住孩子的视线，并把她搂进怀里。孩子一直在她的怀里呜咽，两个小小的肩膀抽动着。她的愤怒很快化为酸楚，这两个和她血脉相连的人，心里到底装了多少她无从知晓的辛酸?

她们最终只买了芭比娃娃，孩子一路抱着，全然没有最初的喜悦。

她和女儿最终爆发了一场争执，起因是她商量着要把孩子带走，让孩子跟着她上学生活，远离这个不利于孩子成长的地方。女儿反问，跟着她就有利于孩子成长吗?她就把超市的遭遇告诉女儿，女儿沉默着，然后歇斯底里地朝她发了一顿火，责怪她不应该带孩子出去乱逛。她反问女儿，难道要躲一辈子?女儿就朝墙壁砸了一个杯子，玻璃碎片四处飞散。她惊愕不已，这种暴力行为是她不曾在女儿身上发现的。孩子吓得哭起来，两只细长的胳膊拦腰抱住妈妈，哭着请妈妈安静下来。女儿气势汹汹地告诫她，谁都不能把孩子夺走，除非自己死了。最后她缓和下来，轻声说，不是要把孩子从女儿身边夺走，而是让孩子有一个安全的环境生活，这有利于孩子的身心健康。女儿并不领情，冷笑着说，跟一个非妻非妾的人生活，能身心健康吗?她立刻闭嘴。非妻非妾，这就是女儿眼里的她。她无从辩解，因为女儿是对的。

和女儿吵了一架后，孩子很明显地又和她生疏了，不管她在屋里做什么，孩子只是静静瞧着，她问孩子话，孩子就回答，但不再主动和她说话。孩子也不再整天把芭比娃娃抱在怀里，而是安静地写作业，到点就去洗菜做饭。晚上，孩子到客厅和妈妈一起睡，小房间里的双层木架床只留下她一个人睡了。她听见母女俩在悄声说话，还有隐隐的笑声。深蓝色的柔和灯光从客厅泄进来，她忽然觉得亏欠女儿太多太多，而之前她从没有过如此强烈的意识。

好几个晚上睡觉时，她总感到身体这里那里痒，越挠越痒，她便知道要有雨水了。这种状况反应得越强烈，雨下得越大。四十岁之后，她的身体便有这种症状，逢雨天就会痒，他曾带她去过几个地方看中医，药方一换再换，依然无法缓解。平心而论，他确实是把她放在心上的，节假日多半也在她这边过，但也只是做到这一步而已。他从未承诺给她名分，假如她提出要结束他们之间的关系，大概他也是会答应的（只是她不曾提过）。她忽然觉得有种后怕，她一生大部分的精力都放在他身上，都放在维持他们之间的关系上，对女儿的爱及教养其实有太多的疏忽，但恰恰是女儿的存在，他们之间的关系才得以维持，而并非她花费精力维持的结果，不是吗？现在，她强烈地想要对女儿做些弥补，然而要做什么，怎么做，她又毫无头绪。

后半夜果然下雨了，没有雷声和闪电，甚至没有一丝风，雨就这样在黏稠的夜色里悄无声息地下了。她听见雨滴敲打在阳台栏杆上清脆的声音。她本来睡意浅薄，暗夜里的簌簌雨声成为极好的催眠音乐，让她很快沉入梦中。等她再次醒来时，窗外已经透进发白的光亮。她侧耳细听，依然听见稀疏的雨点敲打在栏杆上的声音，毫无疑问，雨还在下着，只是变小了。阳台下已经有人走动的声音。她觉得口干舌燥，欠身想起来，却被一阵急速袭来的眩晕击倒，她紧闭双眼，深呼吸，等待眩晕慢慢散去。她渐渐恢复清晰听觉时，听见从客厅传来一阵呜咽声。没错，有人在哭，克制而低沉地哭。

她忽地坐起来，那阵眩晕又急速袭来，她在床上坐了好一会儿，眩晕才又散去。谁在哭？小曼还是女儿？她连鞋都来不及穿，光脚跨进客厅。

那盏蓝色的灯盏还在亮着，只是由于天光照进来，蓝光便淡了许多。女儿穿着睡衣坐在柔软的拼板上，两个膝盖曲起，双臂环抱膝盖，头埋在膝盖上，正一抽一抽地哭泣。孩子坐在女儿旁边，一只手捧着一杯水，另一只手的掌心里放着一颗玫红色的药片，那药叫黛力新，她想起来了。她拿着药盒去药店咨询时，店员这样称呼，这是氟哌噻吨美利曲辛片的别名。

孩子听见脚步声，回过头来看她，眼里含着泪水，委屈而又无助。

“安！”她在她们身边蹲下来，轻声叫女儿，一种柔软的疼痛在心里慢慢扩散开来，“妈妈在这里，没事，安，没事的！”她在拼板上坐下来，伸开胳膊，尝试着抱住女儿。女儿没有任何抵触，于是她把女儿揽进怀里。

“孩子，没事，妈在这里，没事，还有妈呢，安静下来！”她柔声劝她，抚摸她的后背，女儿在她的怀里打了一个嗝，身体剧烈颤抖一下。她的心几乎要碎了，鼻子一酸，双目模糊。她极力闭住双眼，把漫上来的泪水生生逼了回去。她想，她不能哭，和她骨肉相连的两个孩子这般无助柔弱，她必须坚强。

她们三个就这样坐在拼板上，女儿趴在她的怀里哭泣，孩子坐在旁边拿着水和药片。

“下雨，妈妈会心情不好。”孩子轻声说，并示意她把药给妈妈吃了。她对药物是有抵触的，但凡是药，都不是什么好东西。但女儿在她怀里无法抑制地哭泣，又让她丁心不忍。

她注视着孩子，孩子立刻明白了。“妈妈，吃药，吃了就会好了。我喜欢看妈妈笑，不喜欢妈妈的眼泪！”孩子细声细气地说，放下水杯，几根细细的手指抓住妈妈的手臂摇了摇。女儿的哭泣声渐渐小了，片刻后从她的怀里挣脱出来，坐正了，擦掉泪水。

“给！”孩子把水杯和那粒药递过去。女儿接过药和水杯，慢慢把药和水咽下去，然后冲孩子笑了笑。女儿转头望着她，脸上带着些许羞涩。她轻轻拍了拍女儿的肩膀。

“我去做早饭，什么都没发生，一切都好好的！”她温和地对女儿说。同时下定决心，无论如何，她必须带走她们，离开这里。

三个人安静地吃着早饭，其实也不算早了，差不多十点了。她从菜市场买回金黄的小米，加红枣和百合，熬了一锅香喷喷的小米粥。孩子很高兴，把甜丝丝的红枣夹到妈妈碗里，脸上浮出令人心疼的小心翼翼的笑。

早饭后，女儿要出去了，她和孩子送下楼，在门口目送女儿沿着小巷朝巷口走。雨还在下，淅淅沥沥的，基本不用打伞。女儿穿着黑色的七分牛仔裤，紫色V领T恤，腰略显粗壮，脚步迈得有些有气无力的。

“妈妈！”就在女儿快要走到巷口时，孩子朝她的背影喊了一声。女儿停下来，朝她们转过身。孩子从屋檐下跑到小巷中间，站在那里，举起两只纤细的胳膊，举过头顶，在头顶上对着女儿做了一个标准的比心。

“妈妈！”孩子又朝她喊了一声。

已然逝去

原载《小说月报·原创版》2023 年第 8 期

· 一 ·

那片浅水滩在下游。枯水季节万物萧条之时，水位下降，河床变浅了，便露出大片的河滩，有时候甚至连河中心也会露出一爿不小的河床，上面堆满洁白的鹅卵石。在这些鹅卵石中，稀稀落落长有一丛丛拖着灰白色毛茸茸穗子的芦苇。这时候你便可清楚地看出，河流并不像想象中那样，越往河中心越深，最深之处其实是河中心的两边，像一条经常行车的泥道，深陷之处是车轮经过之处，而并非道路中间。那时候我常想，河中心两边的最深之处或许是丰水期时，那些来往打鱼的船只给犁出来的，譬如泥路上的那些车辙。枯水最为严重时期，我甚至可以涉水到达河中心那些搁浅的滩地。那时候，我常常在周末下午从临水中学出发，抄小路走上两三里路到达这片浅水滩。夏季，下游浅滩边到处是玉米地和西瓜地，或者别的什么瓜地。地并不大，都是澄碧湖水库的职工家属见缝插针开辟出来的。他们似乎也并不在意这点收成，只管种下去，并不大管理，任由杂草和庄稼一块安然成长，有些地甚至都没人来收。他们似乎忘掉那块巴掌大的土地了。当然，收成也并不好，玉米棒子小，瓜也结得很小，尤其是那些本地品种的小个子西红柿，比拇指头大不了多少，委屈巴巴而又倔强地结在葱茏的杂草间。但它们的味道却极好，别说化肥，连农家肥也吃不上，真正的天地自然产物。比拳头大不了多少的西瓜早就熟透了，滚在杂草间，破的时候根本不用费劲，往铺着柔软杂草的地上一拍，那瓜闷声一响，轻易便裂开了，露出深红的、带着清甜气息的瓜瓤来。这通常是九月份开学后才能做的事情。我是在初一下学期时无意中发现这片浅水滩的。我当然知道中学附近有澄碧湖水库。实际上在读小学四年级时，学校就曾组织三年级以上的学生到澄碧湖春游。但那时候我们只观赏高大的水库大坝和坐船游水库，对于水库下游的情形根本来不及看。在临水中学，初一下学期时，有一次我们的班主任来澄碧湖水库钓鱼（他是位钓鱼爱好者，除了上课，其余时间钓竿从不离手。班主任的老婆是食堂的临时工，很彪悍，我们常常听见她破口大骂班主任，诅咒他早点摔到水库里葬身于鱼腹），忘记带烟了，便托付一位老人来临水中学找学习委员，让学习委员给他送盒烟去。碰巧学习委员的爸爸来给他送生活费，走不开，他便将这件事派遣给我。我顺着学习委员给我画的一张八卦图般的地图，心急火燎赶去给班主任送烟。那天是周六，我没回家，一般我不回家。每周都回家的同学有两种目的：一是回家吃两顿好的，学校清汤寡饭，一周下来肚腹早就被刮得遭罪了；二是回家拿一周的零花钱，三块五块的，买一点零食吃。这两种目的对我来说都是不切实际的，回家只会让我妈显得更愁苦。况且我也没有自行车，临水中学离家四十来公里，如果要回家，我得去找同村的人搭他们的自行车回去，返校时也还得去求人，想想还是算了吧。周六和周日待在学校是要另外买饭票的，我记得我很少买饭票，买也是买个中餐或晚餐，理由很简单，实在没多余的钱。现在回想起来，我都不知道那些双休是怎么熬过来的。大概我家里也是不知道这种情况的。

我顺着学校后面一条若隐若现、长满杂草的小径一路前行。我猜想这条小径一定只有我们班主任才知晓，对，还有学习委员，不然不至于如此荒凉。出校门走正道也是可以到达澄碧湖水库的，但得绕很大的圈子。学校后面都是荒山，土山那种，不是很高，长着各种树木，桉树、杉木、苦楝树，还有野板栗、野阳桃什么的，树下也长满了灌木。通往水库的小径就穿梭在其间。我居然发现有不少野生番石榴，桑葚也有很多，充满诱惑地垂挂在并不算高的枝头。这使我欣喜若狂，一路边走边吃，混一肚子野果。学习委员多半是不认识这些好货的，因为他不是农村人，他的父母都在农科所工作。也幸亏他不是农村人，不然这些好货哪还能安然无恙地挂在枝头等我。我怀着无比激动的心情赶到学习委员

“八卦图”上班主任常钓鱼的那地方，班主任打量了一下我挂在脖子上的回力牌球鞋。我将它们的鞋带互绑起来，挂在脖子上了。这是我上初中唯一增添的新品，我非常珍惜，走这样的野路我是舍不得穿的。

“你没回家？”班主任慢悠悠地问我一句。我看见他身边的水桶里已经放了几条比巴掌还大的罗非鱼了。在所有的鱼中，我只认得罗非鱼，因为每年大年三十家里都会买一条，寓意年年有鱼（余）。

“没。”我羞愧地回答，垂下头，目光落在自己光着的脚板上，直后悔自己粗心大意，应该在准备到达前把鞋子穿上的。

“你忙吗？”他又问我。我忙不迭地摇头。“你去拾一点柴火来，烧一堆火，会吗？”他又问。我又一次忙不迭地点头。柴火捡回来了，他又让我把桶里的罗非鱼收拾干净。这个难不倒我。我把罗非鱼从水桶里捞出来，痛快地用石头砸了鱼头，鱼没怎么蹦跶就死了，我又将鱼拿到水边处理干净。回来时发现班主任已经烧起了火堆。

“你来烤鱼！”他又吩咐我。这时候我快乐的心情再也掩饰不住了。烤鱼跟烤老鼠能有什么两样？而烤老鼠是我从小学三年级起就开始干的事，这对我们那一带的农村孩子来说太平常不过了。鱼香味很快弥漫出来。我利索地转动戳着鱼的小木棍，烤好一条后递给这个常常被老婆怒骂的可怜男人。

“你吃！”他温和地说，“想吃多少烤多少。”我永远都无法忘记那一刻的心情。我想吃，非常想吃，随着烤鱼弥漫出来的香味越来越浓，嘴里的口水都快兜不住了。我都不记得有多久没吃过一顿像样的荤菜了。他到底是从哪里看出来的？我哪里露出了破绽？我心里又委屈又伤心，跟受多大的冤枉似的，脸慢慢开始灼热起来。我站在他身边，一只手垂着，另一只手擎着那根叉着烤鱼的小木棒。

“吃吧！我早就吃腻了！”他安稳地坐在马扎上温和地说，并不看我，而是一脸平静地盯住水面。

班主任叫张道然，四十多岁，大骨架，高个子，因此即便他瘦，看起来块头也很大，浓黑的眉毛，普通的五官总是挂着一副无所谓的表情。那天他穿一件皱巴巴的黑色圆领棉T恤，下身一件宽大的卡其色大中裤，脚上穿一双20世纪90年代非常流行的土黄色塑料凉鞋。这种鞋子其实很便宜，八块钱一双，却不知怎么的，在那年代流行得一塌糊涂。从城里到农村，是个男人脚上都有一双。就是这样一副如今看起来土得掉渣的模样，他居然讲得一口纯正英语。没错，他是位英语老师。

我默默瞧着我的班主任，幸亏他不看我，不然他会看见我慢慢涨红的脸和在眼眶里打转的泪水。我从他身旁走开，背对着他在那堆火边蹲下来，开始吃那条烤鱼。后来我又烤了两条鱼，并且全部吃掉。然后，他叫我先回去了。

此时已是下午。我记得那种秋天下午旷野中的宁静。在那条长满灌木和矮树的河边，其实有不少垂钓者，他们和草木一样清宁。微风轻拂，阳光明亮，静静落在万物之上。我心里充满了难言且奇异的感激，感激草木、阳光、清风、寂静、烤鱼、班主任，甚至学习委员。我并没有往回走，告别班主任后沿着水边朝水库下游走去，很快越过高大的大坝。

那时候的澄碧湖水库还属于营业性风景区，进大门是需要买门票的，我记得是一块五一张。那天周末，有很多人拖家带口来大坝游玩，大坝上非常热闹。大坝周围有很浓密的树林，一条掩映在绿荫下的柏油路也满是周末出来放风的游人。20世纪90年代能在澄碧湖水库当一名职工是件令人羡慕的事，里头从职工楼到舞厅、食堂、副食品店、日用品店、幼儿园应有尽有，俨然一个自给自足的小王国。听说水库的职工用电都是免费的，因为水库发电嘛。

我记得我是慢慢从那些游人身边走过的，其实也并不想去哪里。一种吃了美食，并且还吃饱的充实感和喜悦感充盈着我。我就这样走出澄碧湖水库大门，从大门边一条两边长满杂草的小路向下面的河边走下去。就这样来到了坝脚，这里是下游了，蓄水的大坝像一座庞大的高山耸立在我面前，我看见大坝中间那条道上的游人变得像蚂蚁一样渺小。我就这样发现了那片浅水滩。水库大门边上的公路是看不见的，因为被两岸的一大片杂草和树木给遮掩了，一直走到下游河边，才发现那里如此开阔。河水被大坝拦截了，下游河水其实很浅。我在朝河滩走下去时，看见那些滚在杂草中的小西瓜。此后我又去过几次，发现那些西瓜依然躺在那里，它们的周边除了杂草，没有任何人来过的痕迹，我便明白这些瓜和杂草一样，都是无主的。我的周末从此又多了一个去处，当然是为了吃。班主任也常常在周末托人从水库边给我带回口信，让我给他带去各种各样“忘记带”的东西。我理解他的好意，或许他也明白我的理解，而我们都心照不宣。每逢周末见到同学回家，我再也没有任何伤感。我拥有一片长满野果的林子，有令我一辈子都无法遗忘的喷香烤鱼，以及浅滩边上一片任由我取之食用的瓜地。

那天我下到河滩，看见那些裸露在河滩上白得耀眼的细腻的鹅卵石，真是被震撼了。农村人对于石头当然熟悉，但我从未见过如此洁白如玉的鹅卵石，尤其是浸泡在水中的鹅卵石。从大坝底下泄出来的河水在不远处发出巨大的响声，流到我所待的河段时，水流已经变得很平缓了，因此可以清楚看见靠近河岸浅水处平静水面之下的鹅卵石。大多数是白色的，在清亮的河水之下显得如此洁白，因为有水的滋润，它们还显得很水润。那天我从浅水处摸上来不少鹅卵石，它们躺在我的手掌心里，冰清玉洁。

此后在临水中学的时光，我变得快乐了很多，是那种无人知晓的隐秘快乐。每逢周末，只要不下雨，我总会走进学校后面那条被班主任开辟出来的小道，搜寻野果，而后再从班主任钓鱼的地方沿着水库走，越过大坝，走出水库大门，拐去那片给我带来难以言喻的快乐的隐秘之地。我有时候会躺在河滩上那些被阳光晒得发烫的鹅卵石上，灼热穿透我的衣物，进入我的皮肉，五脏六腑似乎都被暖透了。我躺在坝底，巨大的大坝像个怪物耸立在前边不远处，周边全是向上延缓、长满杂草和树木的土坡。周遭把我变成了一只渺小的井底之蛙，我感到从未有过的巨大宁静和踏实，感觉这片物产丰盛而迷人的阔大天地都是属于我的。整个中学阶段，我从未带过任何同学去那片浅水滩，包括学校后面那片山林。因为我没有任何要好的同学，一个穷得买不起周末饭票的学生是不愿意也不敢要友情的，没人愿意让别人看见自己的窘迫与不堪。

后来很多年，我从未见过有什么东西可以和浅水滩鹅卵石的洁净水润相比，也没有任何地方能如那片迷人之境给我带来巨大安宁。当然，还有我的班主任和烤鱼，他们成为我生命中一抹永远无法遗忘的温暖之光。

直到我遇见张宝凌。

·二·

张宝凌是学院分配给我联系的“问题”学生。所谓“问题”学生，是指那些考试挂科，补考后依然达不到学分要求、有可能影响毕业的学生，或者成绩特别差、性格又不合群且有些心理障碍的学生，诸如此类。联系帮扶的老师主要是给这些学生积极正面的引导，帮助他们顺利度过大学生活，顺利毕业。张宝凌属于后者，他的成绩倒不算太差。我从辅导员那里拿到他的个人资料来研究，发现他也是从农村来的，且他家和我家离得还挺近，属于另外一个乡镇管辖。辅导员说张宝凌不爱说话，几乎不说话，同宿舍的同学都讨厌他，甚至向学校提出将张宝凌换到其他宿舍。换宿舍解决不了实际性问题，所以他就成了我联系的“问题”学生。我倒觉得不爱说话其实不算什么大问题，甚至谈不上“问题”，谁还没点性格上的缺陷呢，只要不影响和伤害别人就好。大学生已经是成年人了，其性格和思维模式基本已经成形，老师不可能在其性格上帮助他改变了。

我没着急联系他，一般都是学生主动联系老师的。但一直到我领任务两个星期后，张宝凌还没联系我，我只好拨打他个人资料上留下的手机号码，却被告知欠费停机。我吃了一惊，这年头居然还有大学生手机欠费停机的，要知道这些大学生更换手机比谈恋爱还积极。我只好联系他们班的学习委员，让其转告张宝凌来见我。过了两天，电话打进来了，来电显示是他的，因为我存了他的电话。接通电话，那头一声不吭，我也就一声不吭。我们就这样默不作声大概半分钟，我实在忍不住了，有点生气地朝电话里说：“张宝凌！”

“是我，老师。”一个平淡的声音传过来，我的眼前立刻浮现出张宝凌的形象，矮小、瘦弱、自卑、内向等，反正都不是什么好的形容词。

“你怎么不说话？”我问他。

“我在等老师说话。”声音传来，这回答令我语塞。他原来是这么想的，怪不得没联系我。

“好了，我们见个面，下午放学后在食堂靠近超市那边第三排饭桌。”我说。那里靠近一个角落，一般没什么学生去那里坐。我不太喜欢去教职工食堂吃饭，怕碰见熟人，不断打招呼，饭都没法安生吃。我更喜欢置身于陌生人之中，这让我感到更自在。

“好的。”他说。

下午见到他时，我吃了一惊。张宝凌长得和我差不多高，不瘦，结实，平头，脸挺白，五官也很端正。那双眼睛，我立刻想到二十多年来一直在我脑海里清晰如昨的浅水滩里的那些洁白的鹅卵石。它们太黑白分明了，黑的部分漆黑如墨，白的部分白得毫无杂质，且莹润无比。你无法想象这样一双莹润似水的明眸会长在一个男孩子的脸上。我请他坐下，他坐下了，微微垂着头。淡蓝色圆领T恤洗得有点变得软塌塌的，下身是平常那种蓝色牛仔裤。他脚上穿的那双球鞋又让我吃了一惊。没错，那是双球鞋，而不是运动鞋。这种球鞋在20世纪90年代是学生上体育课的标配。假如我没记错的话，我上初中时买的那双回力牌球鞋应该是六块钱，塑胶底那种，洗了之后条件好的同学还会买白鞋粉扑上，晒干后就跟一双新鞋一样白崭崭的。张宝凌穿的赫然是那种球鞋，也不知他是从哪儿买来的。他安静地坐着，黑色双肩包放在旁边的椅子上。很普通的双肩包，看不出是什么牌子。他并没像我想的那样自卑，当然，也并非泰然自若。他垂着两手，始终微微垂着头。

“吃了吗？”我问他。他点了一下头，那副样子好像打算什么也不说。好吧，那就不说。我习惯性地摸出烟，抽出一根递给他。他立刻抬起头，冲我笑了一下，那双水盈盈的眼睛再一次让我想到那些鹅卵石，还想到了班主任张道然老师。烟我并没抽，室内不允许抽烟，我也没有烟瘾，但我喜欢在口袋里放一包烟。事实证明，当你和某一个人的相处陷入尴尬时，给对方递一根烟，尴尬便能缓解百分之八九十。我只是像平时一样下意识地给身边人递根烟。

这就是我们初次见面的经过。我们都没谈为什么见面，避开“问题”学生的话题。我们聊了一小会儿，我告诉他我知道他所在的村庄，我老家离他家并不遥远。他又一次抬头看我，也没说什么。果真话少，非常少。

张宝凌走后，我还坐在那角落里好长时间。此时已经是放学时间，学生食堂人满为患，我待的角落却独得一隅安静。直到学生吃完晚饭陆陆续续离去，我才从角落里起来，心里有种去拜访张道然老师的强烈冲动。我想在他的身边待一会儿，什么也不说，就是待一会儿。

我清楚记得我们待在水库边烤鱼的许许多多个周末的下午，它们如此清晰，像是昨天下午的事情。一般都是我烤鱼，张老师在不远处垂钓。有时候他也放下钓竿来火堆边和我一起烤。那是深秋过后，天气变冷了，从水里泛上来的湿气令人起一层层鸡皮疙瘩。他将钓竿放在马扎上，朝我走过来，脸上带着笑意看我烤得焦黄的罗非鱼。“不错！”他点了点头说。我将烤好的鱼递给他，他也吃，但从没吃完过一整条鱼。吃了一半后他将鱼递给我，我接过来接着吃。我们多半什么话都不说，火堆里偶尔会“啪”地爆起一声干柴被燃烧的炸响声，除此之外就是微风吹拂草木的窸窣声。下午的阳光洒落在万物之上，身边的澄碧湖水面辽阔平展，阳光亮闪闪地跳跃在湖面上，粼粼微波朝湖面的远处漾开。实在太安静了，身边那些被微风吹拂而发出响动的声音并没打破这辽阔天地的安静，却衬得这安静越发深邃。我把光脚套在回力牌球鞋里，已经有些显短的裤脚吊在脚脖子上，我也没觉得尴尬。我们的班主任上课从来不拿课本，讲到知识点时，能毫不含糊地点出这个知识点在课本第几页，这让我们佩服得不得了。他从来不批评学生，我们却对他有一种带有畏惧的敬意。然而，穿着皱巴巴的T恤、能和我一起吃一条鱼的张老师又是另外一副样子，他极像一位兄长。那些阳光明亮的寂静午后，只有我们俩待在水库边杂草丛里的寂静时光，我莫名感觉到我们有一种相互感知的灵犀。他了解我因为贫困而变得敏感脆弱的内心及窘迫，我也了解他对一个孩子不动声色的呵护与关爱。静静地待在他的身边，这个世界就变得如此安宁和充实。只是再见他一面的愿望永远不可能实现了。张老师在五十二岁时，也就是我远在外地的某一年，倒在钓鱼的河边再也没有醒来。据说是心脏病发作，在此之前我从不知道他有心脏病。知道这个消息时距他去世已经过去四个月了。我记得知道消息的那一刻，我真切感受到一股非常细小而尖锐的疼慢慢从心底弥漫而出，这种细小尖锐的疼渐渐成长，最后变成巨人一般把我给吞噬了。我没有流泪，双眼火辣辣地疼，我的脸抽搐般一抽一抽的。我是从学习委员那里知道这个消息的。学习委员人不错，从不对农村同学另眼相看，这么多年来我们一直有一搭没一搭地联系，有时长达一两年没有一个电话，电话再次打过去，两人不紧不慢地把天聊得依然如初，时间没有在我们的同学情谊中留下任何痕迹。我很喜欢这种不浓不淡、细水长流的情谊……

研究生毕业后，我不愿再回老家。我有一对很不安分的父母，各自的情感生活丰富多彩，这在农村实在是相当荒唐的一件事情。他们像生活得轻松而时髦的城里人一样追求各自的“真爱”。我妈有一个相好，我爸也有，奇怪的是他们却不肯离婚，好的时候像一对恩爱夫妻，家庭矛盾爆发后便各自从家里失踪了。我妈在我读小学四年级时甚至“失踪”长达一个学期，其实她就在隔壁村，和一个跑运输的小个子男人过上了。这事情尽人皆知，我爸不可能不知道。但他不管，他也有去处……我便是在这种四分五裂的家庭里成长起来的。我想远离他们，他们在我心里代表着破碎、不忠、不负责等，这些都是让人本能抗拒的东西。但我所能做到的，只是拉开彼此之间的物理距离，而在漫长的成长岁月中，经年累月地对我产生影响，并在一定程度上塑造了我人生观里无形的东西，我却无能为力将它们从我的生命中剥离出去。我对婚恋从来就没有信心，也不知道如何去经营。我碰到过性格很好的女孩子，可耳闻了太多父母之间在矛盾与盛怒之下掷向彼此的那些可怕语言，便害怕了。也许我的婚恋不一定会像我的父母那样，但谁能肯定呢？失去要比拥有可靠得多，没有就可以永世避免那些彼此伤害的言行。我宁愿没有。

那些在外头的日子，遭遇了太多失望与挫折，唯一能给我带来慰藉的，便是那段在临水中学度过的时光，它像一抹温火，始终在我感觉最为黑暗的时刻，隐隐地在心底散发光亮与暖意。我不知道我的班主任是否明了他有意或无意间给予的善解人意的关爱，对一个孤独的学生来说意味着什么。我没有任何机会向我的班主任表达谢意，也不知如何表达，有些恩情，是没法用语言表达的。我只希望有一天他能需要我，我必将赴汤蹈火。但永无这样的机会了。

在外边待了十五年之后，我还是回到了令我一生都想逃避的地方，勉强进入一所普通高校。

第二次和张宝凌见面是在和他的爸爸通过电话之后。学校规定帮扶老师每个月要和“问题”学生的家长进行一次沟通，共同商讨如何帮助孩子，学校和家庭共管，早日让“问题”学生摆脱“问题”。我一说自己是学校老师，张宝凌的爸爸马上气急败坏，说他没空管这个“孬种”，他只负责出钱供他读书，其他问题找他妈。我小心翼翼地问：“您和他妈妈没住在一起吗？”他立马发火了，吼起来：“离婚，离婚了懂吗？谁离婚了还住在一起？”最后，他极不耐烦地给了我张宝凌妈妈的电话。电话是接了，但一个孩子尖厉的哭闹声比她的声音先到了我这边，我一慌，招呼也忘记打了。“说话，怎么不说话？又是哪个骚货找老娘？老娘不离，拖死你们这些狗男女。”破口大骂伴着孩子的哭闹声向我砸来，我料想在这样的情形下沟通是没有任何意义的，便匆忙挂断电话。想了半天，也没理清楚张宝凌父母之间的关系。张宝凌爸爸说离婚了，张宝凌妈妈又说没离。莫不是他妈妈二婚再生育，目前又面临婚变？毫无头绪。但有头绪又如何，什么也改变不了，无法改变张宝凌的处境。我决定不再和张宝凌的父母联系了。

我约他在小虫炖盅见面。这是学校里的一间餐馆，有不少品种的炖盅，比如红枣花生炖猪脑、香菇淮山炖鸡块、胡萝卜炖排骨等，味道不错。张宝凌说要下课才能来，我便坐在里面等他，并点了两份红枣花生炖猪脑，等他来由他点菜得了。半个小时后他来了，还是上次那身穿戴，我特别注意到他的球鞋，很想问他鞋是在哪儿买的，最后还是没问。他显得有些拘谨，小心坐下后只是正眼看了我一眼，又像上次那样垂着头。

“不要紧张，”我说，“我饿了，你陪我吃个饭吧，我不喜欢和同事吃饭。”

他迅速抬起头看了我一眼，那双黑白分明、如水下鹅卵石般纯净的眼睛，无端端地，我便有了些心疼。也许我的班主任当初也像我今天一样吧。我让他点菜，他说他带吃的了，然后从黑色双肩包里掏出三个装在白色食品袋里的包子，还有一杯榨甜玉米汁。我没勉强他，招呼服务员上了先点的那两盅红枣花生炖猪脑，我还要了一瓶啤酒。我示意他喝炖盅，他显得很勉强，我也没劝他，自己吃喝开了。张宝凌慢慢吃着包子，吸玉米汁，给他点的炖盅他始终没有碰。

“你打算打包带走吗？”我看着那炖盅开玩笑地说。

“不是，我有吃的。”他小声而快速地否认。我感到有点失望，当初我是何其落落大方而又欣喜地在水库边上烤班主任的罗非鱼吃啊。我慢慢吃花生猪脑，喝啤酒，张宝凌的炖盅始终未动，他一直在吃他带来的包子和玉米汁，包子是木耳粉丝馅儿的。直到我快要把啤酒喝完，他不知出于何种想法，伸手将炖盅挪到自己面前，慢慢喝起来。我依旧没理他，内心却翻江倒海。他似乎肯在我面前卸下一点戒备心了。我真希望他能看出我发自内心地想要给予他一些力所能及的关爱。

我所在的学校离澄碧湖水库有八公里，从外地回来两年了，我没去过一次。听学习委员说，临水中学十六年前就已撤并到市六中去了，如今那里的荒草恐怕已快将校舍淹没。学习委员在泮水镇派出所工作，任副所长，有一对非常漂亮的双胞胎女儿，妻子在镇政府工作。我回来后去泮水看望过他，他请我在镇上的饭店里吃过一顿饭，就两个炒菜和每人两瓶啤酒。他喝了酒爱脸红，两瓶啤酒下肚，他脸红眼也红地对我说，他这辈子就这么完了，一眼望到头了。他说羡慕我近乎放荡不羁的自由生活。我差一点就告诉他，当年每周末他老爸都带吃带喝来看他，我简直羡慕得都快嫉妒了，如今又老婆孩子热炕头，人一辈子该走的每一步他都按部就班顺顺当当地走了，我羡慕都来不及。但我什么也没说，这么多年在外闯荡，我学会了理解人，每个人都有外人难以觉察的苦衷，靓丽光鲜的外表下往往有人看不到的千疮百孔。临别前，他给我两罐野蜂蜜和一包晒干的野香菌。香菌个头儿极小，但闻着很香。回来后我将蜂蜜放在冰箱里，野香菌则用细铁丝线串起来挂在阳台上。学习委员告诉我，温水泡开后炒腊肉，那味道美得没法形容。学习委员叫叶向军。

遇见张宝凌后，我愈发想念临水中学了，还有它后面那片长满杂乱草木的土山，以及那条班主任踩踏出来的小径。趁着周末天气好，我便出发了。我有一辆二手本田摩托车，是从一位茶庄老板手里盘下来的。它的轰鸣声让我很喜欢。

快要中秋了，中午阳光已经没那么火辣，和风也正好。从学校通往澄碧湖水库方向有两种走法，高速路和二级路。我并不赶时间，在二级路上慢慢前行就好。来往车辆很少，大多数人都上高速路了。这是往市里去的方向，但不必进入市里，沿着二级路绕城而过就可以通往澄碧湖水库，临水中学在城市和澄碧湖水库之间，当然，更靠近澄碧湖那端。

实际上，有不少周末我常常独自一人开我的“黑骑士”出来乱窜。在从学校出来后与去市里相反方向的十公里处，有一个叫槐花的村庄，村里有一口大约五亩地大的荷花塘，取名“半亩花田”，是槐花村一对姓陈的父子承包村里的，里头种满荷花，池里养鱼和鸭子。这父子俩有些经商头脑，在池塘边上建了十几间用竹片围成的简易棚子，竹片墙刷上蓝色油漆，顶子盖稻草，垂挂一些刺绣当装饰品，便成了一间带有些许文艺气息的包间。每到周末，这里人满为患，吃饭的，赏花的，散心的，各得其所。饭菜主打乡村味道，荤菜是池塘里养的鱼和鸭子，以及散养在池塘边上的土鸡，蔬菜是家里种的，烧饭全部是火灶烧柴。我没在那里吃过一次饭。本就是农村人，什么“土味”没见过。我喜欢绕着池塘走。父子俩围着池塘铺就一条鹅卵石路，荷花清幽幽的香气从池塘溢上来，扑面撩人，让人心旷神怡。我通常会晚上去，白天人太多，煞风景。“半亩花田”有一条规矩，晚上八点半后就不再接单了，因此一般晚上九点后，花赏了饭吃了酒喝了，席也该散了。我迎着那些陆陆续续出来的车进入槐花村，来到“半亩花田”，通常服务员正在收拾席子。只有零星的游人还在池塘边散步，都是城里人。我其实也没在池塘边干什么，就是找一处灯光没那么明亮的地方坐下，将自己隐匿在昏暗中。荷香、微风、蛙声、虫鸣，一切刚刚好。这种恰到好处的宁静与孤寂容易让我心生悲怆。我会在一隅昏暗中面无表情地想到那些身无分文的时日，那些被毫无征兆地退租而在路边不知所措地守一堆凌乱行李的时刻，那些猝不及防被辞退的瞬间，连续七八天独自躺在床上连烧水的力气都没有的日子，以及长期以来独自面对所有大大小小辛酸的时光。它们都不美好，没有人愿意回忆这些，但它们像每个白天和黑夜那样真实存在，和我融为一体，我无法逃避。我得久不久抚摸它们一下，就像抚摸某一段过去时光里的自己。当然，我并不是每次都会自讨苦吃般回忆往事。我老觉得在夜色微茫中更容易触摸到真实的自己。

除了“半亩花田”，我还喜欢去利州县边上一片叫竹排冲的竹林，那片林子真是太大了，有五十多亩，属于一个村子的集体林子。每年春上，那片竹林能产出很多春笋，分到每家每户，或卖鲜笋或留着制成干笋，冬天再卖给酒店做酒席。那片竹林有一个老头守着，除了春天收笋，平时是没什么人的。老头有一条叫七月的大黑狗，终日与狗为伴在竹林里转，也没什么事情，主要是防止有人偷砍竹子和放火。那次我也是出来乱窜，途中看见那片竹海，惊叹之余钻进林子里撒了泡尿。我还没整好裤子，不知从哪里嗖地窜出一条大黑狗，鼻子里发出哼哼的警告声，脖子那圈毛都竖起来了，我差点没吓瘫在地，但很快我就不㞞了，猛地蹲下，那狗“嗷”的一声掉头就往后窜。这时一个老头从一丛竹子后闪出来了，戴一顶霉迹斑斑的草帽，手里拎一根棍子，瘦，个子不高。狗也不叫，待在老人身边哼哼鼻子。我和老人说我只是进来行个方便。后来我常常去那里，老头姓林，我买一些凉拌猪头肉去和他吃饭，他酒量好，一两斤农家酿的米酒是没问题的。我也会买鸡骨架给七月，就是那种身上的肉大部分被削去做了火腿，只留下一个架子的鸡骨架，其实肉也还是有一些的。放到锅里炖，拍上碎姜，加上盐巴，就是一顿七月很喜欢的美味了。越过竹排冲再往前走二十来公里，就是我家了。我极少回家，父母如今老了，不再折腾，安分过日子。进入晚年使他们开始渴望儿孙绕膝的天伦之乐，然而我无法满足他们，就算我有家庭，我也不会轻易将这种宝贵的欢乐带给他们。这世间任何美好的东西，得到它们的前提是必须要付出同等的代价。没错，我无法释怀他们在我小时候带来的伤害，不管有意还是无意。我们之间已经有太深的隔阂了。

沿着二级路前行，风景很好，二级路两旁全是大片稻田，如今稻穗正好往成熟里长，一片金黄。路中间的隔离花圃种满了玫红色的三角梅，这玩意贱生滥长，只要阳光足够，便能开得一塌糊涂。三十年前这条路是四级路，不仅窄，路中间还时不时弄个大坑。骑自行车的一不小心撞进大坑里，人和车便结结实实地栽了。那时候路两边并不种水稻，种甘蔗，一大片蔗林，年底砍伐甘蔗，这路两边便堆满一垛垛小山似的甘蔗堆。拉甘蔗的卡车经过学校门口，正巧碰到放学，开得慢，那些高年级学生趁机拽甘蔗，发生过好几次学生被卷进车底下的惨痛事件。二级路是我去外地上学后修的。在外地读师范时，放假我几乎都没回家，在学校勤工俭学，挣点新学期的生活费和学杂费。那时候生活费还是通过汇款单邮寄，收发室通常会在一块黑板上写出有汇款单的同学的名字，我常常连续两三个月没收到家里的汇款单。

一路前行，我不断回忆这些早已逝去的往事，并非这些往事有多深刻，而是它们带给我的那种刻骨铭心的感受令我难以忘怀。好几次我想到张宝凌，那双黑白分明的眼睛让我心底隐隐生出一种疼，那确实是疼。而多年在外吃的那些苦头，早已让我不会轻易对什么有所感触了。多数时候我总努力让自己处于一种近乎麻木的心平气和之中，看淡一切，接受所有，允许任何事情发生。这就是现在的我。

经过城市的外环，拐上往云南方向的二级路。我记得这一带当时有一个私人石灰窑。有一年放暑假，这个连老板夫妇在内只有三个人的石灰窑在路边挂出一块牌子，上边白纸黑字写着招收工人。我那天是打算步行回家的，四十多公里的路，我走过，早早出发，连跑带走，到晚霞落尽时基本也就到家了。那次我只带着暑假作业、一卷卷成长条的席子和仅有的几件换洗衣服便步行回家了。在路边看到那块牌子，犹豫了良久，我还是斗胆前去询问。顺着一条小路进去，不远处就是一个石灰窑，有两间只盖了石棉瓦顶子的棚子，另外一间是用木板搭建的木板屋。这里并不生产石灰，石灰是从更里边的山里运输出来的，我所要干的活儿就是将好石灰从运出来的石灰里捡拾出来，将好石灰扔进一个挖好的长方形坑里，待卖给建房子的农户。其实从山里运输出来的石灰，已经是二手石灰了，也就是已经经过机器筛选过后扔掉的石灰屎。和正规的石灰厂要这些二手石灰并不需要钱，他们还感谢你帮忙处理掉垃圾。因此，从二手石灰里再筛选出被机器漏筛的好石灰卖掉，等于是做无本生意。我进去时，老板夫妇正领着一个比我大不了多少的年轻人捡拾石灰。我说明来意，还把我的学生证拿出来给他们看。那时候我还没到办理身份证的年纪。老板娘很热情，那个矮胖的、左手腕上戴一只银手镯的妇人接过我的学生证，仔细瞧上边的照片，爽快地说："成，你就留下吧，活儿不重。"我来的当天，那个和我一样大的年轻人便走了，他想辞了石灰窑的活儿去广东。那年代，去广东的人太多了，人们像潮水一样涌向珠三角，好像那里遍地是金钱，弯弯腰便可捞一把。我的住处就是那间木板屋，晚上只有我一个人住在那里。那位年轻人给我留下了一顶打了好几处补丁的淡蓝色蚊帐。得感谢那顶蚊帐，为我遮挡差不多两个月的蚊子。捡拾石灰真不是什么重活儿，要命的是老板一整天都不让人歇着，除去上茅棚和吃两顿饭，所有时间都佝偻着腰捡拾石灰。我记得那种闷得令人窒息的炙热，八月份的太阳简直就是一个可怕的大火球，大地上所有的东西摸起来都是烫手的，从水管里流出来的自来水变成了烫手的热水。倒不能说老板欺负人，因为他们夫妇也和我一样戴个草帽汗流浃背地捡拾石灰。我在这个小石灰窑干了四十二天，老板夫妇给我一百六十块钱。当初说好是一百二十块钱一个月，外加包一日三餐。那三餐其实就是一锅玉米粥加一盘放了辣椒的酸空心菜，或者其他酸菜。这不能说老板苛待人，这一带，夏天基本上就这吃法，天气太热了，酸菜和玉米粥是最好的饮食了。一个暑假下来，我变了一个人，里外全黑透了，尤其是裸露在外的两只手，被暴晒脱了皮。那时候我记得报名费是一百一十二块钱，到班主任的办公室去交。他瞧着我递给他的三张五十元，又盯住我脱皮的两只手臂，也没说什么。第二天，他给我两件圆领棉T恤，黑白各一色。暴晒了一个暑假，我身上穿的那件本来就很旧的蓝色短袖T恤已经不成样子了。

直到开学后两个星期，我妈才找到学校来，劈头盖面将我骂一顿，扔下报名费就走了。她的出现又将我置身于那种令人厌烦而又惊恐的家庭氛围里。整整一个暑假，家里一直都没找我，或许也到学校找，而学校已经放假，人去楼空，对此我一无所知，也不想知道。那个假期很辛苦，但没有争吵和那些像石块一样冷硬并带有威胁性质的话，算是一段宁静的时光……

拐上往云南方向去的二级路后，直到到达通往澄碧湖的路口，我还找不到临水中学的入口处，我记得就在公路边上的，沿着岔路进去大约一公里就可以到达临水中学了。我在二级路上来回溜了两趟，还是找不到。打电话给学习委员，学习委员说不在二级路上，二级路是新路，要走旧路才能找着。我说旧路也找不着了。后来他告诉我在鬼坡那地方分岔了。我只好返回。那时候，鬼坡位于从市里到澄碧湖、靠近城市这端的四级路，从这条路往澄碧湖方向一直出去就可以到达云南。鬼坡是一处急坡，坡不算陡，就是拐得有点急，坡的一边是悬崖，悬崖底下是右江，很深的崖，也并不陡，崖延伸出去很远，并且在半崖有一处相对平坦的缓坡，那里有几座坟墓，还有几棵笔直的桉树。每到深秋早上，那处悬崖底就弥漫着白白浓雾，看不到崖底的右江了。那时候鬼坡十天半月地出事，外省司机不明路况，因为坡并不陡，拐的速度就有点猛，一不留神就冲下崖去了。令人惊奇的是，出事的车辆通常冲到悬崖缓坡处就停了，也没撞到坟墓和桉树上，假如冲下去，就直接到江里了，后果真不堪设想。人们因此觉得这些司机能捡回一条命，全拜那几座坟墓所赐，埋在里头的鬼倒还算是善鬼，鬼坡因此而得名。

拐了回来，终于在一处不起眼的岔路找到那条旧路。因为路政部门失于保养，旧路破损得厉害，路面布满小坑小洼，两旁的桉树和苦楝树长得很高，浓荫遮蔽路面，没有来往车辆，没什么灰尘。假如有闲心，这里倒算是散步的绝好之处。拐了进去，走着走着，忽然有一段路的两旁竟然长满了三角梅，火红色的那种，枝叶蔓延到了路面，挑着一串串三角梅，像一团团火。我记得以前这段路只有零零散散的桉树，不知怎的竟然长了三角梅。这东西实在是装饰路边花圃的绝好之物，只要有土和阳光，它便能从头到脚绽放，好看谈不上，但绝对养眼，夺目的火红能让人精神为之一振。没有一辆车来往。鬼坡那面悬崖填满了垃圾。越过鬼坡不久就见到通往临水中学的路口。通往临水中学的那截路没铺水泥，一下雨，土路上的烂泥能没到人的脚脖子。此时路已经面目全非，上面长满杂草和矮小灌木，居然还有不少芦荟，长得极为硕大，肥壮的叶子像箭一样竖着。不过还是能轻易辨别出有一条小道往里延伸，它上面的杂草长得比周围矮小，像是有人进出，但不是很频繁。

我就这样拐进来了。偶尔，会有一簇很大的晚饭花夹在杂草间，这种花呈喇叭状，紫红色，在晚饭时间开得最为繁盛，因此得名。其实它别的时间也是开的，只是没有晚饭那段时间开得热闹。绿油油的野草中，忽然出现这么一丛鲜艳颜色，让人心里有小小的惊喜。往里慢慢骑行，我竟慢慢热泪盈眶。这里有太多的回忆了，当然是关于班主任钓鱼的回忆，他给了我太多那时候极度缺失的暖意。往后经年，当一些怀有恶意的人或事出现在我的生命里时，我总会想起他，这世间因此在我眼里便没那么不堪……

看见那大门了，竟然也让我吃了一惊。以前的铁门当然不复存在，大门豁然洞开，但玫红色的三角梅经过人工修剪后形成了一座拱形的花门，往里一望，可以看见被遗弃的三层教学楼。我将摩托车停在那花门前，熄了火，有些畏惧地往里看。确实是畏惧，不知因何会有这种感觉。里面静悄悄的，没有任何声响。微风吹拂，周围的杂草发出窸窸窣窣的声音。别无其他。操场也已经长满了杂草，以前铺石灰，如今石灰已被雨水冲刷掉，露出一块块裸露的地面，野草趁机占满那些裸露的地面，东一块西一块的，席子一般大。我穿过那座花门，进入校园。越过长满杂草的操场，靠近教学楼。临水中学只有这一栋教学楼。我记得当时初一有五个班级，初二有四个，到了初三只有三个甚至两个了。那时候辍学的学生很多，读着读着，家里没钱或厌倦了学习，人便走了。教师宿舍在教学楼左侧，是一排瓦房，直筒房那种，进去是半间屋子，通常被当作客厅，往里是卧室，客厅和卧室之间用一堵墙隔着，卧室再往里就是洗澡房和厨房。有客人来家里吃饭，依次走过客厅，穿过卧室，再进入厨房，这个家的一切便在客人眼里一览无余了。我常常进入班主任家里，给他拿“忘记”带的东西。他家的窗帘是白底碎蓝花的，有哆啦A梦的卡通像。客厅有一套褐色的旧角柜，边角有些掉漆了。印象最深刻的是他家客厅左侧那面墙壁上，挂有一幅巨大而颜色暗淡的油画，一位外国女子不明所以地微笑着。多年以后才明白，那是“蒙娜丽莎的微笑”。画当然是赝品。师母通常在厨房里忙碌，她永远在磨黄豆做豆腐，供学校食堂。这是她私人的活儿，挣一点补贴生活的家用。班主任的家里永远弥漫着一股黄豆酱的清香。师母头也不抬，告诉我东西搁在哪里，叫我自己去取。

转身，朝教师宿舍走过去。我很快便发现了一间奇特的房间。房间的门窗都已经破损洞开了，屋顶上的瓦片由于常年失修，早已漏洞百出，雨水和阳光从那些千疮百孔漏下来，屋里也长满了杂草。班主任的家在左侧第二间。我来到门前，往里张望。面目全非。除此我不知道该用什么来形容。他家的客厅屋顶豁开一个大洞，对准这个大洞的地板上有一个很大的坑，里面蓄满水，应该是雨水。水坑周围长满茂盛的杂草，一些虫子在其间跳跃。从那条可以一直通往厨房的通道望去，也是满目疮痍，到处堆着潮湿的泥土颗粒，显然是老鼠打洞挖出来的。厨房后门洞开着，已经失去了门板，可以看见厨房之外长满暗黑色苔藓的挡土墙，墙面被藤条类植物覆盖着。

一切早已面目全非，没有任何东西能在时光流逝中独善其身。

一阵悲怆汹涌而来。我胸口一阵发紧，转身离开。

那间奇特的房间与班主任家相隔四间屋子，门窗完好，门前的屋檐下有几盆肥大的芦荟，让我想起进来路上看见的那些长在杂草间的肥硕芦荟。种植的花盆并非破盆烂罐，而是瓷盆，宽口，淡绿色的，瓶身上有浮雕，挺讲究。还有一丛种在褐色土陶罐里的万年青，长得蓊蓊郁郁的。这间屋子的房门开着，可以看见里面铺着水泥的干燥地板，以及客厅摆放的两张淡褐色藤椅和一套喝茶的褐色木桌，上面摆有茶具。与客厅相隔半堵墙的卧室我看不清楚，目光穿过往里的通道，可以看见厨房的一小部分，有一罐煤气搁在那里。我注意到这间屋子的门窗，它们显然不是原来的，而是后来新修上去的，它们的颜色和陈旧的墙壁差别很大。门窗都是木质的，油漆成油亮的琥珀色。

我站在门前，周围很安静，站了一会儿，似乎听到什么，又什么都没听到，风在空荡荡的校园里慢慢拂动。屋里很安静，什么声音都没有。很显然，有人住在这里，又是什么人？是以前的老师，还是无家可归的人在这废弃之地安家？我在门口静静站了片刻，然后伸手轻声叩门。没有人答应，也听不到任何声音，这周围的一切，以及我本身，似乎都坠入一个陌生的空间里。我转过身。教学楼与教师宿舍隔着两个篮球场，寂静地立在那里，墙体上有一道道巨大的黑色污痕，那是雨水冲刷出来的霉斑。有一条清晰的小路从这间屋前穿过斑驳的篮球场（也是我们的操场，那时候做第七套广播体操）。我一时不知所措，这偌大校园像另一个世界，这个世界里只有永恒的荒芜与沉寂。我慢慢走向那条杂草间的小路，朝教学楼走去。教学楼木质的门窗都已经腐朽掉了，窗户上只剩下生锈的铁条栏杆。一楼的教室里堆满各种各样的东西，坏掉的课桌椅、塑料桶、泡沫块、生锈的铁条和一堆堆的木板。走廊也堆满各种被遗弃的东西，有好几个破烂不堪的沙发，被老鼠咬得面目全非。老师们搬走时，似乎把不要的东西都搬到这里来放了，不知为何不留在宿舍里。教学楼通往楼上的楼梯倒是还干净，楼的两边都有楼梯，远离教师宿舍的那一端楼梯放满各类杂物。我沿着楼梯往上走，刚到二楼，我便听到时断时续的人声，是从三楼传来的，一个老人的声音。

“大豆，这道题错了！”

像是有人在上课，我吃了一惊。可是这荒芜之地哪儿来的学生？又哪儿来的老师？又为何来这里上课？我站在通往三楼的楼梯口犹豫片刻，往上走去了。声音就在三楼的楼梯口左侧第一间教室。这间教室的门窗也早已损坏了，教室打扫得很干净，一位清瘦、头发花白的老者站在讲台上，正在讲课，板书是英语，英文写得很漂亮，正在讲解单数和复数。讲台之下只有两张课桌，其中一张课桌前坐着一位上身穿短袖白衬衫的男子，背对着我正在听课，后脑勺开始秃了。讲台上的老者两手撑在讲台课桌上，停下讲课望着我。那位学生也转过身。一位戴眼镜的方脸男士。我们就这样相互望着对方，彼此的脸上都带着惊讶的神色。

“我是九二五班的，班主任张道然。我……回来看看。”我说。

讲台下的学生就转回身，和讲台上的老者对望。老者将眼镜摘下来，仍然盯着我。

“张道然？”他在讲台上默念这个名字，片刻后轻轻点了点头。

“唉，我记得，那个倒霉鬼，把命都搭在钓鱼上了。他也是教英语的，我们在一个教研组。”他说。

“是的，就是他。”我轻声说。

那位坐着的男子站起来，应该是和我差不多年纪，个头儿比我稍微矮一点，一双细长的单眼皮眼睛在镜片后闪着精明的光芒。

“我是九〇级的，毛大豆，这是我的班主任李清玫老师。”他说。

“那你是师兄了，”我说，“你们……正在上课？”

“是在上课，”男子笑起来，转向他的班主任，“老师，讲半天了，该下课了！”他走上讲台，收拾课本和老者的玻璃水杯。

“你这颗榆木脑袋怎么讲都不开窍！”老者瞪了他一眼，背着双手走下讲台，我们跟在他身后，走出教室，下了楼梯。

我始终无法记起临水中学有这样一位李清玫老师，其实这也很正常，哪儿有心思去关注没给你任教的老师，而且还是不同年级的老师。

我们三人穿过操场，李清玫老师走在前面，我和毛大豆随后。此时阳光绚烂，静静落于万物之上，周围的草木蓬勃繁茂，而校园里的建筑是陈旧破败的，却奇迹般地与这寂静的阳光与繁茂的草木如此和谐地融为一体，它们共同营造出了一个荒凉而又令人备感安宁的沉寂世界。

李清玫老师到那排宿舍后去摘丝瓜了，他说要给我们烧一个丝瓜蛋汤，我和毛大豆便在李老师的宿舍里烧水喝茶。这里没有电，但有水。

“我给李老师在宿舍后头打了一口小水井，靠手摇压力泵抽水，靠蓄电池发电照明，我拿蓄电池到城里充电，他一个人用不了多少。”

“他怎么跑来这里住？家里人呢？”我问。

“我师母早就过世了，他们有一个女儿远嫁在青岛乡下。”毛大豆说。

“如今他跟着你？”我有些惊讶。他斟着茶，是茯砖黑茶，茶色很清亮。

“是我跟着他。”他笑起来，抬头看我一眼。

“干吗跑来这地方住呢？挺不方便的嘛。”我说。他从茶桌下取出一个普通的玻璃水杯，说这里没有多余的茶杯，叫我将就着用。

“你又干吗跑来这地方？”他不答，反问我。我便笑起来。

我们聊那时候的临水中学。那时候全校只有两位音乐老师，其中一位是女的，喜欢穿黑色衣裙，一年四季从未见她的身上有过其他颜色的衣服。夏天她在黑裙子上别一枚深蓝色胸针，冬天在黑色风衣外围一条暗红色麻料围巾，就那么随意挂在脖子上，却也风情万种。其实她长得并不漂亮，但她独特的装束为她赢得了不少注目礼。每当她走过教学楼下时，二楼三楼的男同学便一阵骚动，吹着尖锐的口哨起哄。那时候我们特别盼望上音乐课，而音乐课每周也就一节，还常常被别的老师借走。偶尔上一次音乐课，我们活像打了鸡血般兴奋。但其实当她真正站在我们面前的讲台上时，我们都是很乖的，并不像平时见她时那副流里流气的模样。她的身上有一种让人瞬间安静下来的奇特气息，你说不上来那是什么。

我们还聊到学校的加菜日。学校规定每周四晚加菜，其实就是豆腐炖猪肉，而且还是白花花的肥肉居多。但那时哪儿还能挑肥拣瘦，肉味还没尝出来，早就风卷残云般干光了。女同学就不一样了，专门把肥的挑出来扔掉。那时候学校食堂前有一口坐在一只大水缸上的巨大铁锅，供学生倒掉吃不下的饭菜。每到加菜日，女同学便围着那口大锅把肥肉挑出来扔进去。有些男同学脸皮厚，专门等在大锅边上，看见要扔肥肉的女同学，便嬉皮笑脸地将饭盒伸到她面前，让她把肥肉送给自己，不少男同学居然得了满满一饭盒肥肉。

“你干过这事没？”毛大豆问我。

我摇摇头说没有。是真没有，实在拉不下脸皮伸出那个手。

“我倒是干过不少回，”毛大豆说，“嗨，那时候人还挺好的，也没那么多想法，脸皮厚一点，能管你吃饱一顿，腻得你一个星期都见不得肥肉了。”

“我那时候是真穷，真穷是不敢伸手的。只有那些不缺吃的人才敢半真半假地张嘴伸手，穷人没那个底气。”我说。

毛大豆笑而不语。

我便打量屋子，发现天花板铺着一层纸板隔层。“这屋子是新修过的吧？”我问。

“是新修的。这间屋子原来是李老师的宿舍，五年前搬来时，跟其他房间一样破损，我找人来给修缮过了。”毛大豆说。

“后来临水中学不是搬走了吗？李老师没分到新宿舍？”我问。

毛大豆喝着茶，好一会儿才说：“我的班主任是代课老师，临水中学还没搬走前，他就被学校清退了。那时候开始清退编外老师了。”

“李老师是代课老师？”我吃了一惊。代课老师我是知道的，那个年代师资短缺，教育局常聘请有中师或大专以上学历的自费毕业生，分配到比较偏远的乡镇中学当老师。尤其是英语老师，乡镇中学严重短缺。我的班主任张道然老师那时候一个人担任了我们整个年级的英语老师，一天七八节课是常有的事儿。代课老师的工资极低，据说只有一百八十多块钱。

毛大豆点点头。“其实我从这儿毕业后有好多年没见过我的班主任。我去广东打过工，那时候初中毕业不都去广东嘛，我没考上高中，主要是英语不行。在广东我还真挣了点钱，但后来又都亏空了，从广东回来才碰见我的班主任。”

“如今师兄在哪儿高就？”我问他。

李清玫老师回来了，摘回来三条长长的丝瓜，一小把香菜，一把包在芋头叶里的青嫩的四季豆，还有几个红彤彤的西红柿。老人应该快八十了吧，看起来精神头儿还挺好，清瘦，仙风道骨似的。他把西红柿递给我们，毛大豆接过去，洗都没洗就往嘴里送。

“吃一个，我最喜欢这东西了，比市面上卖的强太多了。”他给了我一个。我接过来也咬了一口，酸甜，多汁。

李老师让我们坐，他要去给我们弄饭。我站起来说我来做，这些事情该是我做的，一个是老师，一个是师兄，我做是应该的。毛大豆拉住我，对他的班主任半撒娇半哄地说，想吃老师亲手做的丝瓜蛋汤。老头显然对于学生的哄劝很受用，拿着菜进厨房去了。

“让他忙，老人需要被人需要。”他轻声说。

我们继续喝茶，却不再谈论往事。我和他说了一些我的现状，他从包里摸出一张名片递给我。毛大豆在市里有两家装修店，室内装修那种。

“不错，业务搞得挺大的。”我由衷地说。

“混口饭吃。”他淡淡地说。

“成家没？”我问他。

他慢慢给我倒了杯茶，又端起他那杯喝了一口。

“以前有过，后来没了。”他说。

我们便不再往下聊。

“吃饭了！”

李老师在厨房喊我们，毛大豆赶紧放下茶杯，招呼我进厨房。我跟随他顺着通道往里走，和客厅隔一堵墙壁的卧室里放置着一张已经很少见的栏杆床，那种三面都有木栏杆的床，床的四个角都挑起一根直直的竹竿，绑着一顶白色纱布蚊帐的四个角，蚊帐的边角塞在竹席之下，蚊帐门撩起来，分别被两个银色的挂钩钩住。还有一套课桌椅，一个蓝色布衣柜靠那面厨房与卧室之隔的墙壁而立。再无他物。

厨房也很简单，一套锅灶、一张饭桌和一个碗柜，收拾得很整洁。居然有鱼——西红柿焖罗非鱼。我瞧着那盘鱼，心里一阵刺痛。在外头飘荡那些年，很多屈辱和难以言状的痛苦袭来时，我总是喜欢去烧烤摊要两瓶啤酒和一条烤罗非鱼慢饮慢吃。我并非在意吃喝，而是想要一条罗非鱼，想念那些在河边烤鱼的时光，想念班主任不落痕迹的关爱，那是我这辈子得到的最无私的爱。

我们三人默默吃饭。毛大豆胃口极好，他吃东西非常斯文，每一口都吃得极认真，慢条斯理地咀嚼。李清玫老师几乎不吃，端着大茶缸喝茶，偶尔夹一筷子青菜。我们的菜有西红柿焖罗非鱼、黑木耳炒四季豆、丝瓜蛋汤。就三道菜，分量很足，用大碗装着。李老师的丝瓜蛋汤做得和别人不一样，他的鸡蛋没打散，而是整个鸡蛋和丝瓜一起煮，应该是先把鸡蛋用水煮熟，然后剥掉蛋壳再放进丝瓜汤里。一共有四个鸡蛋。李老师给我们每人盛了两个滑溜溜的鸡蛋，罗非鱼鱼头给了毛大豆，鱼身子全给了我。他本人一口也没吃，偶尔喝一口汤，再就是喝茶。

鱼烧得非常好，浇了蚝油和陈醋，撒了豆豉和蒜米，比那些年在河边吃的烤鱼味道好多了，但此时我却无比强烈地怀念那些口味清淡、略带点儿土腥气的烤罗非鱼。

“那时候我周末买不起饭票，张道然老师常常带我去河边烤罗非鱼吃。”我轻声说。

大家都沉默不语。三道分量很足的菜最后全被我和毛大豆干光了。我要收拾饭桌，毛大豆又制止了我，拉我来到客厅。他似乎被这顿饭捋得身心舒坦了，带着饭饱后心满意足的神情。

“以后我也可以多来吧？”我说。

“当然可以，只要你愿意来。张道然老师我记得。”他说。我望了他一眼。

“哎，你的师母可是厉害人物，临水中学谁人不知。我记得她常常追着你的老师破口大骂，像个泼妇。”毛大豆笑起来，他换掉茶水，泡陈皮茶。

我点点头。

“你也挺难得了，现在还惦记老师。”

“你不也是。”我说。

毛大豆低头不语。

“你不喝酒？”我问他。

“喝一点儿，我的老师极少喝酒，烟也不抽。”他说。

“改天我们整两口，”我说，“我酒量不行，两瓶啤酒的量，但有时候很想整两口。”

“没问题，来这儿吧。我一个星期来两次，给我的老师送点儿生活用品，陪他个把下午。”他说。

“他平时不出去吗？”我问。

“不出去，我倒也希望他不出去。”他说。

“为何？一个老人整天待在这里，会闷出毛病的。”我说。

“世道不同了。”他答。这话答得让人有点莫名其妙。我也没再说什么。李清玫老师收拾好厨房出来，手里端着一碗热气腾腾的毛芋头，个头儿比鹌鹑蛋大不了多少。毛大豆赶紧给他倒了一碗陈皮茶。这茶有一种奇异的香味，能辨别出陈皮的香气，但又不只有陈皮香，还有一种接近于白玉兰的香味。我们校园里种满了改良过的玉兰，花朵很肥硕，但香味要比本地土玉兰淡得多，若有若无的气息。这陈皮茶就散发出类似那种玉兰花的清淡香味。

毛大豆很能吃，刚吃过饭，眨眼大半碗芋头又下了肚。我实在吃不下了。

“你说你是哪个班的来着？”他问我，但他一直看着吃芋头的毛大豆，像一个父亲般充满慈爱。

“李老师，是九二五班的。”我说。

“嗯，班级我是不记得了，但我记得张道然。话不多，不大合群，喜欢钓鱼。”他说。

“是的，”我说，“他周末常常去澄碧湖钓鱼，就从我们临水中学后山的一条小路过去，我常常给他送东西，水杯、鱼饵、香烟什么的，他让我在湖边烤鱼吃。”我说。

“我们是一个教研组的，任课的年级不同，也没多少交流。那时候大家都这样，各忙各的。”李老师说。

我把那碗芋头移到李老师面前。

“你们吃，我不吃，”他说，“我一般一天就吃一顿，上午十点左右吃一顿就成了。人老了，身体不再需要那么多东西了。”

我吃了一惊：“李老师，只吃一顿不饿吗？”

“不饿，习惯了。”他说，问我如今在做什么。我说出学院的名字，他点点头。

我们一起聊那时候临水中学的事情，包括一些老师的趣事。大多是我和毛大豆说，李清玫老师很少插话。日落西山后，我们从屋里移到屋门口外。这时候晚霞灿烂如火，铺满整个天空，校园显得更为清寂了。临水中学坐落在一个山坳里，周围全是土山，山上的植被长得非常好。傍晚时分，山上传来各种鸟鸣声，和着山风，竟然让人产生一种恍若隔世的感觉。一轮明月淡淡悬挂在还很明亮的天空之上。天黑之后，这荒芜之地便会盛满如水的月光，想一想就让人觉得既欢喜又伤感。

我们一直在门口坐到月光铺满大地方回。李清玫老师把我们送到花门前。我问毛大豆，这门是不是他弄的。他笑而不语。我们和李清玫老师在花门前告别，毛大豆搭我的摩托车来到大路边，便看见一辆黑色奥迪开着双闪在路边等他。我们在路边告别，约好下次再来。

·三·

张宝凌的成绩不算太差，没挂过科，当然，也不算很好，好的话就不会来这所学院了。这所学院原是一所师专，后来升级为学院，把本市原来一所中专也并过来了，连同中专的老师也一起收了编，因此师资力量参差不齐，很多老师其实只有大专学历。

我开始频繁约张宝凌一起吃饭、跑步，装着不经意地送给他一些这个年纪的男生应该有的物品，包括一双阿迪达斯运动鞋，那是我让他去图书馆帮我查找课题资料后给他的回报。他收下了，那双黑白分明的眼睛飞快看了我一眼，并没说谢谢。他有一台非常老旧的戴尔笔记本电脑，常常死机，张宝凌说是买的二手货。笔记本电脑好几千，有点贵，我不能贸然送这样的东西给他。他从来不主动联系我，每次都是我找他，电话打过去，接通，他永远不会主动开口打招呼。我说过他一次，下次再打，他还是不主动开口，在电话那头固执地沉默，我便不再说他了。从和张宝凌接触后对他的了解来看，我隐约觉得这孩子并非真是个沉默寡言的人，倒觉得他是个有想法和主见的人，只是不轻易表露，藏得深。我不得不承认，在同样的年纪，他要比我成熟得多。我并不在意这些，人会隐藏自己，有时候也是种自我保护，我希望他有一天会因我的诚意向我打开他自己。张宝凌对我的摩托车很感兴趣，我带他去过一次“半亩花田”，想让他尝尝那里的土味菜。我们将摩托车停在“半亩花田”的池塘边上，张宝凌一直在那里东摸西瞧，有时候还骑上去。我便在等菜间隙围着池塘的小路教他骑两圈。他悟性极好，油门掌控得不错，基本没有初学者大进大停的毛病，起步和停下都很平稳。回来的路上我便让他搭着我，居然一路开到学校。张宝凌非常兴奋。我告诉他，我希望他快乐地度过他的大学生涯。他沉默不语，从极为兴奋的状态一下子转入平时那副沉默寡言的被动样子。我心里忽然隐隐生疼，想到我的班主任。当年他在湖边看见脖子上挂着两只球鞋的我，是不是心里也有这样的感觉？

“张宝凌，毕业后打算干什么？”在跑步时，我常常和他东拉西扯，想办法让他开口多说话。

“没想好。”他气喘吁吁地说。我们围着学校的足球场跑步，一般是下午第九节课后，跑上八公里十公里，回去洗个澡再去吃晚饭。张宝凌从一公里到三公里，慢慢上五公里，最后磕磕绊绊跟上我跑八公里，大概用了两个月的时间。他不排斥我给他的任何建议，包括我介绍他看的电影。我推荐了诸如《阿甘正传》《肖申克的救赎》《当幸福来敲门》《放牛班的春天》《八月照相馆》等片子给他看。他不怎么爱看书，看看电影也好。

“你要早一点做打算，”我说，“男人和女人不同，男人得有规划，按照规划稳扎稳打。时间可要比你想的过得快，一晃便过了那些有拼劲儿的年纪了，这个年纪一过你就别指望还能再做出点什么事情来。”我像个已经在某个领域取得成就的说教者。说这话时悲怆陡然从心而起，自己的人生又何尝有过规划？即便有，跌跌撞撞走过半生，又有哪一步是能够按照规划走来的？人越往前走，青年时的规划就离自己越远。渐行渐远，最终变成一个遥不可及的梦。希望张宝凌不至于如我。他跟在我旁边，黑色圆领T恤前胸湿了大半，默不作声。我们谈得最多的是上中学以后的事情，我给他讲了张道然班主任，以及他和我之间的事情，还有我在外头浪荡那些年的事。大多数是我在讲他在听，我并不勉强他开口。他后来也和我说了一件他初中时的事情。他们的宿舍有一位同学家境特别好，每周的零花钱动辄好几百。这位同学贪玩，难以忍受学校周日晚至周五晚的封闭管理，绞尽脑汁想着晚上逃课出去玩，还想带着同宿舍的同学出去，左想右想也想不出可以骗过门卫的办法。张宝凌便出了个计策，让一位同学装病。他们拆下床板，装病的同学躺在床板上，由四位同学抬着，一位同学跟着看护，一宿舍六位同学便一下子全部出去了。这招儿很管用，门卫远远瞧见几位学生神色焦急地抬着人过来，问都没问便打开学校铁门了。只是这办法奏效几次之后便露馅了。学校门卫有两位，两位“门神”隔三岔五碰见学生抬床板冲过来，开始起疑心，上前仔细查看“病人”，伸出几根手指捅到床板上“病人”胳膊窝里一阵挠，装病的同学立刻生龙活虎地从床板上跳下来，另外几位同学见事情败露，一哄而散，跑得连床板都不要了……我便感叹，我们那时候哪敢和学校耍花招，一个个跟刚出土的土豆似的，老实得清新脱俗。

我问他：“张宝凌，中学时代有喜欢的女同学吗？”

“没有！”他几乎脱口而出，并扭头飞快看我一眼。不知怎的，我有一种他在撒谎的强烈感觉，也不知道产生这种感觉的依据是什么。我们刚跑完八公里，正沿着足球场走路放松。我甚至放慢了脚步，想停下来对着他那双黑白分明的眼睛看。但我只是放慢了两步路，很快便正常往前走了。我有些伤心，这段时间以来，我们几乎天天见面，一起跑步和探讨那些推荐他看的电影，我觉得我们的关系应该到了分享一些相对比较私密且有趣的事情的程度了。一个人是否能坦然地打开自己，应该就看他能不能拿出些私密且有趣的事情与人分享。当然，也有可能我不是他想分享的对象。我记得我和班主任在一次深秋的午后于水库边烤鱼时（班主任还带了些紫薯来让我烤。那时候即便是阳光灿烂的午后，在水边其实也已经感到凉意袭人了，所以烤紫薯吃极合适），他忽然从他的折叠椅上站起来，走到火堆边席地坐在我对面，笑眯眯地看我，冷不丁地问我一句："陶小沛，你有没有喜欢的女同学？"当时听到这句话，我记得我的脸登时一热，感觉血液直往脑袋上冲，不用照镜子也知道，此刻我肯定闹了个大红脸。原因有二：一是那年代还远没那么开放，这种话题可不像如今张口便可以说出来，是一个很敏感的话题；二是很不幸，尽管我穷得连饭都吃不饱，可还真有喜欢的女同学，叫赵新梅，是我们组的组长，长得并不漂亮，但她说话的声音极为温柔，和人说话永远是一副想要征求你意见的态度。我从小见惯了我妈和我爸吵架时那副张牙舞爪、五官变形的愤怒模样，忽然觉得这女生如此温婉亲切。每次赵新梅挨个走过来收作业本时，我都会心跳加快……啊，那是我青年时代多么美好而朦胧的一段情愫！那时我甚至常常幻想，有一天带赵新梅去澄碧湖水库下游那片浅水滩，让她看看那些被河水冲洗得无比白润的鹅卵石，看杂草中那些个头儿小却极甜蜜的西瓜。我记得对岸有两棵巨大的木棉树，二三月份时，光秃秃的木棉枝丫上绽开硕大的火红色的木棉花，从我站的这边望过去，那两棵缀满花朵的木棉花背景是淡蓝色的空旷的天空，偶尔会有一些棉絮般的白云，火红色的木棉花衬着这样的天空，真是美极了。我会蹚过浅水滩，捡拾那些掉落下来却依然完好的木棉花，串成一个花环，让赵新梅戴在头上……当然，这些只是幻想而已，自始至终这些想法都深藏于胸口。在三年的初中时光中，我和赵新梅其实没说上几句话。

那段纯粹到极致的朦胧情愫，如天边暮色降临之际那些即将消逝的晚霞，美得让人无限感伤。

张道然老师看我闹了个大红脸，咧嘴笑起来，捡拾一根木棍拨弄火堆里的紫薯，又说了一句让我更不安的话：“赵新梅，对不对？”

那时候我感觉连气都喘得粗了，垂下头死死盯住火堆，不敢看班主任，心里充满恐惧与疑惑。他是如何窥破我深藏于内心的秘密的？我以为张老师要严肃批评我，但他只是笑笑：“有是好事，证明你身心发育正常，只要不影响学习就好。”他还说：“很多年以后，这些深深浅浅的喜欢会成为你最好的回忆。人的心里得有一些美好的东西在里头装着，才能支撑着你，不然这漫长且琐碎的一生就没法度过了。你明白吧？”我不知该点头还是摇头。对于他的话，当时我并不十分懂，直到后来进入社会打拼，才明白班主任说得何其有理。

张宝凌不愿意谈这些。人和人不同，我得理解。

在这期间，我又以他帮我查找资料为由送给他一个阿迪达斯双肩包。他的双肩包拉链坏了，他把拉链拉到中间，勉强将包锁住，两边其实还豁着口子。

他还是没说一句谢谢。

临近中秋节的一天中午，我忽然接到一个电话，那头是位男子，自称是张宝凌的爸爸，想见我一面。我说我不是张宝凌的班主任，他有事应该去找班主任。那头沉默了一会儿，说，请务必抽点时间见一见他，张宝凌的班主任是个女老师，有些话，男人和男人交流比较方便。

我思忖了一下，便答应了。我们在学校食堂见面，此时离晚饭时间还早，食堂没什么人。我告诉他我在食堂左侧靠近超市这一端，穿白色T恤。一会儿他就到了。我吃了一惊，张宝凌的爸爸估计有一米八，体形保持得很好，关键是他长得很像郭富城，真是一表人才，有型男人那种。他穿黑色短袖圆领T恤，下身同色系裤子，大概是棉质的，显得有点皱巴巴的。手里提一个鼓囊囊的黑色塑料袋子，里头有球状的圆滚滚的东西。他阔步朝我这边过来，走路带风那种，边走边拨打电话，我的手机立刻响了。我没接，站起来朝他扬扬手臂。

整整比我高半个头！当他站在我面前时，我在心里惊叹。想到张宝凌，他长得那么高不是没道理，张宝凌的五官大概遗传他妈妈，没有半点“郭富城”的影子。他妈妈的颜值大概也不低，有张宝凌那样一双近乎无瑕的黑白分明的眼睛的女人，显然是个男人都得心甘情愿淹死在里头，难怪能俘获眼前这位“郭富城”。

我朝他伸出右手，他似乎愣了一下，很快将右手掌送到我手里。他的手掌皮肉硬得有些扎人。我们坐下后，他从黑色塑料袋里捧出一个黄灿灿的大哈密瓜。隔着一张饭桌，我都能闻到哈密瓜散发出来的诱人清香。

“您这瓜送给张宝凌的班主任最合适，女同志喜欢吃水果，美容！”我开玩笑地说。

他也笑了，很快朝旁边的超市望过去。“我不抽烟，陶老师抽烟吗？”

我摇摇头。“学校的超市没有烟卖，学校不提倡抽烟。”我说。

“我过去看看有没有罐装的啤酒。”他站起来，我连忙也站起来制止他，说：“不要客气，什么也不用，我们坐着聊聊就好！”

他犹豫了一下，重新坐下了。

“我姓李，张宝凌随他妈姓，我是入赘女婿。当然，那都是过去的事情了。”是个爽快人，说话开门见山。

我点点头。“您常来学校看望张宝凌吗？”

他面色一沉，黑里透红的肤色，健康肤色那种。我注意到他双手手指骨节相当粗大，剪得平整的指甲里淤着一些黑垢。张宝凌的爸爸穿戴其实都挺干净，指甲里的淤垢像是洗不掉造成的。

“我是个汽修工，在联润那里。陶老师有车吧？车有毛病随时可以过去找我，往后我不在可以找我的徒弟。”他说。

“我没有车，我只有一辆摩托，”我摇摇头说，“您说往后不在，打算去哪里高就？”

他十指交叉搁在桌面。“我要去乌鲁木齐，那边有个伙计开汽修厂，邀请我过去。”

“挺远的，乌鲁木齐。”我说。

他点点头。

“张宝凌以后怎么办？您放心吗？”我说。

他迅速看了我一眼，目光落在饭桌上。“他是判给他妈的，随他妈生活。我出读书的一切费用。”他说。

“他妈那边情况怎么样？”我问，想起和张宝凌妈妈通电话的事情。

他摇摇头，道：“我不是很清楚，我们分开六年了。我以前住在她家里，分开之后我就搬出来了，具体情况我也不清楚。”

“您这次来是因为……”我望着他说，发现他的衣领里有一根黑色吊坠绳，不知道戴的什么饰品。

“我后天去乌鲁木齐。”他说。

“张宝凌知道吗？”我问。

他摇摇头，说：“这孩子有些毛病，希望老师能多多帮助他。”

“是人都有毛病，我也有。”我说。

他沉默了一会儿，说：“总之，请老师多费心了。”

“要把孩子教育好，学校和家庭得相互配合，不能全扔给学校。他平时会联系您吗？”我说，想起我和张宝凌交往的状态。

“从来不，除非我主动找他。我和他妈刚分开时，头三年他妈不让我见他，那几年我和他几乎断绝联系。他那些毛病就是那几年染上的。”他说。

他说张宝凌的毛病，不知是不是指他的孤僻，不善于主动与人交流。其实这也算不上什么大的毛病，性格内向的大有人在。

“你所说的毛病，具体是指什么？”我问。

他又飞快地看我一眼，眼神充满忧虑。

“这孩子，有些不知好歹。总之，往后还请老师多关照他，有什么事情可以给我打电话。”

“张宝凌和他妈妈关系怎么样？”我又问他。

“他妈妈，情绪不太稳定，整天疑神疑鬼，是个男人都受不了。”他思忖着说，答非所问。

一面之词。我不置可否。假如他说的是真的，那张宝凌的孤僻就完全可以理解了，家长情绪不稳定对孩子性格的养成实在影响太大了。

我们大约聊了半个小时，张宝凌的爸爸把那大哈密瓜留下，就匆匆告别了，说在汽修厂那边还有些事情没处理好。

放学后，我给张宝凌打电话，想叫他来吃哈密瓜。我在月亮湾广场边上的长椅等他，这是我们经常见面的地方。月亮湾广场在学生宿舍楼对面，广场周边有一溜油漆成黄色的长椅，长椅的后面种满了改良过的玉兰花，暗香隐隐浮动，很怡人。广场的中央有一个很大的喷水池，水池中间耸立着一弯巨大的人工月亮，是用一种特殊的塑料做成的，莹白的颜色，里头设置有淡蓝色的彩灯，晚上彩灯亮起，便成为一弯巨大的、发着淡蓝色幽光的月亮。下晚自习后，学生喜欢来这里拍照。有晚课时，下课后我通常也喜欢来这里坐，直到夜深人散尽。我坐在我们惯常坐的地方等张宝凌。我想起我的班主任，他在水库边钓鱼等着我给他“送东西”时，他都在想些什么？我得承认，我有一种想帮张宝凌快乐度过他大学生活的心理。我希望他在今后的人生里不管遇到什么风雨，当他回忆起我们这段师生情谊时，能得到一些心灵上的慰藉。

张宝凌背着沉甸甸的双肩包从广场一头走过来。这段时间他瘦了不少，是那种经过锻炼后结实的瘦，人显得更有精神了。我心里滋生出一种成就感，这个年轻人显然在我的影响下慢慢变好了。

张宝凌一眼便看见搁在长椅上的哈密瓜，一怔，我看见他猛地看了那个哈密瓜一眼。

“我有三节课，刚下课。”他走到我跟前说。

我指着旁边的位置让他坐下，我们之间隔着那个哈密瓜。我摸出水果刀递给他。

“你喜欢吃哈密瓜？”我问他。

他看了我一眼，笑起来。这孩子笑起来的模样显得很单纯。他切了六片哈密瓜，我拿起一片吃起来，示意他也吃。

“这哈密瓜是你爸爸送来的，他要去乌鲁木齐了，你知道吗？”我说。

他捏着一片哈密瓜愣了一下。

“吃呀，愣着干吗？”我说。

张宝凌把手放下来，搁在大腿上，垂头看着那片哈密瓜。

“不知道，他没跟我说。”他轻声说，神情有些失落。显然这个年轻人对他爸爸还是有感情的。

“他说让你放心学费的事情，他会按时打钱到卡上。你手上有张卡，对吧？”我说。

他点了一下头。张宝凌没吃一口哈密瓜，我吃了一片，然后打包让他带回宿舍了。我们在月亮湾广场分别。我走了一会儿，又转回身跟着张宝凌，等我在来来往往的学生中看见他的身影时，他手里提的那包哈密瓜已经不见了。

我觉得自己粗心了，应该叫张宝凌的爸爸一起等他放学吃哈密瓜。

中秋节，毛大豆给我打来电话，约我去临水中学吃晚饭，我答应了，问他能不能带个学生去。我简单说了一下张宝凌的情况，他说可以。中秋节放假三天，张宝凌没回家。我在节前两天买了些东西回家就返回了，中秋节并没打算回去。假如毛大豆没打来电话，我打算晚上带张宝凌到澄碧湖水库吃烧烤。那里有两家烧烤店，规模挺大的，可以摆得下十几桌烧烤桌。很简陋，就是一个盖了铁皮顶子的大铁棚，四周没有围墙，澄碧湖水库的一角阔大的水面尽收眼底。带着湖水气息的凉爽微风从湖面徐徐吹来。听别安的老歌，吃烧烤，喝啤酒，夫复何求？有一天晚上月色很好，下晚课后出了校门，鬼使神差般我就拐上往澄碧湖的方向。顺着以前的水泥路进去，在大门口那里发现有两家烧烤店。那晚我沿着湖边来回转了几圈，在月色下模糊认出二十多年前班主任钓鱼的大致方位，竟没有勇气停下来。班主任如若有知，不知他看见今日的我会有何感想。

中秋节那天，早早我便去菜市场买菜、水果、两盒月饼及香烛。午后三点半，我去学校接张宝凌。我住在学校人才公寓里，很小的居室，离学校挺远。我们一起往澄碧湖方向去了。我其实一直想带张宝凌去临水中学，不知为什么临了老是感觉哪里不对劲，没去成。

我告诉张宝凌，去的是我以前读书的中学，但那里如今已经荒芜一片，学校搬到市里去了，只有一位令人尊敬的老教师住在那里。他坐在我身后，问了一句，为什么要一个人住在那里？我竟一时回答不上来。

毛大豆已经到了，买了很多节日食品，竟然还带来一个烧烤炉子，又特地买了几条巴掌大的罗非鱼。毛大豆望着我说，是真正的水库鱼，澄碧湖水库的鱼。我听了鼻子一酸。年纪越往上走，便会发觉一些人和一些事弥足珍贵。

李老师非常高兴，照例不准我们下厨房。他说整天闲在这里，得多活动筋骨。我们三人把茶几搬出来放在屋檐下，烧烤炉子也摆出来了。毛大豆带来一大包牛肉串、隔山肉、鸭爪、鸡翅膀。李老师居然在学校后山上摘了一大包野生毛板栗，并且一个个耐心划了刀后才炖的，吃起来要比人工种植的板栗香得多，还有一大包野生的紫黑色稔子。我让张宝凌帮忙生烧烤炉的炭火，他很麻利，去教学楼一楼堆放的破桌椅中抽来几条破桌腿，劈成一小堆薄木片来引火，很快便将炉子烧起来了。他对那些吃的没多大兴趣，将烧烤炉烧起来后，便推着我的摩托车在杂草丛生的操场上绕圈开起来。

我问毛大豆："师兄是不是对李老师有很深的感情？"

毛大豆微微一笑，望着操场上练摩托车的张宝凌说：

“我在广东拼了十几年，最后赔光了，婚也离了。真正的妻离子散。回到这边，父母跟随弟弟住，我哪有脸回去住？正好碰见李老师，他当时已经被学校清退了，在市区外，就是金三角往东笋去的路上开了一个很小的废旧回收站。我在他的棚子里住了三年，才慢慢缓过气来。”

“之后你就把他弄到这里？”我问。

“我有房子给他住，他不愿意住，不知怎的竟找到这里来了。我只好帮他弄整齐点，尽量抽时间过来陪他。”毛大豆说。

“我的班主任要是还在就好了，他心眼儿好。”我望着那几条还在水桶里游动的罗非鱼说。

毛大豆没说什么。

“那时候双休日，我没多余的钱买饭票，他常常带我去水库钓鱼，让我烤鱼吃。没有那些烤鱼，那些难熬的周末我都不知道该怎么度过。”我说。

毛大豆依然没说什么，他正要杀罗非鱼，手里的罗非鱼活蹦乱跳的，他看了我一眼，将罗非鱼放回水桶里。

“那个，”毛大豆说，朝操场那边一望，“你要听我的，你这个学生，最好不要和他走得太近。”

我也朝那边望过去。此时已是下午四点多，太阳移到教学楼后面了，在操场上投下一片阴影。操场最远的北边上，有一棵非常直的桉树，这树是后来才长的，我在的时候那里并没有这么一棵桉树。

“这孩子只是不爱说话，他的眼睛很清澈干净。”

我说。

师兄只是笑了笑，没再说什么。

中秋节的菜很丰富，白切鸡、卤猪蹄、梅菜扣肉、清炒黑木耳、鲜竹笋炒腊肉、炸花生，汤是白花菜鸡蛋汤。李老师说白花菜是从学校后山上采来的，纯野生，很新鲜。我们将饭桌也搬到宿舍前，在夕阳将下时开饭了。此时的校园笼罩在一片橘红色的夕阳中，风无痕无迹，周遭万物清宁，偶尔从宿舍后面的山上传来一声“噗”的闷响声，不知是什么落到地上了。我们犹如置身于古老而荒芜之地，时光在这里缓慢流淌。这里与尘世隔绝，像另一个世界，却并不让人感到寂寥，反而有一种生于斯长于斯的熟悉与踏实感。

我低下头，看见自己脚上白崭崭的回力牌球鞋。它不是运动鞋，就叫球鞋，样式类似于解放鞋。我在网上买的，并不贵。说真的，它的款式与我身上的衣裤并不相配，但我还是毫不犹豫穿上它了。它让我想起了那些舍不得穿它走在临水中学后面山野小径的周末时光。我不知道张道然老师在另外的世界里，是否还沉迷于钓鱼，是否知道他始终温暖着一颗在这尘世间永远找不到归属感的心灵。

有人碰了碰我，是李老师。他手里是三根点燃的香火和一碗菜。我立刻明白了，站起来接过他手里的东西，朝宿舍左侧第二间走去。我将三炷香插在班主任破败的宿舍前，那碗菜摆在香火边上。这个世界瞬间在我的视线里模糊了。

一切恍如昨日。

李老师今晚也吃饭了，还喝了几杯毛大豆带来的干红。

看得出他很高兴。毛大豆喝了不少，我因为要开摩托车，以茶代酒。我劝张宝凌也喝点干红，他便喝了半杯，脸登时红了起来。毛大豆将屋里的电瓶搬出来照明，是那种雪白的强光，像一柄寒光闪闪的利剑，刺破了朦胧的夜色。月亮尚未出来。毛大豆显然有点上头了，拉着李老师要去教室里上英语课，李老师拗不过他，便进屋拿了课本。毛大豆指着我和张宝凌说："你俩别去，我只想和我的老师待在一起。"我和张宝凌便待在饭桌边没动。我将电瓶灯光柱朝他们转过去，照耀他们穿过操场，他们相互搀扶的身影在大地上投射成为两个长长的人影。不一会儿，我便看见教学楼三楼的一间教室亮起白炽灯柔和的白光。很显然，毛大豆也在那里装了电瓶照明灯了。

我和张宝凌相对而坐，和他讲了毛大豆和李老师的事情。他没说什么，那双黑白分明的眼睛望着朦胧的夜色。后来我便留下张宝凌一人弄烧烤，我绕过那排宿舍，转到它背后。宿舍背后是一片土山，我记得对准张道然老师的厨房后头有一个朝山上去的豁口，张老师就是从这个豁口爬上土山朝澄碧湖水库去的。天光朦胧，我打开手机电筒，找那处豁口，它已经被一片杂草淹没了。走进那片杂草，草没到我腰间。缓缓在杂草间走几步，感觉到脚下的地势往上陡，便捉着草尖往上攀，一下子就离开了山脚。我擎着手机往山上照，想寻找那条二十多年前的小路，居然还在，只是变得比以前窄小了，路中间的杂草比两边的要矮得多。很显然，这条路如今也是有人经常走的。我立刻想到李老师。慢慢朝山上走，林子里的虫鸣此起彼伏，但这些细弱的声响并没让山林显得热闹，反而衬托出它犹如深渊般的幽静。树林之下黑黝黝的，脚边不时有什么小动物窜出来，倏地越过我脚前，瞬间消失在茂密的杂草间。我回转过身，透过树木间，看见山脚的校园，高大的教学楼，一排宿舍，以及宿舍前某一间亮着的灯火，教学楼三楼某间教室的亮光，透过豁开的门窗，看见讲台上的身影。

九点半时，月亮终于出来了，皎洁的白光笼罩大地，世界变得柔和无比。我在林间的杂草地上坐下来，周身的杂草高过我的头。从茂密的林叶间漏下来的白月光斑斑驳驳的。我从来就不惧怕黑夜和荒野，置身其间，人也只不过是一棵树或一株杂草罢了，能有何区别。我想到那段穿梭于这条山林间隐秘小径的时光，那时候的我弱小、孤单、自卑、郁郁寡欢，在人群中普通得可以忽略不计，唯有每次穿梭并置身这片山林间，我才能真正自由地呼吸，才能得到简单而纯粹的一点稀薄快乐。如今，那个贫穷而脆弱的少年已经成长得可以自食其力，可以给予生命最起码的尊严了，可是那点可贵的稀薄快乐却早已了无踪影，它和某些珍贵的东西一样，随时光流逝而去，永不复返了。我的手掌落在身子底下那条小径上，那上面有我少年的脚印，有张道然老师略微滞重的脚印，有那段遥远时光的脚印……

毛大豆他们的课终于上完了，我看见那间教室的灯火灭了，便起身返回。李老师没和我们一起赏月，独自去睡了。毛大豆微醺，他喝了差不多两瓶干红。他和张宝凌一起弄烧烤，我收拾饭桌。毛大豆拍了拍张宝凌的肩膀，说：“年轻人，你碰到一位好老师，你要知道感恩，人不知道感恩就跟个畜生没什么区别了。”张宝凌红着一张脸，不知道是因为毛大豆的话还是酒起的作用。我们一直在临水中学待到十一点。满月如银盘，华光将这寂静之地笼罩。两柱雪亮的灯光照进了临水中学，那是毛大豆的司机来接他了。

中秋节后的第三天，毛大豆又打电话叫我去临水中学吃饭。这次我没叫张宝凌，第七节课后我便出了校门。我教的是中国传统文化，讲到儒家和道家的人生境界，儒家追求的是内圣外王的人生境界，而道家则追求超脱逍遥，我更倾向于道家的主张。而学生们几乎全部选择儒家，我便感叹，如今的年轻人真的和我们那一代不一样。

在临水中学那座三角梅花门外，我看见毛大豆的黑色奥迪停在那里，便将摩托车也停在花门外了。

有一个染黄头发的年轻人坐在李老师宿舍门口，精瘦，穿黑色破洞牛仔裤和宽松黑色圆领T恤，胸前印有一个骷髅头，年纪应该比张宝凌大些。毛大豆从宿舍里出来，望望我，又望望年轻人。

“李老师的外孙，王朝。”毛大豆介绍。

“青岛来的？”我问，朝年轻人看了一眼。

叫王朝的年轻人点点头，依然坐在凳子上。我也坐下了。

“昨天晚上到的。”年轻人答，一口纯正的普通话。我仔细瞧着他，没有任何地方和李清玫老师相似。毛大豆让他叫我陶老师，我说不敢当，如今年轻人很时尚，知识面比老师还广，不能贸然为人师。年轻人笑笑，也没和我打招呼。毛大豆要到宿舍后去摘丝瓜，我便随他走过那排破败的宿舍。

“这人什么来头？中秋节不来，这时候来。”我问他。

“来要钱。”毛大豆简短地说。

“要什么钱？”我问。

“他欠别人点钱。”毛大豆说。

“他是干什么的？”我说。

“没干什么，技校毕业后一直混。”

我们来到宿舍之后，这里有一小片狭长的菜地，是李老师开辟出来的，种一片绿油油的青菜。中秋节那天晚上，我爬上去的那个豁口倒了一片杂草，其实杂草间有几块隐匿的大石头，可以踩在上面往上走，只是那天晚上我没注意到它们。

“不应该是找他父母要吗？”我说。

“他父母离婚了，他跟他妈过。”

又一个张宝凌。我在心里感叹。

“你该告诉他，是你在帮他们母子赡养他的外公，他的外公根本没钱。”我说。

“他未必相信。”毛大豆看了我一眼，在架子上摘了三条丝瓜，顺便把两个快要倒塌的丝瓜架子重新扶稳绑好。

“他妈妈知道他来要钱吗？”我问。

“他妈妈只知道他来看望外公。”毛大豆说。

“你和李老师的女儿有联系？”我问。

“有。”他点头说。

“师兄，你听我的，不能给，这是个无底洞，你填不满的。”我担忧地说。

“他要的不多，四万块钱。我告诉他只这一次。”毛大豆说。

我怔怔地望着他。“成。但我可以保证，绝对会有下一次。”我说。

毛大豆没说什么，半晌才说：“没有李老师就没有我的今天。”

“你欠的是李老师，不欠他外孙。而且这些年一直是你在赡养李老师，你已经在回报他了。”我说。

毛大豆没再说什么。我们返回宿舍时，发现年轻人在学校花门口打量我们的车。

“毛哥，你这车真不赖，不少钱吧？”他回来时对毛大豆说。我满是忧虑地看了一眼毛大豆。

对于外孙的从天而降，李老师非常高兴，不停给王朝讲他妈小时候的事情，做的菜一律放辣，原因是王朝的妈妈喜欢吃辣，他认为王朝也喜欢吃辣。毛大豆有胃病，吃不了刺激的东西，只喝丝瓜蛋汤——那是唯一不放辣椒的菜。王朝一声不吭，饭吃得很认真，这孩子认真得有点自私，一门心思只顾吃饭，喜欢的菜一个劲儿吃，酸辣排骨和酸辣猪脚基本上被他全包了。李老师问关于他妈妈的事情，这个黄毛青年来来回回就一句话：她唠叨，整天唠叨，快烦死了。

暮色在我们结束晚饭时落尽了，月亮看起来还是圆满的，灼灼白光照耀人间万象。星星稀少，夜空深邃，这片郊外之野彻底安静下来了，只有最纯粹的自然之声，听起来亦是悠远，仿佛来自地底最深处。这种远离人间灯火的安静极像深不见底的深渊，让人莫名感到一种没有来由的紧张，担心一不小心就被吸入这深不见底的幽静里，便感叹李清玫老师不简单，能坦然枯守于这片寂静的郊野之地。王朝催毛大豆回市里，说这鬼地方荒凉得跟坟场似的。李老师进屋收拾厨房时，毛大豆对王朝说："今晚你留下来陪你外公。"

"怎么可能？"他脱口而出。

毛大豆转动手里的茶杯。他的茶杯极好，外壳是檀木制的，保温，据说是进口的，价格不菲。今天我们没烧茶，他自带了。

"人要想得到某样东西，多多少少都得付出点代价。没有人能平白得到任何东西。"毛大豆平静地说。

年轻人愣了一下，笑起来，说："我没打算和你要，我和我外公要。你威胁不了我。"

毛大豆依然平静地说："你可以试试，但我敢保证，他一分钱都拿不出。假如你想得到这笔钱，我的建议你还是要听一听的。"

我愣住了，完全没想到这样的事情会被拿来做交易。如今这世道怎么了？

王朝背对着宿舍门口坐着，他身后屋檐下的白炽灯散发出柔和的白光，一些飞虫在白炽灯周围飞来飞去。我们都不说话，四周安静极了。毛大豆坐在我的左边，神色平静，他的目光中闪着我平时很少见到的精明。

两个人坦然自若，感到尴尬的却是我这个局外人。

王朝思考了一会儿，点点头。“成，毛大哥，但得说好了，只这一晚。”他说。

毛大豆扬扬手里的保温杯。不知道他今天泡的是什么茶。

李老师听说外孙要留下来陪他一晚，高兴坏了，显得有些手足无措。我们和他们告别了，想多留点时间让他们相处。出到岔路口，毛大豆的奥迪停下来，他放下了车窗，告诉我先走，他要一个人待一会儿。我们便在荒野间告别了。

到了晚上，这条路便完全黑下来了，没有任何车辆来往，只有我的摩托车光束照亮前行的路，直到越过鬼坡，人间的灯火才零零星星开始出现在视野中。

我不知道王朝待几天，又是何时离开，不好过问，毕竟和我无关。后来毛大豆倒是给我打过一个电话，瞎聊了一会儿，也没提王朝的事情。

快要期末时，张宝凌请了一个星期的假回家。我问他家里有什么事，他说他妈病了，得回去照看妹妹。我斟酌着说，假如家庭有困难，可以申请助学金。他没说什么。

我忙着出试卷，做些杂七杂八的事情。开学和期末都有很多琐事要忙。六月的阳光像火一样燎人，我盼望假期快点来临，在如火的烈日下骑摩托车往返于家与学校，我都能闻到身上散发出来的焦煳味了。

有一天中午，我妈给我打了个电话，东拉西扯半天村里的事，然后犹犹豫豫地说，她六十一了，是个坎儿，想过个生日冲冲喜。我沉默着，她慌忙说假如我忙就算了。我问她哪天，她飞快说了一个数字。我便挂电话了。她生日那天，我早早起来，想趁着清晨阳光还没那么暴烈时出去买点东西。下楼时却发现往时停摩托车的那棵杧果树下空荡荡的。在小区转了一圈，毫无踪影。我思索一会儿，给派出所的学习委员打了电话。然后求助毛大豆，把事情简要和他说了，问他是否有其他用不上的交通工具。他说有一辆凤凰牌越野山地车，需要用可以去他那里取，我便打车过去了。

我没能回家，也没给我妈打电话。我已经极少回家了。偶尔我会感到孤单，这世间浩瀚如海，众生芸芸，竟无一人在我心间，料想也无一人将我置于心上吧。我从没想过要从亲情那里得到任何慰藉，和他们靠近，会激发起我的烦躁、敏感和脆弱，仿佛那些经历过的糟糕事情又被我重新经历了一遍。我便不再勉强自己。

张宝凌从家回来了，也快要考试了。因为丢失了交通工具，我便很少联系他，也不再约他跑步。其实其他老师也是几乎不和自己的预警学生联系的，就是走个程序，学生们都是成年人了，我们能改变的微乎其微。这之后开始考试，我打算放假后去二手车交易市场弄辆汽车，三五万块钱那种，也不用风吹日晒了。这座城市的夏季极为漫长，酷烈的日光能延续到十一月份。其间我和张宝凌偶遇过一次，我们是在跑步时碰到的，他的装备一如往常，只是耳朵上多了一副白色的蓝牙耳机。他是从后边追上我的，叫我老师，我便放慢了脚步。他问我是不是这段时间挺忙，我说是的，要考试了，杂事多。我没跟他说丢车的事情。张宝凌能坚持跑步让我感到挺欣慰，这是我对他的影响。网络上夸大了跑步对一个人的影响，能塑造品行提升气质之类的，我觉得没那么玄乎。于我而言，跑步就是一种与自我相处的最好方式，你能明显感受到心脏跳动的频率，呼吸的缓急，身上每一块骨骼的运动，肌肉的颤抖，各种真实的酸痛和疲劳，在跑步中，人可以真切感受自己肉身的每一寸身体发肤。

我不知道跑步对张宝凌来说有什么意义，但跑总比不跑好。

我问他家里的事情怎么样了，他明显顿了一下，像是忽然记起某一件事情，脚步也慢了，然后又重新跟上我，说他妈妈好了。我说那就好。

考试快要结束时，学习委员给我打来电话，告诉我摩托车找到了，但有些事情他得和我当面说。我便邀请他来学校。他开玩笑说高等学府，不敢造次。

“别废话了，我们食堂有空调，现在过来还赶得上午餐。”我说。他叫我到学校门口等他，免得被门卫拦住。这家伙开着警用面包车来，还开闪灯，门卫哪儿敢拦他。进大门后我在学校广场边上拦住他，他让我上车，我开玩笑说：“要是被我的学生看见，要传谣他们的老师犯事了。”上车后，他打开手提电脑，让我看一堆图片。他说是通过交通监控查到的。我一张张看那些图片，都是同一个人骑我的摩托车，胆子真大，连头盔都没戴，从我居住的小区出来一路出城，沿途全被交通监控拍到了。

“车走不远，在一个很隐蔽的二手黑市找到的。我们仔细查看了，没有任何新鲜的破损痕迹，完全是正常的钥匙开锁。”

我盯住那些图片，半天没吭声。

“怎么处理？”我问。

“这是要判刑的，成年人了。”学习委员说。

“立案了？”我又问。

“没有，”他说，“目前这些是我个人行为。想听听你的建议。”

“你来过我们学校了？”我问。

“要查人很容易。”他说。

我沉默不语。忽然想起毛大豆提醒过我的话，让我和他保持距离，到底毛大豆是怎么看出来的？我又想到浅水滩那些被河水反复冲刷得润白无瑕的鹅卵石，它们真是太干净了，我看不到任何瑕疵。

“这件事能不能到此为止？”好半天，我轻声说了一句。

学习委员转过头看我。

“他将来在哪里毁掉都成，我看不见，眼不见为净，但不能毁在我眼前。”我说。心底有一股尖锐的疼痛蔓延而出。

放假前，我约张宝凌去“半亩花田”吃饭。那天中午下雨，雨停后空气很凉爽，是个阴天。已经有学生拉着拉杆箱离校了。我靠在失而复得的摩托车上，在学校大门口等张宝凌。远远地，看见他的身影朝我走来，那种尖锐的疼又从心底弥漫而出。这到底是为什么？我在心里问自己。

张宝凌在不远处停下来，朝我这边张望，我也朝他望去。我们就这样对峙般望着对方，片刻后，我扬起手臂朝他挥了挥，他才慢慢走过来。他很平静，看不出什么异常。他的目光始终落在我的脸上，那双眼睛依然黑白分明得近乎无辜。

我笑起来，等他走近时，问他考试顺不顺利。他点点头。我拍拍摩托车，说前些日子拿去修了，今天才取回来。他又点点头，目光依然落在我脸上，没有任何游移。面对他无辜般的目光，我忽然受不了了，举着手机对他说不巧，刚刚，就在等他的时候，有个朋友来电话让帮忙做点事情，没法去“半亩花田”了。我看见张宝凌吞咽了一下口水，但依然没说话。直到我启动摩托车离开，他依然一语不发。

我们就这样告别了！我知道，我再也不会联系他了。

那个豁口，就是澄碧湖水库边那个豁口，张道然老师当年钓鱼的地方。我反反复复沿着湖边走了几趟，仍然无法确定具体位置。我是从临水中学后边，也就是张老师当年走的那条野径穿过山林来到湖边的。隐匿于繁茂杂草中的小径走了一半就没有去路了，应该是李老师每次只走到这里，我看见它朝我的左手边拐过去——那并非往湖边去的方向。我只好蹚着没到我腰间的野草前行。这段没有路的路要比我想象的长，我走得汗流浃背，才到达湖边。但当年那块平坦之地已然了无踪影，我曾在那块地上烤过无数次张老师钓上来的罗非鱼。举目全是茂密的杂草，一直连绵到湖边，我回忆着，辨认着，已然无法确定那个豁口具体在哪里。我手里拎着一个蓝色的塑料水桶，里边有小半桶水和四条巴掌大的罗非鱼。我反复问卖鱼的，这是不是正宗的澄碧湖水库鱼，他差一点就要以他母亲的名义发誓了。

天地阔大。眼前的湖水一如当年平如镜面。阳光热烈。微风拂过，湖面起了一层柔和的褶皱，身边的杂草窸窸窣窣地响。我站在齐腰的杂草间仔细聆听。我想要在这时过境迁里听到来自遥远往昔的声音：我们偶尔的交谈，火堆爆出的噼啪声响，那时的风声，偶尔下来的一场疾雨敲打在万物之上的滴答响，它们是如此弥足珍贵。

然而我什么都没听见，它们永远永远地逝去了。天地万物渐渐在我眼前一片模糊。拎着水桶，慢慢靠近湖边，万顷碧波便在脚尖前。我弯下腰，把桶里的水和罗非鱼慢慢倒进湖水里，那几尾罗非鱼很快朝前游去，消失在波光粼粼的湖水里。

图书在版编目（CIP）数据

陶丽群作品精选集 / 陶丽群著. -- 南宁：广西民族出版社，2024. 10. --（全国少数民族文学创作骏马奖获奖作家作品精选集 / 东西主编）. -- ISBN 978-7-5363-7836-0

I. I247

中国国家版本馆CIP数据核字第20246DZ182号

全国少数民族文学创作骏马奖获奖作家作品精选集

陶丽群作品精选集

TAOLIQUN ZUOPIN JINGXUANJI

东西　主编

出 版 人：石朝雄
项目统筹：吴柏强
项目协调：白　煜　吴桐言
责任编辑：赵学祥　卢悦宁
装帧设计：张文昕
责任校对：黄毅萍　白雨思
责任印制：梁海彪　张东杰
出版发行：广西民族出版社
地址：广西南宁市青秀区桂春路3号　邮编：530028
电话：0771-5523216　传真：0771-5523225
电子邮箱：bws@gxmzbook.com
印　　刷：广西民族印刷包装集团有限公司
规　　格：889毫米×1194毫米　1/32
印　　张：9.125
字　　数：184千字
版　　次：2024年10月第1版
印　　次：2024年10月第1次印刷
书　　号：ISBN 978-7-5363-7836-0
定　　价：58.00元